KB006249

가슴에 스미는 붉은 빛

가슴에 스미는 붉은빛

초판 1쇄 찍은 날 | 2020년 11월 2일
초판 1쇄 펴낸 날 | 2020년 11월 30일

지은이 | 이수현
펴낸이 | 예경원

편집 | 주승아

펴낸곳 | 예원북스
등록번호 | 제396-2012-000132호
등록일자 | 2012. 7. 25
YRN | 제1-0265호

주소 | 경기도 고양시 일산동구 호수로 646-24 위너스21-Ⅱ 206A호 (우) 10401
전화 | 031-819-9431 팩스 | 031-817-9432
http://cafe.naver.com/yewonromance
E-mail | yewonbooks@naver.com

ISBN 979-11-365-4506-0 03810

가슴에 스미는 붉은 빛

이수현 장편 소설

YEWONBOOKS ROMANCE STORY

Contents

0. 서

"금일은 봄답지 않게 날이 조금 차구나."

사랑채에 연결되어 있는 누마루*인 고루에서 차를 마시던 한병모 대감의 말에 곁에 있던 이화는 고개를 잠시 갸웃거렸다. 한성에서 고관대작들의 가옥이 즐비한 북촌에 자리 잡고 있는 낙화원(이화의 집)의 마당에는 이미 매화가 만발해 있었다. 그리고 아직 아침저녁으로는 찬 기운이 다소 남아 있었지만, 올해는 예년보다 봄이 무척 따뜻하다고 이화는 생각했기 때문이었다.

이제 겨우 열두 살이 된 이화에게는, 가끔 아버지는 이해하기 어려운 말씀을 하시는 분으로 여겨질 때가 있었다. 그러나 항상

---

* 다락처럼 높게 만든 마루. 양반집의 사랑채에 주로 설치했는데, 보통 기본 평면에서 튀어나오게 한 뒤 그 밑에 기둥을 세운다. 또한, 대청이나 방보다 바닥면을 더 높게 해서 권위를 높였다. 집안의 남자 주인이 학문에 열중하거나 휴식을 취하고, 손님을 상대하던 장소로 이용했다.

조금 시간이 지나면 그게 어떤 의미였는지 어렴풋이 알게 되었기에 이번에도 그러려니 하고 생각했다.

"하지만 매화는 여전히 곱습니다."

이화의 천진한 대답에 한 대감은 조용히 미소를 지었다. 그리고는 인자한 표정으로 딸아이를 바라보았다. 그에게는 슬하에 아이가 하나뿐이었다. 부인인 김씨가 이화 이전에도 아들 둘에 딸 하나를 낳았지만 모두 어린 나이에 사망했기 때문이었다. 여인이 아이 열을 낳아도 겨우 서너 명만 생존하는 일이 다반사였던 시절이었다. 그래서 한 대감에게 하나 남은 외동딸은 귀하디귀하기만 했다.

"그렇구나."

바깥주인이 머무는 사랑채에는 집안의 여자들은 발걸음을 하지 않는 것이 보통이었지만, 한 대감은 하나뿐인 딸에게 이화(梨花)라는 고운 이름을 지어 주고는 시간이 날 때마다 틈틈이 글을 가르쳐 주었다.

"어제 익힌 것들은 다 써 보았느냐?"

아비의 질문에 이화가 어제 익혔던 천자문을 필사한 것을 보여주었다. 이화는 영특하기도 했고, 무엇보다 필체가 훌륭했다. 선비의 덕목 중에서는 문장력이 으뜸이었지만, 서체와 그림 실력도 그만큼 중요했다. 따라서 선비의 훌륭한 필체는 상당히 자랑할 만한 재주라 할 수 있었다.

"필체가 참으로 훌륭하다. 사내로 태어났으면 세간에 명필로 휘를 날릴 수도 있었겠구나."

아비의 칭찬에 이화는 하얀 배꽃 같은 이를 드러내며 웃었다. 매화가 눈처럼 내리는 이른 봄, 다정한 부녀는 그렇게 이른 봄을 즐기고 있었다. 하지만 한 대감의 말대로 그 해의 평온한 봄은 무척이나 찰나였다.

1689년 기사년, 기사환국으로 조정에서 집권하고 있던 서인이 일거에 몰락하고, 남인의 세력이 득세하기 시작했다. 한창 혈기가 왕성했던 청년 군주는, 서인이 밀어 올린 현(現) 왕비를 폐하고, 후궁으로서 유일하게 아들을 생산한 여인을 계비로 삼았기 때문이었다.

중인 출신이자 역관의 딸을 왕비로 올릴 수 없다며 서인들은 극렬 반대했지만 누구도 왕의 의지를 꺾을 수는 없었다. 그리하여 왕비의 폐출에 반대한 수많은 서인들의 거두들과 중진들이 줄줄이 사약을 받거나, 귀양을 떠나거나, 혹은 파직되었다. 그리하여 한성의 일부 고관대작들의 기와집 주인들이 일거에 바뀌었다. 더불어 많은 명문 반가의 자제들이 목숨을 잃었고, 많은 고귀한 여인들은 노비가 되었다.

다행히 이화의 집안은 남인이라 이 모든 풍파에서 비껴나 있었다. 그리고 3년 후 봄, 이화의 집에는 정체를 알 수 없는 무사 한명이 들어왔다. 1692년 이른 봄이었고, 여전히 낙화원에는 매화가 아름답게 피어 있었다.

1. 흑운(黑雲)

"흑운, 검은 구름이라는 뜻이야?"

이화가 작은 머리를 갸웃거리며 여종인 삼월이에게 물었다. 날은 이제 막 한창 봄이 무르익어 여름을 향해 가기 시작한 5월 말이었다. 낮에는 햇빛이 뜨거워 날이 한여름처럼 상당히 더웠다. 그래서 별채에 있는 이화의 거처의 방문들도 자연스럽게 바람이 들어오도록 안마당을 향해 열려 있었다.

방 안에서는 이제 열다섯이 된 이화가 새까맣고 윤나는 검은 머리에 고운 붉은 댕기를 드리우고, 자리에 앉아 한창 수를 놓고 있었다. 그 옆에 앉은 삼월이는 항상 이런저런 주워들은 이야기들로 어린 여주인을 즐겁게 했던 것이다.

"네, 아가씨. 어찌나 검이 빠른지, 흑운이 한 번 훑고 지나간 자리에는 마치 피가 검은 구름처럼 자욱해서 그렇게 부른다고 하대요."

연신 앞에 놓인 정과를 입에 넣으면서도 삼월이는 부지런히 말을 이어 나갔다. 최근에 한 대감 집에서는 새로 들어온 무사가 모든 여종들의 흠모를 받고 있었다. 과묵하고 행동거지가 단정한데다 키는 6척을 넘는 장신이었고, 무엇보다 외모가 출중했다. 다소 차가운 인상의 그는 쉽게 곁을 내주지 않았는데, 오히려 그것이 더욱 여인들의 마음을 들뜨게 했다.

"그래?"

이화는 삼월이의 말에 장단을 맞춰 주며 이야기를 듣고 있었다. 하지만 바깥출입이 그리 자유롭지 않은데다, 귀한 고명딸로 별채에 머무는 이화는 아직 그를 직접 볼 기회가 없었다. 그래서 매번 삼월이가 하는 이야기를 들으며 나름 화제의 무사의 모습을 상상해 보곤 했는데, 흑운이라는 이명은 다소 무섭게 느껴졌다.

"그럼 휘는 모르고 그냥 다들 흑운이라고만 부르는 거야?"

이화의 질문에 삼월이가 고개를 끄덕거렸다. 그리고 아주 긴한 이야기를 하는 것처럼 이화에게 바싹 다가와 속삭였다.

"사실은 휘 뿐만 아니라 나이도, 고향은 어딘지, 그리고 이 집안에 오기 전에 무엇을 했는지 다 비밀이래요."

이화는 어쩐지 정체를 알 수 없는, 검은 갓과 도포를 입은 사람의 모습을 떠올리자 으스스해졌다. 저승사자와 같이 창백한 피부에 날카로운 인상의 사내가 연상되었던 탓이다.

"어쩐지 좀 으스스한걸."

이화의 말에 삼월이는 그럴 줄 알았다는 듯이 웃었다.

"아이고, 당연히 규중에 계신 아가씨에게는 그런 무사들이 무섭겠지요. 하지만 정말로, 볼 때마다 참으로 잘난 사내라는 생각을 안 할 수가 없더라고요. 어찌 한번 슬쩍 하룻밤 같이 보내고 싶은데, 워낙 곁을 내주지 않으니……. 에휴."

삼월이는 몽롱한 눈빛으로 그렇게 중얼거렸다. 삼월이의 말에 이화는 살짝 미간을 찡그렸다. 이야기 주제가 약간 거북했기 때문이었다. 노비들은 행랑채에 머물지만 남녀 숙소의 구분이 있지는 않았다. 게다가 노비들이 낳은 아이는 재산으로 간주되었다. 그리하여 반가에서는 여노비가 출산이 가능한 나이가 되면 노비끼리 짝을 지어 되도록이면 많은 아이들을 낳게 하였다.

그러나 노비들의 숙소가 개별 숙소는 아니다 보니, 눈이 맞은 남녀는 부엌이나 곳간 등에서 통정을 하는 경우가 다반사였다. 게다가 여노비는 겁탈을 당하더라도 어디에 하소연할 곳도 없었다. 그러다 보니 여노비들은 주인과 한집에 기거하는 노비가 아닌, 따로 나가 제 집에 살며 주인을 섬기는 노비 상태를 희망했다.

하지만 한편으로는 상황이 그래서 그런지, 가끔 삼월이는 이런 남녀 관계에 대한 말들을 다소 가리지 않고 하는 편이었다. 이화는 자신과 삼월이 처한 상황이 다르다는 것을 잘 알고 있었기에 별다른 말은 하지 않았지만, 한편으로는 수많은 규칙과 규제에서 벗어나 본인의 욕망에 충실한 삼월이의 삶이 신선해 보이기도 했다.

"그래도 그건 좀……."

이화가 약간 거북해하자, 삼월이는 명랑하게 웃었다.

"하이고, 제가 귀한 아가씨 앞에서 주책을 떨었네요."

이화보다 세 살이 많은 삼월이는 요즘 한창 주변에 있는 사내들에 대해 관심이 많았다. 그래서 그런지 누구보다 빠르게 집안에 있는 사내들의 정보를 수집하였다. 그래도 삼월이는 나름 이화 앞에서는 많이 조심하는 편이었지만, 가끔은 귀한 아가씨가 자신의 말에 얼굴을 붉히면 오히려 놀리기도 했다. 이화가 성품이 너그러웠기 때문에 그런 것이다.

"그나저나, 꽃이 아주 예쁘네요? 완성하시면 대감마님께 드리시려고요?"

이화가 손수건에 애써 수를 놓고 있는 것은 매화였다. 하얀 비단에 홍매화가 그럴 듯하게 새겨지고 있었다. 하지만 빈말이라도 솜씨가 아주 좋다고는 할 수가 없었다. 그래도 이화는 반가의 규수답게 나름 자수를 하려고 노력하고 있었다. 사실 이화는 이런 자수보다는 글을 쓰거나 혹은 그림을 그리는 일을 더 좋아했다.

"음, 아버님께서 좋아하실까?"

이화의 말에 삼월이는 고개를 끄덕였다. 염려하는 어린 주인을 위해서 삼월이가 열심히 칭찬을 했다.

"당연히 좋아하시고말고요. 언제 대감마님께서 아가씨께서 하신 일에 타박을 하신 적이 있으신가요? 항상 좋다고만 하시죠."

이화는 수줍게 웃었다. 삼월이의 말대로 한 대감은 이화에게 약간 무를 정도로 무조건 그녀가 한 일에는 칭찬했기 때문이었다. 이화는 우선 아버지에게 손수건을 만들어 드리고 그다음에는 어머님 것도 만들어야겠다는 계획을 세웠다.

분주하게 손을 놀리는 이화의 모습이 아름다운 한 폭의 그림 같았다.

며칠 후, 마무리가 된 손수건을 아버지에게 드릴 생각에 이화의 마음이 부풀어 올랐다. 지금은 가족들을 위해서 이리 수를 놓겠지만 조금 더 자라면 정인을 위해서 한 땀 한 땀 수를 놓으며 밤을 지새울지도 몰랐다. 그런 생각을 하니 주변에 아무도 없음에도 이화의 얼굴이 살짝 달아올랐다.

조금 일찍 드리러 왔어야 하는데, 생각지 못하게 분주하여 약간 시간이 늦어졌다. 이미 저녁을 마친 즈음이라, 서둘지 않으면 아버님이 침소에 들었을 수도 있었기에 이화는 발걸음을 재촉했다. 집 안이라 굳이 삼월이를 대동하지 않았기에 이화는 혼자였다.

이화가 가벼운 걸음으로 협문*을 지나자, 밝은 달빛에 이화의 작은 그림자가 사랑채의 마당에 비쳤다.

달빛이 내리는 넓은 사랑채의 마당은 인적이 없어 고요했다. 도성 안에 있는 가옥이었지만 낙화원의 사랑채는 상당히 고즈넉하고 호젓한 곳으로 명성이 높았다. 그 명성처럼, 이화 역시 사랑채 마당에 들어서니 어딘가 마음이 차분해지는 기분이었다.

사랑채 마당에는 장미를 심어 두었는데, 이제 막 5월 말이라 한창 아름답게 피어 있었다. 이화는 이곳에 피는 장미를 상당히 좋아했기에 협문 근처에 피어 있는 붉은 장미를 물끄러미 바라보았다. 아버님께 손수건을 드리고 돌아가는 길에 조금 꺾어서 제 방에 장식해 두면 좋겠다는 생각이 들었다.

이화는 조심스레 달빛에 빛나는 장미를 손끝으로 쓰다듬었다. 본인의 휘처럼 이화는 꽃을 좋아했다. 어여쁜 소녀가 아름다운 장미를 귀히 여기는 모습은 화폭에 담겨 있는 그림처럼 아름다웠다. 떨어지는 하얀 달빛과 한창 피어난 장미, 그리고 아직은 꽃봉오리처럼 미숙한 소녀. 그 모습이 누군가의 시선을 잡아채고 있었던 것을 이화는 몰랐다.

'참, 내 정신 좀 봐.'

한참을 그렇게 장미 향을 즐기던 이화가 정신을 차렸다. 호기심이 많은 이화는 이렇게 가끔 무엇인가에 열중하면 시간 가는 줄

---

* 한옥에서 안채와 사랑채 등을 구분하는 작은 문.

모르고 빠져들 때가 있었다. 본래 이곳에 온 목적도 잊고 이렇게 꽃에만 빠져 있었던 자신이 민망하여, 이화가 얼른 사랑채 쪽으로 몸을 돌려 두어 걸음을 옮겼을 때였다.

"허헉!"

갑작스런 인영(人影)의 등장에 이화가 작은 비명을 질렀다. 소리도 없이 눈앞에 나타난 검은 복색의 사내는 신장이 훤칠했고, 눈이 크고 눈매가 날카로웠다. 마치 베일 듯하게 높고 모양이 좋은 콧대와, 그 아래 자리 잡은 입술도 남자답고 힘이 있어 보였다. 그리고 검을 든 모습에 이화는 주춤 뒤로 물러서고 말았다.

"놀라게 해서 죄송합니다. 아가씨."

나직하면서도 공손한 그의 말투에 이화는 다소 경계를 풀었다. 하지만 그의 날카로운 눈빛이 제게 닿는 순간, 이화는 잠시 멍해졌다. 무엇인가가 그녀의 심장을 꽉 움켜쥔 기분이었다. 그녀의 호흡과 더불어 주변의 모든 것들이 움직임을 멈춘 것 같았다. 마치 그의 시선에 그대로 모든 것이 얼어붙어 정지된 느낌이었다.

"대감마님께서는 지금 출타 중이십니다."

그의 설명에 이화는 멍한 생각에서 깨어나 고개를 끄덕였다. 이화는 자신이 느끼는 이 감정의 정체가 두려움인지 무엇인지 제대로 설명할 수가 없었다. 다만 어색하게 주변을 살피니, 사랑채의 불이 꺼져 있음을 확인할 수 있었다. 손수건을 어서 드려야 한다는 생각에 들떠 이화는 사랑채에 불이 꺼진 것을 미처 깨닫지 못했던 것이다.

"아, 그래? 아버님께서 이 늦은 밤에 출타를 다 하시다니⋯⋯."

이화가 다소 멋쩍게 중얼거린 말에 사내는 아무런 반응이 없었다. 그저 단정한 자세로 서서 침묵했다. 그가 서 있는 자세에는 한 지의 흐트러짐도 없었다. 그러나 이화는 부러 조심하며 기척을 죽이고 있는 범을 보는 기분이었다. 그만큼 그의 존재감이 압도적이었던 탓이다.

"자네가, 혹시?"

아무래도 삼월이가 침이 마르도록 칭찬하던 그 무사가 분명해 보였다. 하지만 여전히 그의 전반적인 분위기는 규중에 머무는 이화에게는 다소 무섭게 느껴졌다. 괜히 멋쩍어진 이화의 갑작스런 질문에도 사내는 담담하게 대답했다.

"흑운이라 하옵니다."

이화는 '역시' 하는 표정으로 고개를 끄덕였다. 그는 이화의 상상보다 나이가 그리 많아 보이지는 않았다. 이제 겨우 약관을 지난 정도? 그와 동시에 아버님께서 어찌 집안에 들인 지 얼마 되지 않은 무사를 이렇게 가까이 두었는지 고개를 갸웃했다. 이화는 '이 사람은 엄청난 실력자인 걸까?' 하고 작은 머리로 생각했다.

하긴 아버님은 대체적으로는 실력 위주로 사람을 쓰셨기에, 이화는 그런 것이리라 짐작했다. 한 대감은 무사는 검을 잘 쓰는 자여야 하고, 역관은 통역을 잘하면 된다는 실용적인 사고를 가진 사람이었기 때문이다.

"알겠어. 그럼 나는 이만 돌아갈게."

이화가 그리 말하고 돌아서자 흑운은 조용하게 말을 이었다.

"집 안이기는 하오나 밤이 늦었으니 제가 별채 앞까지 함께하겠습니다."

이화는 잠시 망설이다 고개를 끄덕였다. 이화가 자신의 처소로 향하는 동안 흑운은 한 보 정도 뒤에서 조용히 걸었다. 그리고 별채 앞 협문 앞에서 간단하게 목례만 하고는 사라졌다. 정말로 검은 구름처럼 순식간에 사라진 그였다.

그날 밤, 잠자리에 든 이화의 꿈속에는 서늘한 눈매의 무사가 나타났다. 마치 처음으로 두려운 것을 보고 겁에 질린 것만 같았다. 하지만 이화는 애써 그 마음을 한구석으로 밀쳐 두었다. 아직 어린 이화에게 흑운은 조금 대하기 껄끄러운 그런 존재로 마음속에 남게 되었다.

얼마 후, 이화에게는 오매불망 고대하던 외출할 수 있는 기회가 생겼다. 반가의 여인들이 집 밖으로 나설 수 있는 경우는 손에 꼽을 정도였다. 청나라 사신의 행차가 있거나 왕의 능행, 혹은 왕실의 혼례 행차 등이 있을 경우에는 어린 규수들도 집 바깥에서 구경할 수 있었다.

물론 혼인을 한 부인들의 경우에는 혼전의 규수들보다 모임이 더 잦았고 기회도 많았다. 큰살림을 하는 반가의 여주인들은 매달 한두 번 정도 부녀 모임을 가졌다. 혹은 2경(밤 10시경) 이후, 성내에 통금이 시작되면 밤의 도성 거리를 반가의 안방마님들이 하인들을 대동하고 밤놀이에 나섰다.

늦은 밤, 순라꾼들도 이런 양반가의 부녀들을 보면 암묵적으로 통행을 허가해 주었다. 즉, 밤이 되면 한성의 거리는 여인들의 것이 되는 것이었다.

"오늘 산대놀이는 어떨까요?"

이미 외출 전부터 삼월이는 산대놀이를 구경할 생각에 눈빛이 초롱초롱했다. 게다가 오늘은 특히 한 대감의 명으로 흑운이 이화 일행을 동행하기로 했기 때문이었다. 언제나 그의 곁에 가까이 갈 기회만 엿보던 삼월이인지라, 잿밥에 더욱 관심이 갔던 것이다.

"올해는 처음이지?"

이화 역시 외출할 생각에 마음에 들떴다. 평민들의 경우에는 여인들도 상대적으로 자유롭게 외출을 할 수 있었다. 하지만 이화는 필요한 것이 있으면 삼월이나 혹은 집 안의 다른 노비들이 다 처리해 주었기에 그럴 기회가 드물었다. 그러다 보니 이렇게 외출할 수 있는 기회가 생기면 이화도 항상 기대하게 되었다.

봄에는 농사로 바쁜 시기이다 보니, 모내기가 끝난 즈음에 산대놀이가 벌어졌다. 날이 너무 더워도 외부에 장시간 구경하는 것은 좋지 않았기에 지금이 딱 적절한 시기였다. 이번에도 다행히 짧은 시간이라면 낮에 잠깐 다녀와도 된다는 아버님의 허락에 이화 역시 기쁘기 그지없었다.

항상 이화나 다른 가족들이 집 밖을 나설 때면 호위 겸 해서 집 안에 일하는 남자 노비들이 동행을 하곤 했는데, 올해에는 특별히 흑운이 동행하게 된 것이다.

"아가씨, 소인 흑운이옵니다."

별채 마당에서 들려오는 흑운의 목소리에 삼월이의 얼굴이 확 펴졌다. 분명 산대놀이도 놀이지만 삼월이는 흑운을 가까이 보게 되어서 들뜬 것이 자명해 보였다.

"잠시만 기다리셔요. 아가씨 곧 나가실 거예요."

삼월이의 목소리가 들떠서 한껏 높아졌다. 이화도 외출을 위해서 삼월이가 내주는 장옷을 챙겼다. 문밖에 나서려면 반가의 여인들은 얼굴을 가려야 하는데, 왕실이나 고위 관직의 안사람이나 딸들은 너울*을 썼다. 하지만 이화는 너울은 너무 과한 것 같아서 장옷을 선호했다. 훨씬 휴대하기도 편하고 가벼웠기 때문이었다.

"되었다."

이화가 별채 마당으로 내려서자 흑운이 예의 바르게 인사를 했다. 여전히 빈틈없이 검은 옷을 입고 있어서 이화는 약간 거리감

---

* 원립 위에 얇은 천을 붙여서 어깨 정도까지 떨어지게 해 얼굴을 가리는 것.

이 느껴졌다. 하지만 삼월이는 바로 흑운에게 다가가서 살갑게 말을 붙이고 있었다.

"오늘 무사님과 함께 나가게 되서 참으로 좋네요."

삼월이의 수다에도 흑운은 별말이 없었다. 그저 대감마님의 명이니 따른다는 태도였다. 찰라, 흑운의 시선이 이화에게 닿았다 떨어졌다. 아주 짧은 순간이었지만 이화는 다시 어딘가 불편한 기분이 되었다. 이화에게 그는 낙화원과는 어울리지 않는 조금은 이질적인 존재로 느껴졌기 때문이었다. 왜 그런 생각을 한 것인지 이화는 사실 정확한 사유를 알 수 없었다.

"시간이 그리 많지 않으니 조금 서두르시죠."

삼월이의 기나긴 수다를 멈추려는 듯한 흑운의 말에 이화 역시 걸음을 옮겼다. 먼 거리라면 이화는 가마를 타야 했다. 하지만 북촌에서 광화문은 그리 멀지 않은 거리였고, 사람들이 많이 모일 터이니 걷는 편이 움직임이 가벼울 것이다.

"아이고, 사람들이 참말로 많이 모였나 봐요."

광화문에 가까워질수록 주변이 시끄러웠다. 삼월이의 들뜬 목소리에 이화 역시 마음이 흥성거리기 시작했다. 사람들 역시 색색으로 차려입은 산대놀이 팽인들의 모습에 마음이 들뜬 듯 흥겨워 보였다.

각종 탈을 쓴 팽인들의 동작과 그들의 말과 행동에 호응하는 관객들의 소음 덕분에 주변은 시끌벅적했다. 취발이 탈을 쓴 팽인이 관객들에게 가까이 다가오자 사람들의 소리도 함께 높아졌다. 주변에는 사람들이 많이 모인 틈을 타, 각종 간식거리를 파는 상인들도 있었다.

"하하하."

"얼쑤, 지화자!"

사람들이 팽인의 연기에 장단을 맞추기도 하고 혹은 함께 웃고 떠드는 소리에 이화 역시 즐겁게 웃었다. 옆에 있던 삼월이는 팽인의 움직임에 맞추어 손뼉을 치거나 추임새를 넣기도 했다. 그 와중에도 흑운은 어떤 표정의 변화도 없이 이화의 주변만을 냉정하게 살피고 있었다.

"좀 더 자주 이런 놀이가 있으면 좋을 텐데……."

놀이가 끝나고 아쉬워하는 삼월이의 말에 이화 역시 고개를 끄덕였다. 이제 낙화원으로 돌아가야 했지만 정말로 오랜만에 외출을 한 이화는 바로 돌아가기가 망설여졌다. 아직 아주 늦은 시간은 아니었기에 이화는 잠시 고민하다 흑운에게 일렀다.

"잠시 주변 시전(市廛)에 가 보았으면 하네."

이화의 말에 흑운이 약간 멈칫했다. 경복궁 앞에 있는 광화문에서 육조거리(관청들이 모여 있는 거리)를 지나 경기시(조선 시대 무기를 제조하던 관청) 방향으로 이동하여 좌측으로 들어가면 시전이 나온다. 인사동을 지나서 조금 더 걸어가면 흥인문(동대문)이 나오는 그곳은 한성의 온갖 재화가 모이는 번잡한 곳이었다.

"괜찮으시겠습니까?"

한 대감이 산대놀이를 구경하고 바로 집으로 돌아오라고 명한 것은 아니었다. 하지만 시전은 항상 사람들로 북적였기에 이화를 거기까지 가게 하는 것은 다소 망설여지는지, 흑운이 그렇게 질문을 했다.

"음, 오랜만에 나왔으니까 잠시만 둘러볼게."

이화의 간절한 눈빛이 흑운을 향하자, 그는 약간 불편한 듯 시선을 피했다. 그러나 이화는 이런 기회가 흔치 않았기에 되도록이면 시전까지 둘러보고 싶었다. 그리고 이화는 이상하게도 무슨 일이 있으면 흑운이 충분히 대처할 수 있으리라는 생각이 들었다.

"알겠습니다."

결국 흑운의 대답이 떨어지자 이화는 씩씩하게 걸어갔다. 삼월이 역시 외출은 자유롭지만 흑운과 함께하는 것이 좋았는지 발걸음이 가벼웠다. 그런 그녀들을 보호하며 흑운은 약간 떨어져서 걸음을 옮겼다.

"어머, 이 노리개는 참으로 빛깔이 곱구나."

이화는 시전에 도착하자 다채로운 광경에 마음이 들떴다. 주변에 있던 장신구 점포를 둘러보다가 마침 색이 고운 노리개를 보고 이화는 감탄사를 내뱉었다.

"에구, 아가씨도. 댁에 더 좋은 것들이 많으신데 이런 장터에서 파는 것이 무에 그리 좋으시다고요."

삼월이의 말대로 장에서 파는 물건은 그리 품질이 좋지 않았지만, 이화는 이런 분주한 바깥에서 다양한 물품들을 구경하는 그 느낌이 좋았다. 그리고 이화는 가격의 문제가 아니라, 각자 자신들의 형편에 맞는 아름다운 장식품들이 가장 좋은 것이라 생각했다.

"하지만 이렇게 함께 늘어놓으니 보기에 참으로 좋지 않으냐?"

이화의 말에 삼월이 역시 고개를 끄덕였다. 이화는 가는 곳마다 걸음을 멈추고는 구경을 하느라 정신이 없었다. 굳이 필요한 것이 있는 것은 아니었지만 흥미로운 물건이 있으면 이화의 눈빛이 초롱초롱하게 빛났다. 그래서 이화는 주변에 걸어가는 사람들에게 그리 주의를 기울이지 못했다.

"어머나!"

이화가 앞쪽에서 걸어오던 사람을 미처 보지 못하고 막 부딪힐 뻔한 순간, 흑운이 번개처럼 빠른 속도로 그 사이를 막았고, 삼월이가 얼른 휘청거리는 이화를 부축했다. 분명 상대방의 잘못이라기보다는 앞을 주시하지 않은 이화의 잘못이 컸다. 하지만 상대방은 흑운에게 위압감을 느꼈는지 뭐라 말도 하지 않고 얼른 지나쳐 갔다.

"아무래도 이제 돌아가시는 것이 좋겠습니다."

이화는 외출이 끝나는 것은 아쉬웠지만 그의 말대로 돌아가는 것이 좋다고 생각했다. 너무 들뜬 나머지 시간 가는 줄도 몰랐던 자신이 약간 부끄러웠다. 게다가 이렇게 번잡한 곳은 흑운도 자신을 보호하는 것이 두 배로 어려웠을 거라는 생각에 약간 미안하기도 했다.

"알았어. 이제 그만 돌아가자."

이화의 말이 떨어지자마자 세 사람은 걸음을 옮겼다. 낙화원에 도착해서 별채 협문 앞에서 흑운은 인사를 하고 사라졌다. 이화는 즐거운 외출이 끝나 버린 것이 아쉽기만 했다. 여전히 약간 발간 자신의 볼을 면경에서 확인하고는 이화는 '언제 다시 외출할 수 있을까.' 하고 아쉽게 생각하고 말았다.

2. 낙화

"드디어 고대하던 장손을 얻으셨으니 진심으로 감축 드립니다."

인사를 건넨 사람은 한 대감의 사촌 동생 한병수였다. 1694년 이른 봄, 집안의 일가친지들이 모두 모여, 오랜만에 낙화원 사랑채는 손님으로 북적거렸다. 한 대감이 정말로 귀한 장손을 얻었기 때문이었다.

슬하에 자식이 이화 하나뿐이었던 가문에 장손이 태어났으니, 그야말로 축하할 일이었다. 게다가 한 대감은 정부인인 김씨 이외에는 첩이 없었다. 그렇게 귀히 여기는 안사람이 낳은 늦둥이 아들이니 귀하지 않을 수가 없었다.

"허허, 고마우이."

그러나 한 대감의 표정은 그리 밝지만은 안았다. 최근 정국이 수상하다 보니, 그 풍파에 자신이 휘말릴 경우, 갓 태어난 아들뿐만 아니라 가족들 모두의 안위를 장담할 수 없었기 때문이었다. 당파에 따라 사람들의 무리가 길리고, 정국이 번화하면 반대파들은 한꺼번에 정치 일선에서 물러나 유배나 극형에 처해지곤 했다.

이미 5년 전 기사환국 때, 서인들의 집안이 거의 풍비박산이 났고, 서인의 거두라 할 만한 송시열은 사약을 받아 사사되었다. 만약 반대의 경우가 발생한다면, 지금은 한껏 위세를 부리고 있는 남인들의 처지도 하루아침에 바뀔 수가 있었던 것이다.

"그런데 최근에 김춘택이 상당한 물의를 일으키고 있는 모양입니다."

한 대감은 한병수의 다시 말에 고개를 끄덕였다. 김춘택은, '사씨남정기'라는 언문 소설을 쓴 서인 김만중의 집안사람이었다. '사씨남정기'는 선한 본부인인 사씨가 요망한 첩의 간계에 의해 내쳐졌다가 다시 안방마님으로 복귀한다는 내용이었다. 많은 민초들은 선한 본부인인 사씨가 폐출된 서인인 폐비이고, 첩은 남인이 밀고 있는 현 왕비라 여기고 있었다.

서인인 김춘택은 남인들의 동정을 살피기 위해서 왕비 오라비의 아내와 통정까지 하며 정보를 모았다. 선비로서는 부적절하기 이를 데 없는 행동이지만, 당파의 경쟁 속에서 살아가는 이들에게는 서인인가, 남인인가는 이렇게 중요한 문제였던 것이다.

"하지만 이미 국본인 세자마마가 계신데 큰일이야 있겠습니까?"

그 옆에 있던 한병수의 아들이 말을 이었다. 하지만 한 대감의 생각은 조금 달랐다. 정국의 전환을 위해서라면 자신이 아끼는 여인들마저도 이용하는 데 냉정하리만치 주저함이 없는 국왕이었기 때문이다. 아무리 세자의 생모라 할지라도 한순간에 내쳐질 수도 있었다.

"세월이 하 수상하니, 그저 날이 고요하기만을 바라야겠습니다."

누군가의 말에 모두 함께 웃었지만 한 대감은 아주 심한 먹구름이 점점 다가오는 기분이었다. 그 먹구름이 거친 풍파를 불러왔을 때 과연 이 어린 자식은 어떻게 될 것인가? 또 이제 막 열일곱이 되어 혼기를 맞이한 이화는 어찌할 것인가? 여러 가지로 근심이 많은 한 대감의 얼굴이 다소 어두웠지만, 여전히 아이의 탄생을 축하하는 잔치로 낙화원은 한동안 매우 흥성스러웠다.

한 대감의 근심대로 그 봄, 도성은 설명할 수 없는 긴장으로 가득했다. 물 밑에서 서인과 남인들 간의 경쟁과 견제는 더욱 심해졌다. 사실, 폐비가 폐비될 때에도, 현재 심심치 않게 폐비의 복위를 거론할 때에도, 딱히 폐비나 현 왕비에게 허물이 있었던 것은 아니었다.

다만, 서인과 남인이 자신들의 정치적 입장과 의리에 따라서 서인은 폐비를, 남인은 현 왕비를 지지했을 따름이었다. 그런 갈등이 왕비의 책봉과 폐비라는 일련의 과정으로 나타났을 뿐이었다.

"아가씨, 아가씨!"

호들갑스러운 삼월이의 부름에 별채에서 조용히 글을 읽고 있던 이화가 고개를 들었다. 이제 추위가 물러나고 봄이 되니 낙화원에는 다시 매화가 만발해 있었다. 저택의 별호처럼 별채 마당에는 드문드문 떨어진 매화 꽃잎들이 여기저기 흩어져 있었다.

"무슨 일인데, 이리 소란이냐?"

이화의 조용한 물음에 숨이 넘어갈 듯 달려온 삼월이가 자세를 바로잡고는 침을 꿀꺽 삼켰다. 이화는 삼월이의 모양새를 보아하니 또 무슨 엄청난 소식을 듣고 온 모양이라고 생각했다.

최근에 이화는 꽃처럼 활짝 피어나 있었다. 까맣고 윤이 나는 검은 머리, 아미처럼 모양이 좋은 눈썹과 그 아래 자리 잡은 크고 맑은 눈, 속눈썹도 길고 진해서 눈 모양이 또렷했다. 콧대는 너무 높지도 낮지도 않지만 매끈하게 뻗어서 작은 얼굴에 잘 어울렸고, 통통한 콧망울 덕분에 약간은 귀여운 인상이었다. 그 아래 입술은 연지를 바르지 않아도 붉고 도톰하여 아름다웠다. 정말로 이화는 이제 바로 혼인을 올려도 될 정도로 어여쁘게 성장해 있었다.

"저기 아가씨. 저, 정혼이…… 하아, 아가씨 혼치가 정해진 모양입니다."

중간에 숨이 막히는지 삼월이가 숨을 몰아쉬며 전한 말에 이화는 그저 고개를 끄덕였다. 이제 그녀의 나이 열일곱, 반가의 규수라면 충분히 정혼 이야기가 나올 만한 나이였다.

왕실의 경우에는 10세 전후에도 가례를 올리기도 하지만, 대개 양반가의 여식이라면 열여섯에서 열아홉 사이에 혼례를 올리는 것이 다반사였다. 그러니 지금 이화의 나이는 아주 빠른 것도, 그렇다고 늦은 것도 아닌 딱 적절한 연령이라 할 만했다.

"그렇구나. 드디어 정해진 모양이구나."

이화의 시큰둥한 반응에 삼월이는 약간 고개를 갸웃거렸다. 반기는 것도 아니고 그렇다고 거부하는 것도 아니었다. 이화는 그저 자신에게 다가온 일을 남의 일처럼 말하고 있었던 것이다.

"네, 그 유 대감님 댁 장자라 하시데요. 몇 년 전 과거에 급제하셔서 지금은 사간원에 계신다고, 주변에서 아주 칭찬이 자자하신 분이랍니다."

삼월이의 말에도 이화는 그저 고개만 끄덕거렸다. 일단 정혼이 결정되면 이화가 할 수 있는 것은 없었다. 부모님의 뜻에 따라, 집안 간의 혼인에 따르고 그녀는 시집간 집안의 일원이 되는 것이었다.

정혼자가 어떤 사람인지, 이화가 혼인 전에 그의 얼굴을 볼 리도 없었고, 출가한 후 며칠이 지나도 신랑의 얼굴을 제대로 모르고 사는 반가의 여인들도 즐비했다. 합방은 어두운 밤에 이루어지는데, 낮에 여인들은 안채에 머물고 남편은 사랑채에 머물러 사는 공간이 다르기 때문이있다.

"아버님께서 상당히 마음을 쓰셔서 혼처를 고르셨구나."

이화의 약간 냉담한 음성에 혼자서 들떴던 삼월이가 머쓱한 표정으로 슬그머니 뒤로 물러났다.

홀로 남은 이화는 당연한 삶의 궤도임에도 왠지 마음 한구석이 답답했다. 하지만 한 대감이 이화의 혼사를 그리 서둘렀던 사유를 이화는 조금 시간이 지난 후에야 알 수 있었다. 이미 혼인을 한 딸은 출가외인이었기에 앞으로 남인에게 닥칠지도 모를 그 모든 풍파에서 벗어나게 하려는 애틋한 부정이었다는 것을 말이다.

우려한 바대로 그해 봄, 정국은 순식간에 요동치기 시작했다. 1694년 3월 23일, 누군가의 밀고로 순식간에 정국은 소란스러워졌다. 날마다 수많은 서인들이 국문에 끌려와 추국(推鞫)을 받다 죽어 나간다는 뒤숭숭한 소문이 도성에 파다했다. 그래서 이화 역시, 불안한 마음을 금할 수가 없었다.

"이게 무슨 일이래요, 아가씨? 저기 북촌 끝에 민 대감님께서 엊그제 의금부로 끌려가서 그 집이 아예 초상집이 되었데요."

역시 삼월이는 바깥출입을 자주 하니 소문에 빨랐다. 또다시 도성 곳곳에서 불온한 기운이 느껴졌기에 이화는 불안한 마음을 금할 수가 없었다. 5년 전에는 어리기도 하여 세상이 어찌 돌아가는지 제대로 다 파악하지 못했다. 하지만 그때에도 누마루에서 시절이 수상하다고 걱정하시던 아버님의 말씀을 떠올리니 이화는 불안하기만 했다.

아버님께서는 너무 걱정하지 말고 혼인 준비에 힘쓰라 하셨지만 이화는 마치 살얼음판을 걷는 기분이었다. 혼수를 준비하기 위해서 이화는 열심히 수를 놓았지만 심사가 사나워 그런지 영 잘되지 않았다. 그래도 최대한 노력을 해야 했기에 늦은 밤까지 불을 밝히고 있었던 참이었다.

쿵!

갑작스레 들려온 커다란 소리에 이화는 몸을 움찔했다. 이미 인경(야간 통행금지를 알리는 종, 오후 10시)을 친 지 일각(15분)이나 지난 늦은 시간이었다. 삼월이도 행랑채로 돌아가서 홀로 있던 이화는 대체 무슨 소리인 것인지 알 수가 없어서 손이 다 떨려왔다.

혹시 누군가 담장을 넘어서 숨어 들어온 것은 아닌지, 아니면 도둑인 것인지, 이화는 작은 창문 틈 사이로 바깥의 동정을 살폈다.

"아니, 저건?"

바깥을 살피던 이화는 그 정체가 누구인지 깨닫고 기절할 듯이 놀랐다. 별채 담벼락 아래에 몸을 기대고 있는 사람이 아무래도 흑운 같았던 것이다. 하지만 평소와 달리 무척 호흡이 거친 것 같았고, 기운이 없는 사람처럼 벽에 기대어 있는 것이 이상했다. 결국 이화가 문을 열고 바깥으로 나와서 그에게 다가갔다.

하지만 옆으로 다가서자 훅 하고 끼쳐오는 비릿한 혈향에 이화는 소스라치게 놀라고 말았다. 분명 그는 다친 것이 분명했다. 아닌 게 아니라 자세히 살펴보니, 그의 왼쪽 팔 부근의 저고리가 날카롭게 베여서 상처가 드러나 있었다. 그리고 그곳에서 울컥울컥 뜨거운 피가 자꾸만 흘러내렸다.

무사이니 작은 상처를 입을 수도 있겠지만, 그의 상처는 결코 가벼운 상태가 아닌 것으로 보였다.

"이, 이게 어떻게 된 일이야?"

이화는 피를 흘리는 흑운을 보자 두렵기도 하고 걱정도 되어 목소리가 가늘게 떨렸다. 베인 상처에서 계속 붉은 피가 흘러나왔고 검은 복색이 그것을 흡수하고 있었다. 이화는 검을 든 무사들은 가끔 보았지만 피를 흘리는 일을 직접 본 일은 없었다. 그래서 검붉은 피가 저고리를 적시는 것을 보니 약간 현기증이 났다. 특히 비릿한 혈향이 이화를 무척 두렵게 만들었다.

"괘, 괜찮습니다."

그는 연신 가쁜 숨을 쉬면서도 이화를 안심시켰다. 하지만 창백한 그의 얼굴 때문에 이화는 점점 더욱 걱정이 되어 어찌할 바를 몰랐다. 제 힘으로 그의 상처를 치료할 수도, 그렇다고 그를 부축하여 옮길 수도 없었다. 하지만 계속 흐르는 피 때문에 젖은 자국이 커져 갔다. 그래서 이화는 급한 마음에 일단 들고 있던 손수건을 꺼내어 그의 팔에 묶어 주었다.

"아가씨?"

그가 약간 놀란 음성으로 이화를 불렀지만 이화는 조금도 망설이지 않았다. 그 손수건은 이화가 혼인 준비를 위해서 방금 전까지 자수를 놓고 있던 것이었다. 황망히 나오느라 이화는 방금 전까지 수를 놓고 있던 것을 그대로 손에 들고 나온 것이다.

"괜찮아. 사, 상처를 먼저 돌봐야지."

하지만 이화의 목소리는 떨리고 있었다. 게다가 작은 비단 손수건은 순식간에 붉은색으로 변해 버렸다. 당황한 이화는 더 이상 뭘 해야 할지 몰라 머릿속이 하얗게 변했다. 아무래도 도움을 청하는 것이 좋을 것 같았다.

"사, 사람을 불러올 테니 잠시 기다려."

흑운이 뭐라 대답을 하기도 전에 이화는 종종걸음으로 도움을 청하기 위해서 사라졌다. 그렇게 다급하게 사라지는 이화의 뒷모습을 흑운은 조용하게 쳐다보았다. 그의 베인 상처에서는 계속 피가 흘러내렸지만, 그의 눈빛은 설명할 수 없는 복잡한 감정으로 무겁게 가라앉아 있었다.

"아니, 대체 이게 무슨 일인가?"

이화가 불러온 사람은 노(老)집사였다. 노집사는 별채에서 가까운 행랑채에 기거하여 가장 빠르게 부를 수 있는 사람이었고, 이 큰 집 살림을 도맡아 하는 그라면 충분히 해결할 수 있을 것이라 이화는 믿었다.

"별일 아닙니다."

흑운의 대답에 노집사는 혀를 끌끌 차며 일단 그를 부축해서 사라졌다. 두 사람이 별채 밖으로 사라지자 별채 마당은 적막한 기운만 감돌았다. 한참 후, 노집사만 돌아와 담장 근처에 묻어 있던 혈흔을 정리하고 사라질 때까지도 이화는 두근거리는 심장을 어찌할 수가 없었다.

이후로 이화는 이상하게도 계속 흑운에게 신경이 쓰였다. 무슨 사유로 그 밤 상처를 입고 별채 담을 넘어 들어왔는지 궁금했다. 별채의 한쪽 담장이 바로 외부와 연결되어 있고, 안채나 사랑채에 비해서는 사람의 인적이 드문 곳이긴 했다. 그래서 급하게 숨어야 할 사유가 있었다면 별채 담벼락을 넘는 것이 가장 좋은 선택이기는 했다.

하지만 이튿날, 삼월이는 흑운에 대해 어떤 말도 하지 않았다. 이화는 가장 믿을 만한 노집사에게만 사실을 알렸으니, 입이 무거운 그였기에 말이 새어 나오지 않았을 것이다. 또한 흑운 역시 상처 입은 것을 주변에 알리지 않았다는 의미였다.

어제는 정신이 없어서 제대로 상황을 파악하지 못했지만 나중에 알고 보니 작은 베임에도 상처에서는 상당히 많은 양이 피가 흐른다고 했다.

그는 검을 다루는 자이니 노집사의 도움이 있었다면 충분히 적절한 처치를 했을 수도 있었다. 흑운이 항상 입고 있는 검은 저고리와 전복* 아래 상처를 숨기는 것은 그리 어려운 일은 아닐 것이었다. 게다가 그는 다른 노비들과는 달리 홀로 행랑채 한 칸을 사용하고 있었다.

삼월이의 말대로 흑운의 과거나 휘 등, 그에 대해서 알려진 것이 거의 없었다. 하지만 계속 자수를 하면서도 이화는 자꾸만 자신의 생각이 그에게로 향하는 것을 막을 수가 없었다. 한창 자수를 놓고 있던 천 위로 흑운의 얼굴이 떠올랐다.

'내가 무슨 생각을?'

화급히 마음에서 그 얼굴을 지워 버렸지만 이화는 집중하던 자수를 계속할 수 없었다. 그리고 이후로 이화는 그가 주변에 있을 때에는 계속 신경이 쓰였다.

그리고 며칠 후, 별채에 있던 이화는 예상치 못한 그의 방문에 깜짝 놀라고 말았다. 흑운이 직접 별채까지 찾아왔던 것이다. 마침 별채로 들여올 물건이 있었기에, 그가 그것을 가지고 온 것이었다. 흑운은 이런 일을 할 필요는 없고, 남자 노비들이 할 일이었

---

* 저고리 위에 남자들이 겹쳐 입던 소매가 없는 조끼 모양의 긴 겉옷. 주로 그 위에 대를 두른다.

지만 이화는 아무래도 부러 그가 기회를 만든 것 같은 기분이었다.

"혼처가 정해지셨다 들었습니다. 감축 드립니다."

뜻하지 않은 그의 등장에 약간 당황하던 이화는, 흑운의 인사에 약간 어색한 표정으로 고개를 끄덕였다. 집 안 모든 사람들이 알고 있는 사실이니, 그 역시 이화의 정혼 소식을 들었을 것은 자명했다.

"아버님께서 조금 혼인을 서두르시는 것 같아. 올 가을에 바로 혼례를 올리겠다고 하셨어."

이화의 말에 흑운이 낮은 목소리로 대답했다.

"세월이 하 수상하니, 빨리 아가씨에게 좋은 배필을 정해 주시려는 게지요."

아닌 게 아니라, 최근에 국왕께서 폐비를 복위시킬지도 모른다는 소문이 성내에 파다했다. 이미 민간에는 민요까지 나와서 현재 왕비를 폄훼하고 폐비야말로 아껴야 할 부인이라고 칭송하고 있었다.

만약 폐비가 복위된다면 현 왕비의 몰락을 의미하고 그것은 남인들에게는 청천벽력과도 같은 상황일 것이 분명했다. 5년 전 환국으로 일시에 조정의 주류가 바뀌었던 것처럼 이번에도 한꺼번에 남인이 실각할 수도 있었기 때문이었다.

"하긴 딸은 출가외인이니까."

출가를 하게 되면 여인은 시댁의 귀신이 된다. 즉, 친정의 사람이 아니라 시댁의 식구가 되는 것이 혼인이다. 그래서 이번에 아버님께서 정혼자로 정해 주신 가문은 그리 당파색이 강하지 않은 집안이었다. 주로는 같은 서인끼리, 혹은 남인끼리 혼사를 올리는 것에 비추어 보면 아버지의 생각이 어떤 것인지 이화는 대충 감이 잡혔다.

"조정의 주류가 바뀌면 또 어떤 피바람이 불런지……."

이화의 중얼거림에 흑운은 침묵했다. 하지만 이화는 순간 그의 눈에 떠오른 복잡한 빛을 놓치지 않았다. 그리고 생각보다 두 사람 모두 현재의 돌아가는 정세에 촉각을 기울이고 있었다는 것을 깨달았다.

"또 북촌 기와집들의 주인들이 일시에 바뀔 수도 있겠지요."

다소 냉소적인 그의 말에 이화는 흠칫했다. 실제로 5년 전에도 서인들이 실각하면서 북촌에도 여러 변화가 있었던 것이다. 당시에는 이화 역시 아직 어려 어렴풋한 기억밖에 없으나, 하루아침에 기와집의 주인이 바뀌었던 것은 생생했다. 일부 갑자기 사라진 사람들도 있었고, 또 귀한 반가의 여인들이 한순간에 노비로 영락하고는 했었다. 이화는 음침한 먹구름이 낙화원에 조금씩 다가오는 것만 같았다.

"너무 걱정하지 마십시오."

흑운의 말에 이화는 고개를 끄덕였다. 하지만 불안한 마음을 감출 수는 없었다. 불안해하는 자신을 흑운이 지그시 바라보자 이화는 어쩐지 불편했다. 사실 이화는 자신이 왜 그의 눈빛을 불편하게 느끼는 것인지 이유를 알 수가 없었다. 이화가 그를 본 것은 손에 꼽을 정도였고, 그리 많은 접점이 있는 것은 아니었기 때문이다.

다만 이상하게도 자신을 향하는 흑운의 일견 냉정해 보이는 눈빛에는, 그 정체를 규정할 수 없는 진득한 감정이 감추어져 있는 것만 같았다. 그럴 때마다 이화는 심장이 아릿한 기분이었다. 그는 자신에 대해서 과묵했고, 감정을 잘 드러내지도 않았다.

하지만 이상하게도 이화는 그의 눈빛을 볼 때마다, 혹은 그의 곁에 갈 때마다, 그가 커다란 아픔과 슬픔을 제 안에 꾹꾹 눌러 담고 있는 것만 같았다. 여전히 이화에게 그는 다소 정체를 규정할 수 없는 존재였고, 이화는 자신이 왜 이리 그렇게 신경을 쓰고 있는지 알 수가 없었다.

'헉!'

이화는 터져 나오는 신음을 막기 위해서 얼른 제 입을 막았다. 그리고는 저도 모르게 밤 그림자 사이로 화급하게 몸을 숨기고 말았다. 며칠 후 늦은 밤, 아버님과 어머님께 문안 인사를 드리고 별채로 돌아가던 길이었다. 안채에 딸린 행랑채 근처에는 곳간도 함께 있었다. 그 곳간 사이로 들어가는 사람의 모습이 희미하게 보였던 것이다.

'저, 저건?'

분명 그것은 삼월이의 뒷모습이었다. 이 늦은 야밤에 어찌 곳간으로 향하는 것인지 이화는 약간 갸웃했지만, 마침 부탁할 일이 있었기에 별생각 없이 그녀 뒤를 따랐던 것이다. 그러나 거기서 이화가 마주한 것은 전혀 예상치 못한 광경이었다. 처음에는 삼월이만 있는 줄 알았는데 안쪽 어두운 그림자 속에 흑운이 있었던 것이다.

이화가 놀라서 몸을 뒤로 물리려는 사이, 삼월이 흑운을 덥석 끌어안고 그의 입술에 입을 맞추려 하고 있었다. 너무 놀라서 이화는 비틀비틀 뒷걸음을 치며 제 입을 막았던 것이다. 이것이 삼월이가 이야기하던 남녀상열지사의 현장인가 싶었다. 두 사람만 있을 장소가 마땅치 않으니 늦은 밤, 사람이 없는 곳간은 최적의 장소였을 것이다.

'어, 어떡하지?'

급하게 이화는 별당 쪽으로 발걸음을 옮겼지만 아까 흑운과 두 눈이 아주 찰라 마주친 것만 같았다. 삼월이는 등을 지고 있어서 이화를 볼 수 없었겠지만 벽 쪽에서 입구를 바라보고 서 있던 그의 눈에는 이화가 보였을 수도 있었다.

"하아, 하아……."

별채로 돌아와 두근거리는 심장을 억누르며 이화는 거친 숨을 헐떡거렸다. 혹시나 정말로 그가 자신을 본 것인지 확신할 수가 없었지만, 이화는 봐서는 안 될 것을 목격하여 정신이 없었다. 하지만 그가 자신을 알아보았다면 계속 삼월이와 입맞춤을 했을 것 같지는 않았다.

'못 본 게지. 맞아, 그럴 거야.'

이화가 본 장면은 삼월이와 흑운의 입술이 닿기 직전이었다. 이화가 바로 몸을 돌려 그 이후는 알 수 없지만 자신과 시선이 마주친 흑운이 부러 계속 삼월이를 막지 않은 것 같기도 했다.

하지만 이화는 흑운이 굳이 그럴 사유는 없다고 머리를 저었다. 가끔 외출할 때 호위를 겸해 보는 사이인데 흑운이 자신을 신경 쓸 이유가 없었다. 그에게 이화는 그저 모시는 대감마님의 딸일 뿐이니 말이다.

하지만 이화는 밤을 꼬박 지새우고 말았다. 가슴 속에서 피어나는 불쾌한 감정의 정체가 무엇인지 이화는 알 수가 없어 전전긍긍했다. 흑운과 삼월이 무엇을 하든, 자신이 신경 쓸 일도 아니고, 노비들에게는 아주 자연스러운 일이었다.

하지만 '흑운은 노비는 아니지 않은가.' 하고 뾰족한 생각이 들자, 이화는 고개를 휙휙 젓고 말았다. 그 생각을 계속하면 불쾌한 감정과 심장이 너무 강하게 뛰어서 애써 이화는 마음을 가다듬었다. 정국을 둘러싼 먹구름처럼 이화의 마음에도 먹구름이 한가득인 잔인한 봄이었다.

❖

"뭐, 흑운이 사라졌어?"

다시 며칠 후, 삼월이가 가져온 소식에 이화는 저도 모르게 목소리를 높이고야 말았다. 감쪽같이 사라져 버린 흑운의 자취를 두고 사람들 사이에 여러 말이 있었다고 한다. 하지만 들어올 때도 그랬듯이 그는 떠날 때도 그렇게 감쪽같이 사라져 버린 것이다.

"그게……. 흑운은 노비가 아니니, 떠나고 싶을 때에는 언제든지 떠날 수가 있지요. 하지만 주변 누구에게도 아무런 언질도 주지 않고 쌩하고 사라졌으니 다들 걱정도 되고, 뭐 그런 거지요."

삼월이의 설명에 이화는 그저 고개를 끄덕였다. 하지만 한편으로 이화는 이미 그것을 예상했었던 것만 같았다. 어제 신시(오후 3-5시 사이) 무렵, 그녀는 분명 누군가의 시선이 자신에게 향하고 있음을 느꼈다. 볕이 좋아서 별채 마당에 나이 한창 피어나는 꽃을 바라보고 있을 때였다.

뒤통수가 따끔거리는 기분에 고개를 들었으나 주변에는 아무도 없었다. 하지만 그건 혹시 그가 아니었을까?

'하지만 흑운이 그럴 이유는 없겠지?'

이화는 자신의 생각에 고개를 저었지만 어딘지 심장 한구석에선 그것은 분명 그의 시선인 것만 같았다. 그는 아무런 말도 없이 그냥 떠나 버린 것이다. 물론 자신에게 그가 작별 인사를 할 이유도 없었고, 또 그럴 수 있는 상황도 아니라는 것은 알았지만. 왠지 이화는 서운한 마음을 피할 수가 없었다.

그리고 경술년(1694년) 늦은 봄, 한대감이 우려했던 대로 정국은 한순간에 변했다. 초반에는 서인들이 몰리던 형국이었는데 갑자기 모든 상황은 일시에 반전되었다. 고변으로 시작되었던 추국은 다시 역고변으로 상황이 바뀌었다.

즉, 민암과 왕비의 오라비가 역모를 꾀한다고 서인 측에서 역고변을 한 것이었다. 그래서 오히려 남인들이 궁지에 몰리게 되었던 것이다.

국왕은 처음에는 고변이 허황되다며 믿지 않는 모양을 보이며 민암과 왕의 오라비를 위로했다. 하지만 4월 1일 국문에서 갑자기 손바닥을 뒤집듯이 상황이 바뀌었다. 겨우 하루가 지나니 금부의 당상(堂上)이 청을 하여 옥사(獄事)를 확대하였다. 예전에 갇혀서 추고(推考)받던 자가 이제는 도리어 옥사를 국문(鞫問)하게 되고, 예전에 죄를 정하던 자가 이제는 도리어 극형을 받게 되었다.

그리고 동시에 왕은 사가에 폐서인으로 나가 있던 폐비를 다시 불러들여 왕비에 복위시켰다. 그리고 현 세자의 생모를 빈으로 강등시키고, 그녀를 지원하던 정치 세력이었던 남인들을 일거에 조정에서 쓸어버렸다.

본래 전처가 다시 돌아오면, 후처는 첩의 신분이 되거나 친정으로 돌려보내는 것이 반가의 규칙이었다. 그러니 폐비가 복귀하였을 때, 계비라 할 수 있는 현 왕비는 당연히 후궁인 빈으로 강등되는 것이 그리 이치에 어긋난 일은 아니었다. 하지만 이는 남인의 철저한 몰락을 의미했다.

한병모 대감 역시 남인 중 상당한 영향력을 행사하고 있었기에 유배형에 처해졌다. 유배형은 사형 다음으로 위중한 처벌이었다. 그가 유배에 처해진 곳은 전남 강진이었다. 죄의 위중에 따라 한양에서 유배지 거리가 결정되었던 사정에 비추어 보면 상당히 먼 거리였다.

가장이 유배형에 처해지자 순식간에 집안은 풍비박산이 났다. 이화의 어머니 김씨가 어린아이를 데리고 집안을 통솔해야 했지만 결코 녹록지 않았다. 그래도 한 대감이 유배지에 살아 있을 적에는 아슬아슬하게 유지가 되었다. 정치적 상황에 따라 유배형에 처한 사람의 경우에는, 상황이 반전되면 다시 정계로 복귀를 기대할 수도 있었기 때문이었다.

하지만 이듬해 1695년 여름, 다시 조선을 휩쓴 대기근으로 한 대감이 유배지에서 사망하자 집안 상황은 일거에 바뀌었다. 이제 기대할 수 있는 것이 없다는 것을 안 노비들은 하나둘씩 낙화원을 떠나갔다.

그래서 이화는 결단을 내렸다. 낙화원을 정리하고, 끝까지 충실하게 곁에 남아 있는 노비들을 속량해 주고 남아 있던 가산을 정리했다. 그리고 그녀가 어머니와 어린 인호만을 데리고 인왕산 근처에 조가를 얻어 나산 섯은 막 서리가 내리기 시작한 초겨울이었다.

이화의 나이 겨우 열여덟, 상황이 좋았다면 이미 정혼자와 혼인을 올렸을 때였으나 정혼은 파기되었다. 이제 이화의 눈앞에는 홀로 세파를 견뎌 내야만 하는, 차갑고 긴 겨울이 남아 있을 뿐이었다.

3. 재회

"처음 약조하셨던 금액보다 적지 않습니까?"

종로 육전 거리의 서점 앞에서 조그만 실랑이가 벌어졌다. 부쩍 날이 뜨거워져 한낮에 서 있으면 약간 땀이 흐르는 5월 중순이었다. 1698년 그 해는 유독이 평소보다 일찍 찾아온 더위로 모두가 힘겨워하고 있었다.

시간은 미시초(오후 1시) 무렵이었다. 해사한 얼굴의 선비가 서점 주인에게 따지고 있었다.

"아니 이 양반이, 이것밖에 없다니까."

아무래도 필사본에 대한 대가가 처음 약조했던 것보다 적은 것 같았다. 선비는 아직 얼굴에 수염도 없어, 매우 어려 보였다. 하지만 제대로 상투를 틀어 올리고 갓을 쓴 것을 보니, 이제 막 관례를 치른 나이로 보였다. 혼인을 하지 않아도 관례를 치른 남자(15세)는 상투를 틀었기 때문이었다.

"받기 싫으면 그 필사본 다시 들고 가든지."

곰방대를 입에 문 서점 주인은 하나도 아쉬울 것이 없다는 표정으로 선비에게 적은 돈이라도 받든지 아니면 그냥 돌아가라고 하고 있었다. 다른 물건이라면 가격 흥정이 제대로 되지 않으면 안 팔면 그만이었다. 하지만 필사본은 이 서점 주인이 사 주지 않으면 전혀 쓸모가 없는 물건이 된다.

"그러지 마시고, 본래 약조했던 금액을 주십시오."

선비는 한 치도 흐트러짐이 없는 표정으로 주인에게 요구를 했다. 처음에 힘도 제대로 쓰지 못할 것같이 비실해 보여, 선비를 다소 무시했던 서점 주인도 점점 시간이 지나자 약간 초조해졌다. 선비는 창백한 얼굴로 툭 치면 쓰러질 것처럼 보였지만, 한 시진이 넘도록 끈질기게 제대로 약조한 값을 치르라며 서점 앞에서 꼼짝도 하지 않고 버티고 있었던 것이다.

"아니, 글쎄. 내가 지금 돈이 이것밖에 없다고 하지 않소?"

주인은 슬슬 짜증이 났는지 목소리가 삐뚜름해졌다. 다른 것은 몰라도 선비의 인내심에 오히려 본인이 밀리는 느낌이었기 때문이다. 그리고 이렇게 끈질긴 사람은 서점 주인도 처음이었다.

"그건 주인장의 사정이시고, 서로 간에 약조를 하였으면 지키는 것이 상도의가 아닙니까?"

어린 선비가 조목조목 따지니 점점 궁지에 몰리는 것은 서점 주인이었다. 처음에는 별 관심이 없던 이들도 실랑이가 계속되자 주목하기 시작했다. 선비의 논리적이면서도 예의 바른 말에 고개가 끄덕여졌고, 그래서 사람들의 핀잔 어린 눈빛이 점점 서점 주인에게로 향했다.

기실 이 서점 주인은 경험이 없는 서생들의 필사본 가격을 후려치기로 아주 악명이 높았다. 대체적으로 서점 주인의 승리였으나, 오늘 이 선비는 참으로 만만치 않은 사람이었다.

"옛수, 가져가시오. 나 원, 이리 쇠심줄처럼 질긴 양반은 처음 보았네."

결국 서점 주인이 약조했던 금액을 내주고는 필사본을 받아 들었다. 그제야 선비는 마음을 놓은 듯, 작은 미소를 보였다. 그리고 돈을 들고 기운차게 돌아서는 그였다.

촤악!

하지만 갑자기 확 뿌려진 물에 선비는 한순간에 그야말로 물에 빠진 생쥐처럼 흠뻑 젖고 말았다.

"엣기, 재수가 없으려니 어쩌다 저런 자를 만났는지. 다시는 오지 마시오."

약조를 지키지 않은 것은 서점 주인이었으나 오히려 어린 선비에게 화풀이를 하고 있었던 것이다. 참으로 상도의도 지키지 않는

데다, 경우까지 없는 서점 주인이다.

"이, 이게 대체?"

미처 대비할 틈도 없이 물을 뒤집어쓴 선비는 당황하여 말을 잊었다. 그리고 생각지 못했던 모욕에 분에 떨며 작은 주먹을 쥐었다. 하지만 여기서 대거리를 해 봐야 좋은 일이 없다는 것을 알았기에 조용히 몸을 돌리려던 차였다.

"이게 어찌 된 일이오?"

낮으면서도 굵직한 사내의 음성에 주변이 순식간에 조용해졌다. 연한 푸른색 도포 위에 맵시 있게 짙은 남색의 전복을 차려입은, 체구가 당당한 사내가 서점 주인을 쏘아보고 있었다. 그 눈빛이 어찌나 강렬한지 서점 주인은 저절로 오금이 저려 왔다.

"아니, 그것이……. 저 선비가 강짜를 부리기에 그리했습죠."

서점 주인은 비굴한 표정으로 어린 선비를 비난했다. 하지만 사내는 이미 조금 전부터 이 모든 소동을 보고 있었다. 그래서 다시 날카로운 표정으로 서점 주인을 바라보며 말을 이었다.

"내 보기엔 저 선비님은 약조를 지키라 말했고, 상도의를 어긴 것은 자네가 아닌가?"

사내의 말에 서점 주인은 간담이 서늘해졌다. 이 거리의 거의 대부분의 점포를 소유하고 있는 객주인 그에게 반항하기란 애초부터 불가능했다. 그가 자리를 내주지 않으면 장사가 불가능했고, 그의 점포는 주변 다른 점포보다 시세가 낮았기에 여기서 쫓겨나는 것은 자신에게 큰 손해였기 때문이었다.

"아이고, 객주 어르신. 제가 잘못했습니다."

서점 주인은 넙적 사내의 앞에 엎드렸다. 하지만 사내는 조금도 미동하지 않고 그 모든 것을 냉정하게 관찰하고 있었다. 그리고 평이한 목소리로 한 가지 사실을 지적했다.

"잘못을 빌어야 할 사람은 내가 아닐 텐데?"

사내는 결코 목소리를 높이지 않았다. 하지만 서점 주인은 그의 박력에 밀려 바로 어린 선비에게 잘못을 빌었다.

"선비님, 제가 잘못했습니다. 용서해 주십시오."

갑작스런 서점 주인의 행동에 잠시 당황한 선비였으나 이내 가볍게 고개를 끄덕였다. 그제야 덩치 큰 사내는 서점 주인에게서 시선을 돌렸고, 서점 주인은 겨우 숨이 쉬어지는 것만 같았다.

"괜찮으십니까?"

사내의 질문에 어린 선비는 고개를 끄덕였다. 반상의 법도에 따르면 평민은 나이를 불문하고 양반에게 존대를 해야 했다. 하지만 평민보다 형편이 못한 양반들은 쉽사리 무시당하기 쉬웠기에, 서점 주인 역시 나이 어린 선비를 무시하고 조롱했던 것이다.

하지만 객주라 하는 사내가 존대를 하니 그제야 사람들은 서점 주인이 얼마나 큰일을 저질렀는지를 깨닫고는 슬금슬금 시선을 피하고 말았다. 그리고는 모두 순식간에 자취를 감추자 거리에는 오직 사내와 어린 선비, 두 사람만이 남은 듯했다.

"내 자네의 도움은 가슴에 깊이 새기고 잊지 않겠네."

어린 선비는 얼른 자리를 피하고 싶어 그리 말을 마쳤다. 사내의 도움은 고마웠지만 그에게는 얼른 물러나야 할 사유가 있었던 것이다. 사실 이 선비는 남장을 하고 있는 이화였고, 옷이 점점 젖어 드니 상당히 난감했던 것이다.

"잠시만 기다리십시오. 아무래도 그 상태로는 돌아가기 어려우실 테니 일단 저를 따라오십시오."

사내의 말에 이화는 부리나케 고개를 저었다. 하지만 뒤로 물러나려는 이화에게 사내는 갑자기 큰 걸음으로 다가왔다. 옆에서 보기엔 주변을 저어하여 목소리를 낮춘 것으로 보였으나 이야기를 들은 선비의 얼굴이 다시 창백해졌다. 그리고는 선비는 군말 없이 사내를 따랐다.

잠시 후, 사내는 주변에 있던 큰 기방 안으로 쓱 들어갔다. 입구에서 멈칫했던 이화는 어쩔 수 없이 그를 따라 안으로 들어갔다. 아직 시간은 이른 오후였기에 손님들이 드나들 시간은 아니었다. 사내는 큰 보폭으로 당당하게 걸어서 기방의 마당 안으로 들어갔고, 이화 역시 쭈뼛거리며 그를 따랐다.

"어서, 이 선비님께 맞을 만한 옷을 구해 오너라."

안으로 들어온 사내는 급히 계집종을 불러 그리 명을 내리고는 이화를 옆에 있던 방 안으로 들어가게 했다. 그에게 떠밀려 안으로 들어온 이화는 안절부절못하고 엉거주춤하게 서 있었다.

"상석에 앉으시지요."

이내 뒤따라 들어온 사내의 말에 이화는 결국 상석에 앉았다. 그러자 사내는 그녀 앞에 넙죽하고 절을 올렸다.

"소인, 흑운. 오랜만에 인사드리옵니다. 아가씨, 그동안 무탈하셨습니까?"

이화는 움찔하며 그저 고개를 끄덕였다. 아까 그가 낮은 귓속말로 제 휘를 불렀을 때에는 너무 놀라서 제정신이 아니었다. 하지만 어찌 못 본 사이에 그가 객주로 변신할 수 있었는지 궁금하기도 하고, 그의 말처럼 이 상태로는 그대로 집으로 돌아갈 수도 없었기에 그를 따르기로 했던 것이다.

"괘, 괜찮아."

그가 여전히 자신을 깍듯하게 아가씨라 부르자 다소 민망해진 이화였다. 이미 3년이나 만나지 못한 사이에 이화의 처지는 많이 변했다. 이제는 그 누구도 그녀를 아가씨라 부르지 않았고, 그녀 역시 그 삶은 마치 지난 생의 기억처럼 느껴졌기 때문이었다.

"그동안 어찌 지내셨습니까? 한 대감님께서 유배지로 떠나신 후, 낙화원에서 거처를 옮기신 것 같아서 말입니다."

흑운의 말대로 환국이라는 풍파에 휘말려 아버지는 멀리 강진으로 유배를 떠나셨다. 그게 벌써 3년 전 일이었다. 하지만 유배지에서 지내시던 아버님은 2년 전에 운명을 달리하시고 말았다. 아버님이 유배지에서 생존해 계셨다면 다시 중앙 정계로의 복귀를 기대할 수도 있었지만, 그것을 기대할 수가 없게 되자 아슬아슬하게 유지되었던 집안은 풍비박산이 나고 말았다.

"아버님은 이미 2년 전에 유배지에서 작고하셨어."

이화의 말에 흑운은 짙고 잘생긴 눈썹이 아래로 축 처졌다. 그 역시 그것이 무엇을 의미하는지 단번에 알아차린 듯, 그의 눈빛이 일순 짙어졌다. 별다른 말은 하지 않아도 그는 애도의 감정을 충분히 보여 주고 있었다. 그리고 그는 조용히 이화의 다음 말을 기다렸다.

"그래서 어쩔 수 없이 낙화원을 정리하고 남아 있던 노비들을 다 속량하여 내보냈어."

주인이 없는 집안을 이화 혼자 돌보는 것은 불가능했다. 어머니는 아직도 어린 인호를 건사하느라 바빴고, 가세는 급격히 기울기 시작했다. 커다란 낙화원을 관리하는 것도 만만치 않아서 결국 정리할 수밖에 없었다.

그것으로 지금까지 2년을 버티어 왔으나 이제 그것도 점점 바닥이 보이기 시작했던 것이다. 게다가 큰 거래를 해 본 경험이 없는 이화가 낙화원을 정리할 때 받은 돈은 시세에 비하면 턱없이 적은 돈이었다.

"그러셨군요."

게다가 인호의 미래를 생각하면 최대한 아껴야 했다. 이제 아버님이 안 계신 집안에서 유일하게 기대할 이는 이제 겨우 네 살인 인호뿐이었다. 평민도 원칙적으로는 과거를 볼 수 있었으나, 현실적으로는 불가능한 일이었다. 긴 과거 공부를 하는 동안 집안에서 돌봐 주지 않으면, 사내가 공부에만 전념하는 것은 어려웠기 때문이었다.

"인호 도련님과 안방마님께서는 무탈하신지요?"

인호는, 한 대감이 아주 어렵게 얻은 유일한 남자아이였다. 이화가 열일곱이던 해에 태어난 한씨 집안의 유일한 장손이었다. 그 아이를 얻고 기뻐하시던 아버님의 얼굴이 아직도 기억에 선했다. 그래서 이화는 어떤 일이 있어도 인호를 잘 돌봐서 꼭 과거 시험을 치르게 하고 싶었다.

"응, 괜찮아."

하지만 전혀 생활 능력이 없는 어머님과 어린 남동생을 이화 홀로 건사하는 것은 만만치 않은 일이었다. 낙화원을 정리하고 인왕산 근처에 있는 작은 초가로 옮겼을 때, 어머니는 충격으로 앓아누우셨다. 평생을 귀하게 자라, 당상관의 안주인으로 살았던 어머니에게 크나큰 충격일 수밖에 없었다.

게다가 유배지에 계시던 아버님이 작고하신 이후로 더욱 건강이 악화되고 말았다. 아마 젖먹이 인호가 없었다면 어머님은 아버지를 따라 강진 유배지까지 따라가셨을지도 몰랐다.

"아까는 도와줘서 고마웠어. 자네가 아니었으면 정말로 큰일 날 뻔했네."

이화는 그제야 그에게 제대로 인사조차 하지 못했다는 것을 깨닫고 급하게 인사를 했다.

"아닙니다. 약조를 하였으면 제대로 지키는 것이 상도의이니 서점 주인이 횡포를 부린 것이 맞습니다. 그리고 저는 이곳의 객주로서 상도의가 무너지는 것을 두고 볼 수는 없지요. 그러니 어찌 보면 저는 제가 마땅히 해야 할 일을 했을 따름입니다."

이화의 주장이 맞다는 그의 말에 이화는 울컥 눈물이 날 것만 같아서 두 눈을 부릅떴다. 아까 의연하게 자신의 주장을 내세웠지만 사실 이화는 무척 두려웠다. 인호와 어머니를 생각하지 않았다면 이화 역시 그냥 도망치고 싶은 마음이었다.

"그 서점 말고, 제가 다른 곳을 알아봐 드리겠습니다.

이화는 생각지도 못했던 그의 제안에 깜짝 놀랐다. 사실 그녀 역시 다른 서점을 찾고 싶었으나 어떤 연줄도 없는 그녀에게는 쉽지 않은 일이었다. 기실 그 서점 주인은 이화의 그런 약점을 활용하여 시세보다 훨씬 낮은 가격에 일을 주었던 것이다. 이화도 처음에는 그저 자신에게 일을 준 것을 감사하게만 여겼으니 역시 세상에는 공짜란 없는 것이다.

"그걸 자네가 해 줄 수 있는가?"

이화가 약간 망설이면서 묻자 흑운은 시원한 표정으로 고개를 끄덕였다.

"네, 이곳의 점포들은 다 제 수중에 있으니 그리 어려운 일은 아닙니다."

그의 대답에 이화는 고개를 갸웃거렸다. 무사였던 그가 어찌 이 육전 거리의 점포들을 제 수중에 있다고 말할 수 있는지 얼른 이해가 안 되었던 탓이다. 그런 이화의 의문을 눈치챈 듯 흑운이 조용히 말을 이었다.

"요즘 저는 장사를 하고 있습니다. 아가씨 댁을 떠나고 나서 오갈 데 없는 저를 다행히 이곳 객주 어르신이 거두어 주셨는데, 그분에게 자손이 없다 보니 이 일을 제게 맡기셨습니다."

그의 설명에 이화는 고개를 끄덕였다. 객주는 주로 상인들의 거래를 돕고 그 와중에 생겨난 구문 혹은 구전을 얻었다. 더불어 부수 업무로 상인들에게 돈을 빌려주거나 혹은 숙박을 제공하고 이득을 취하기도 했다.

"그럼 이곳도 자네 객주에서 관리하는 곳인가?"

이화의 조심스러운 질문에 흑운은 머리를 조아렸다.

"네, 거래를 하려면 대화 장소가 필요한데 이런 기방이 아주 요긴하지요. 손님들의 숙식을 한꺼번에 해결할 수 있어서 손님들도 상당히 선호하는 편입니다."

그의 설명에 이화는 불편했던 감정이 조금 수그러드는 기분이었다.

"하지만 나를 위해서 서점을 소개하는 것이 자네에게 폐가 되는 것은 아닌지 다소 저어되네."

머뭇거리는 이화의 말에 흑운은 고개를 저었다.

"아닙니다. 아가씨의 필사 수준이라면 필히 좋은 가격을 받으실 수 있을 겁니다. 오히려 서점 주인이 더욱 좋아할 것 같군요."

흑운은 이화의 필체를 잘 알고 있는 듯 그렇게 말을 했다. 이화는 그가 언제 자신의 필체를 보았는지 잠깐 고개를 갸웃했다.

"그래? 그렇다면 고마워."

이화는 도움도 고마웠지만 자신의 필체를 칭찬하는 그의 말에 심장이 다소 술렁거리고 말았다. 그리고 잠깐 흑운도 이화도 각자의 생각에 빠진 듯 잠시 말이 없었다.

"객주 어르신."

약간 어색한 순간, 밖에서 들려온 소리에 두 사람 사이에 흐르고 있던 사금파리처럼 얄팍한 침묵이 쩍 하고 깨어졌다.

"들어와라."

흑운의 허락이 떨어지자 안으로 고운 자태의 여인이 들어왔다.

"소인, 준비. 인사드립니다."

자신의 휘를 준비라 밝힌 여인은 아름다운 자태와 복장으로 보아 기생으로 보였다. 이화는 약간 불편한 심정으로 인사를 받았다.

"바, 반갑네."

약간 목소리가 떨리는 것을 피할 수가 없었다. 이화는 준비의 눈에 자신이 기방에 처음 방문하여 어색해하는 신출내기 샌님으로 보였기를 바랄 수밖에 없었다.

"급하게 준비하느라 조금 안 맞으실 수도 있겠으나, 과히 흉하지는 않을 것입니다."

지금 이화는 맞는 것 아닌 것을 가릴 처지가 아니었기에 고개를 끄덕였다.

"갱의(옷을 갈아입음)를 도와 드리겠습니다."

준비가 자연스럽게 다가오자 이화는 펄쩍 뛰었다. 그건 절대로 안 될 일이었다. 자신의 정체를 알고 있는 흑운에게야 감출 수가 없었지만, 이화는 자신의 정체를 다른 사람에게 드러낼 수 없었다. 게다가 혼인도 하지 않은 젊은 처자가 사내와 함께 기방에 왔다는 것은, 그 이유 여하를 막론하고 감히 상상할 수도 없는 추문이었기 때문이다.

"괜찮네. 잠시 자리를 피해 주면 스스로 하겠네."

준비는 약간 이상하다는 표정을 지었으나 이내 고운 미소를 띠며 자리에서 물러났다. 사내라면 단번에 반할 만한 아름다운 미소였다. 준비는 양반의 심기를 건드려서 좋을 것이 없다는 것을 알고 있었기에 무리를 하지 않았다. 그녀가 사라지자 다시 방 안에는 어색한 침묵이 흘렀다.

"그럼, 저도 잠시 물러나 있겠습니다. 의관을 정제하시면 저를 부르십시오."

흑운은 말을 마치자마자 쌩하니 사라졌다. 이화는 부리나케 젖은 옷을 벗고 준비된 옷으로 갈아입었다. 그러면서도 흑운과 준비에게 계속 신경이 쓰이는 것은 어찌할 수가 없었다.

'무슨 사이인 걸까?'

장사를 하는 그라면 이런 곳에도 충분히 드나들 수 있고, 기생을 알고 있을 수도 있었다. 하지만 화사한 그녀와 함께 있는 그를 생각하니 어쩐지 심장 한쪽이 바늘에 찔린 듯 따끔거렸다.

'아니 그것을 내가 신경 쓸 일은 아니지.'

이화는 애써 그렇게 자신의 마음을 가다듬었다. 사실 이제 흑운은 제 집에서 일하는 사람도 아니어서, 엄밀히 생각해 보면 그가 자신을 이렇게 도와줄 필요도 없었다. 그는 자신을 부르라 했지만 이미 인사도 했기에 그녀는 바로 집으로 돌아갈 요량이었다.

이곳을 연락처로 해서 그에게 다른 서점 주인을 소개받을 수 있을 것이었다. 이화는 얼른 제 마음을 가다듬고 방 밖으로 나왔다. 그러나 그녀가 밖으로 얼굴을 내밀자마자 흑운의 목소리가 그녀를 맞이했다.

"그럼 가시지요."

마치 그녀의 홀로 가 버릴 것을 예상이라도 한 것처럼 그는 그녀를 기다리고 있었다.

"아니, 저기⋯⋯. 이제 나 혼자 돌아가도 돼."

약간 당황하며 어색하게 중얼거린 그녀의 말에 흑운은 시원하게 대답했다.

"이미 시각이 신시정(오후 4시)입니다. 집에 도착하실 때쯤에는 날이 어두울 것이니 제가 모셔다 드리겠습니다."

그의 말에 이화는 그제야 시간이 상당히 늦어졌다는 것을 깨달았다. 아까 서점 주인과 실랑이를 하느라 반 시진(1시간) 가량을 지체하였고, 또 이곳에 와서 그와 이야기를 나누고 하느라 평소보다 시간이 많이 지체되었던 것이다.

여기서 집까지는 빠른 걸음으로 걸어서 족히 한 시진 가까이 걸리는 거리였다. 초여름이어서 햇빛이 늦게까지 비춰서 다행이었다. 하지만 인왕산의 산세는 험했고 조금 어두워지면 맹수들을 만날 위험도 있었다.

"알았어."

이화가 동의하자 그는 '어서 앞장서라' 는 눈빛으로 이화를 바라보았다. 결국 이화가 앞장을 서자 그는 마치 예전처럼 그녀의 뒤에서 조심히 그녀를 따라왔다. 함부로 그녀에게 말을 걸지도 않고 뒤에서 조용히 자신을 보호하던 예전의 그가 생각났다.

한 시진을 꼬박 걸어 인왕산 근처에 있는 이화의 집에 도착했을 때에는 주변에 약간 어스름한 기운이 깔리고 있었다. 그녀의 집은 산속에 있어 가장 저렴한 집이었기에 주변에 인가는 별로 없었다. 그녀의 집과 대략 일각(15분) 정도 거리에 노부부가 살던 집이 있었으나 이제는 그 집도 빈집이 되었기에, 그 집을 지나서 이화의 집까지는 거의 아무도 없는 산길이었다.

"늦은 시간에 아가씨 홀로 다니시기에는 조금 위험하군요."

그가 나지막이 중얼거린 말에 이화 역시 동의했다. 그래서 저잣거리로 나갈 때에는 일부러 남장을 했던 것이다. 그리고 이화는 대체적으로 날이 밝은 낮 시간에만 움직였다. 하지만 흑운의 말대로 상황이 바뀌면 오늘같이 늦어지는 일이 또 생길지도 몰랐다.

"그래서 부러 남복을 한 거야. 그리고 평소에는 이렇게 늦은 시간에는 다니지 않아."

약간 새침한 그녀의 말에 흑운은 그저 고개를 끄덕였다. 하지만 그녀를 바라보는 그의 눈매가 일견 부드러워진 듯해 보여 마치 그가 자신을 칭찬하고 있는 것처럼 여겨졌다. 그녀의 집 앞을 대략 300장(90미터) 쯤 앞에 두고 그는 걸음을 멈추었다. 희미한 불빛이 이화의 초라한 초가집에서 새어 나오고 있었다.

"아가씨, 소인은 예서 돌아가겠습니다."

그리고 그는 그녀 앞으로 오는 내내 계속 들고 있던 꾸러미를 불쑥 내밀었다.

"뭐야, 이건?"

"시간이 너무 늦어서 저녁을 준비할 시간도 없으실 것 같아서요."

이화가 뭐라 대답도 하기 전에 그는 그것을 이화에게 건네주고는 사라져 버렸다. 하지만 이화는 집으로 향하면서 왠지 그의 시선이 자신의 뒤를 따르고 있는 것 같다고 느꼈다. 오랜만에 느낀 타인의 친절에 이화는 마음이 봄볕을 쬔 듯 푸근했다.

4. 가랑비

"선비님."

흑운의 목소리에 이화가 움찔 놀라 뒤를 돌아보았다. 장을 보러 저자에 나온 이화는 이리저리 필요한 물건들을 구매하고 있었다. 흑운과 만난 이후, 그가 바로 다른 서점을 소개해 주어 이화는 열심히 필사를 했다. 그 이후 대략 보름 정도 필사한 필사본을 넘기고, 오늘 그 대금을 받아 이화는 간만에 넉넉한 기분으로 장을 보고 있었던 것이다.

이화는 우선 어머니를 위해서 약재를 조금 사고, 인호를 위해서 달달한 군것질거리도 샀다. 그리고 쌀도 사서 기쁜 마음으로 집으로 막 돌아가려던 참이었다. 그런데 예기치 못하게 거리 한복판에서 흑운을 또 마주친 것이다. 이화는 어쩐지 저잣거리에 나올 때마다 그와 너무 자주 만나는 것 같았다.

"이 무거운 것들을 아가씨 혼자 어찌 들고 가시려고요?"

흑운은 그리 말하면서 이화가 들고 있던 쌀자루를 잽싸게 가져갔다. 주변을 꺼려 낮은 목소리로 이야기를 해서, 그 목소리를 듣는 것은 이화뿐이었다. 그녀가 지금 남복을 하고 있으니, 흑운이 아가씨라고 부르면 주변에 상당히 이상하게 비칠 것이 분명했기 때문이었다.

이화는 재빠른 그의 행동에 미처 대응도 하지 못하고 허망하게 쌀자루를 넘기고 말았다. 이화가 구매한 쌀의 양은 겨우 세 되 정도로 그리 많은 양이 아니었다. 하지만 모든 것을 아껴야 하는 이화에겐 간만에 구한 쌀이 귀하기 그지없어 무거운 줄도 몰랐던 참이었다.

"아니, 괜찮아. 그리 많은 양도 아닌걸."

사실 이화는 그 정도쯤은 쉽게 옮길 수 있었다. 예전에 아가씨로 살 때에는 무거운 것을 들 일이 없었지만 지금은 이것저것 가릴 처지가 아니었다. 처음에는 홀로 이런 것들을 들고 집에 돌아가는 것이 상당히 힘이 들었다. 특히 평평한 저잣거리가 아닌 산길을 무거운 짐을 들고 걷는 것은 녹록지 않았기 때문이었다.

"제게 주십시오."

흑운의 옆에 있던 사내가 얼른 흑운 대신 짐을 받아 들었다. 그리고 그가 살며시 이화에게 인사인 양 고갯짓을 하는 것을 이화는 어색하게 받아들였다.

휘가 채홍리인 그는 흑운의 가장 중요한 측근인 것 같았다. 그는 매번 흑운과 함께 움직였다. 그래서 이화도 그와 안면을 익혔지만, 그는 이화를 항상 탐탁지 않아 하는 듯해서 볼 때마다 마음이 불편하기가 이를 데 없었다.

"사람을 시켜 댁으로 전달하겠습니다."

그리고 채홍리는 바로 사라졌다. 흑운과 둘만 남게 되자 어색해진 이화가 말을 이었다.

"나 혼자서도 충분히 옮길 수 있는데 괜히 다른 사람들을 번거롭게 만들었네."

초가집에 살기 시작한 무렵에 이화는 장을 보고 나면 저자에서 집까지 중간중간 몇 번이나 쉬면서 돌아갔었다. 하지만 이제 이화는 자신이 옮길 수 있을 만큼만 구매하는 요령이 생겼다.

게다가 이제는 걷는 일에 이골이 나서 웬만한 짐을 가지고도 거뜬했던 것이다. 3년을 자주 그 먼 거리를 왔다 갔다 하느라 이화는 예전 아가씨로 살 때보다 상당히 근력이 생긴 것 같다고 스스로도 느낄 정도였다.

"물론 그러실 수 있겠지만 소인이 보았으니 어찌 그냥 넘기겠습니까?"

조용한 흑운의 대답에 이화는 민망해졌다. 그는 이화를 만날 때마다 예전처럼 아가씨라 부르며 깍듯하게 대했다. 더불어 이화의 일을 여러 방면으로 도와주었다. 그것이 고맙기는 했지만 계속 그에게 신세를 지는 것은 미안했던 것이다.

"할 일이 있어서 나온 것 아니었어?"

이화의 질문에 흑운은 고개를 끄덕였다.

"네, 점포를 조금 둘러보고 문제가 있는지 살펴보았습니다."

별일 아니라는 듯한 말투였지만 객주로서 점포들을 관리하는 일은 그에게 가장 중요한 일일 것이다. 게다가 흑운은 큰 거래를 주선하는 일이 잦았으니, 그 또한 매우 분주할 것이다. 흑운이 항상 대동하는 채홍리도 그렇게 그를 보좌하느라 함께 움직였을 것이다.

"마침 오늘 필사한 대금을 받아서 장을 본 참이었어."

이화의 말에 흑운은 아무 말 없이 고개만 끄덕였다. 이화가 말을 하면 그는 대부분의 경우 그저 듣기만 했다. 그러다 보니 아무래도 이화는 말이 조금 많아졌다.

"자네가 좋은 서점을 소개해 주어서 요즘엔 벌이가 상당히 괜찮아."

흑운은 알고 있다는 듯이, 또 고개만 끄덕였다.

"그리고 산 물건들도 그리 무겁지 않아. 이제는 요령이 생겼거든."

이화가 씩씩하게 말하자 흑운의 입매가 살짝 풀어졌다. 최근 이화는 예전에 아가씨로 살던 시절은 다 잊은 듯, 실제로도 상당히 씩씩한 인상이 강해졌다. 아름답지만 생기가 없는 규방의 화초와는 달리, 이화는 들에 피어난 야생화처럼 무척 생기가 넘쳐 보였던 것이다.

"그런 듯합니다."

흑운의 말에 이화는 그를 바라보았다. 그의 말투는 여전히 평이하게 들렸지만 어쩐지 이화는 그가 자신을 칭찬하고 있는 듯한 느낌이었다.

"그러니 이렇게 매번 나를 챙기지 않아도 돼."

이화의 말에 흑운은 대답이 없었다. 이화는 그것이 그의 완곡한 거절이라는 것을 알았다. 그는 동의하지 않는 주제에 대해서는 항상 침묵했기 때문이었다.

대화를 나누며 걷다 보니 두 사람은 어느새 저자를 벗어나 인왕산 초입까지 도착해 있었다. 이화는 남복 덕분에 그와 이렇게 함께 걸어도 이상하지 않은 것이 참으로 다행이라는 생각이 들었다.

"그리 어려운 일도 아닙니다."

주변에 인적이 없자 그가 말을 이었다. 흑운은 항상 저렇게 말했지만 이화는 매번 그의 도움을 받는 것이 미안했다.

"하지만 이제 나에게 그렇게까지 할 필요는 없어."

이화의 말에 흑운은 여전히 별 표정 변화가 없었다. 이화의 말에는 이제 본인은 흑운의 주인이 아니니, 그리 할 필요가 없다는 뜻이 들어 있었다. 되도록이면 마음이 상하지 않도록 완곡하게 이야기했지만 이는 명백한 이화의 거절이었다.

"대감마님께 은혜를 입었기에 제가 있는데, 당연히 그분의 따님인 아가씨를 허투루 대할 수는 없지요."

또 여전한 흑운의 대답에 이화는 매번 대체 아버님께 어떤 은혜를 입었기에 이리 세심하게 자신까지 챙기는 것인지 궁금할 지경이었다. 물론 아버님이 평소 주변 사람들에게 인자하고 관대했던 것은 알고 있었다. 하지만 권력이 있을 때에는 입안의 혀같이 굴던 자들도 아버님이 유배에 처해지자 코빼기도 보이지 않았다.

유일하게 흑운만이 재회한 이후, 지금까지 이화와 가족을 돕고 있었다.

"아니야. 자네가 소개해 준 서점에서 필사본에 항상 좋은 가격을 쳐 주어서, 요즘 상당히 괜찮아."

아닌 게 아니라, 실제로 흑운이 소개해 준 서점 덕분에 예전보다 일을 절반만 해도 오히려 더 많이 벌 수가 있었다. 항상 밤새 필사본을 베끼느라 잠을 제대로 자지 못해서 눈자위가 거뭇할 지경이었던 이화였다. 하지만 요즘에는 그 정도는 아니라서 이화의 얼굴이 다시 화사해졌다는 것을 이화 자신만 모르고 있었다.

"서점 주인도 아가씨의 필체가 훌륭해서 본인도 필사본을 상당한 값에 판매할 수 있다고 좋아하더군요."

흑운의 말에 이화는 어색하게 고개를 끄덕였다. 그리고 동시에 약간 두근거리는 심장을 다독이며 조심스레 답을 했다.

"그, 그래?"

어느새 흑운은 이화와 함께 자연스럽게 그녀의 집 방향으로 걸음을 옮기고 있었다. 저잣거리에서 만나게 되면 항상 흑운은 아무 말 없이 그녀를 집 근처까지 배웅하곤 했다. 산세가 험해서 오가다 들짐승을 만날 수도 있고, 여러모로 위험하니 그런다는 것이 그의 주장이었다.

이화는 이렇게 그와 함께 걸어서 집으로 돌아가는 것이 싫지 않았다. 아니 사실은 예전에 항상 멀게만 느껴지던 집으로 돌아가던 거리가 요즘에는 너무 짧게 끝나는 것 같은 기분이었다. 그는 그리 많은 이야기를 하는 편은 아니었고, 이화 역시 그러했다. 하지만 이화는 한 시진 가까이 걷는 그 길이 불편하다고 느낀 적은 단한 번도 없었던 것 같았다.

"안방마님은 조금 어떠하신지요?"

조심스러운 그의 질문에 이화는 고개를 저었다. 여전히 어머니는 자리를 보전하고 있었다. 이제 인호가 젖을 먹을 나이가 지난것이 다행이라고 여길 만큼, 그동안 어머니의 건강은 좋지 않았다. 어린 인호는 배가 고파 울고, 하지만 제대로 먹은 것이 없어 젖이 충분히 돌지 않을 때에는 어머니와 이화는 서로를 부둥켜안고 울고 말았던 것이다.

"조금 괜찮아지셨다가도 다시 악화되곤 해서 걱정이야."

예전 같았다면 이렇게 상태가 나쁘지는 않았을 것이다. 초가집의 상태가 열악하다 보니, 어머니는 조금만 날이 차가워져도 고뿔을 달고 살기 일쑤였다. 빈약한 먹거리에 건강 상태가 좋지 않으니 가벼운 고뿔에서도 금방 회복되지 않았다. 좋은 음식과 좋은 환경이라면 별일 아닌 것들이 지금에는 무엇보다 무서운 것이 되어 버린 것이다.

"보약이라도 드시면 상태가 나아지실 터인데……."

흑운이 낮게 중얼거렸다. 이화도 그런 생각이 굴뚝같았지만, 지금 형편에선 보약은 꿈도 꿀 수 없었다. 그나마 오늘 조금 약재를 구한 것이 얼마나 다행인지 몰랐다.

이화는 오늘 그동안 열심히 키웠던 닭을 잡아서 백숙을 끓일 작정이었다. 입이 짧은 어머니가 그래도 맛있게 드시는 것이 백숙이었기 때문이다. 매일 나오던 달걀을 못 얻는 것이 아쉽긴 했지만 그래도 어머니의 건강이 우선이었기에 이화는 큰맘을 먹었다.

"그래도 오늘은 조금 약재를 구했어. 백숙을 끓여 드리면 당분간은 괜찮으실 거야."

이화의 말에 흑운은 가타부타 말없이 침묵을 지켰다. 그렇게 길을 걷다 보니 어느새 이화의 집 근처였다. 평소라면 이쯤에서 인사를 하고 돌아갈 그였다. 그런데 오늘은 그가 계속 앞으로 걸어가기에 이화는 약간 당황했다.

"저, 이제 집에 거의 다 왔는데?"

이화의 약간 당황스러워하는 질문에 흑운은 짧게 대답했다.

"얼른 닭만 잡아 드리고 가겠습니다."

이화의 표정이 확 밝아졌다. 사실 이화 역시 직접 닭을 잡아 본적은 없었다. 그래도 어떻게든 할 수 있을 거라 다짐했는데, 흑운이 도와준다고 하니 다행이라는 생각이 드는 것은 어찌할 수 없었다. 하지만 그는 어찌 말도 하지 않았는데 이화의 곤란함을 알아챘는지, 그저 신기할 따름이었다.

"어머님, 저 왔습니다."

이화가 작은 마당으로 들어서며 인사를 했다. 작은 툇마루를 두고 두 개의 작은 방과 옆에 딸린 부엌 하나가 전부인 작은 초가집이었다. 이화의 인사에 안에서 아주 작은 대답이 흘러나왔다.

"이제 오는 게냐?"

"네, 얼른 저녁을 준비할게요."

이화의 말에 김씨 부인은 그러라고 대답을 하고는 다시 기척이없었다. 안에서 희미하게 인호의 말소리가 들렸지만, 이화는 우선저녁 준비를 위해서 분주하게 움직이기 시작했다. 흑운은 함께 집앞까지 왔지만 마당 안쪽까지는 들어오지 않았다.

"우선 물부터 끓이십시오."

다시 밖으로 나온 이화에게 흑운은 그리 일렀다. 흑운의 말에이화는 아궁이에 불을 지피고 물을 끓일 준비를 서둘렀다. 그러는사이에 흑운은 집 옆에 있는 닭장에서 닭을 잡아 왔다. 그 모습을 살피며 이화는 항아리에 있던 물을 솥에 다 붓고, 빈 항아리를 다시 채우기 위해 분주하게 계곡 쪽으로 발을 옮겼다.

매일매일 하루에 쓸 물을 길어 나르는 일은 이화가 하는 매우 중요한 일과 중 하나였다. 오늘은 장에 가느라 시간이 없어서 항아리에 물이 거의 바닥나 있었다.

"휴우……."

급하게 한 동이 가득 물을 채우고 머리에 짊어지자 절로 한숨이 새어 나왔다. 적어도 두 번은 왕복해야 하지만 일단 한 동이면 급한 데로 오늘 쓸 정도는 충당될 것 같았다. 산길이 험해서 조심해야 했는데, 이화는 마음이 급했다. 하지만 어젯밤 내린 비로 바닥이 미끄러워서 생각만큼 빨리 갈 수가 없었다.

"아가씨."

자꾸만 벗겨질 듯한 짚신 때문에 악전고투하던 이화는 갑자기 들려온 그의 목소리에 깜짝 놀랐다. 어느새 그가 계곡 근처까지 따라왔는지 이화는 그의 기척을 미처 알아채지 못했던 것이다.

"제게 시키지 않으시고요."

흑운은 그리 말하며 얼른 그녀에게 다가와 물동이를 받아 들려고 했다.

"아니, 괜찮아. 이건 내가 매일 하는 일인걸."

물이 든 항아리가 다소 무겁긴 했지만 물 긷는 일은 이화가 항상 하던 일이고, 그는 닭을 잡고 있었기에 이화는 홀로 움직였던 것이다. 하지만 이화가 무거운 것을 들고 있는 것을 보면 항상 무슨 큰일이라도 난 것처럼 구는 흑운이었다.

"주십시오."

"괜찮아. 어머!"

결국 실랑이하던 바람에 이화의 발이 미끌어졌다. 항아리에 담긴 물이 넘쳐 이화에게 쏟아졌고 거의 계곡으로 빠질 뻔한 상황이었다.

"아가씨!"

첨벙!

결국 항아리는 계곡에 빠졌으나 다행히 이화는 빠지지 않았다. 흑운이 그녀를 아슬아슬하게 잡아챘던 것이다.

쿵, 쿵, 쿵.

이화의 귓가에 힘차게 뛰고 있는 그의 심장 소리가 들렸다. 그제야 이화는 자신이 그의 가슴에 안겨 있다는 것을 알고 화들짝 놀라고 말았다.

"괜찮으십니까?"

그의 질문에서 한동안 이화는 말이 없었다. 놀라고 당황하여 할 말이 없었던 것이다. 게다가 그가 마치 놓아 버리면 큰일이라도 나는 것처럼 그녀를 꼭 끌어안고 있었다. 초여름임에도 불구하고 갑자기 이화는 주변이 확 뜨거워진 기분이었다.

"으음. 괘, 괜찮아."

이화가 민망함에 꼼지락거리며 그의 품에서 벗어났다. 다행히 그녀가 움직이자 흑운은 깔끔하게 그녀를 놓아주었는데, 이화는 갑자기 횡하고 냉기가 도는 기분이었다. 실제로 여름이라도 계곡에서 불어오는 바람은 서늘했고 이화의 옷이 젖었기에 체온이 떨어졌기 때문일 것이다.

"우선 이거라도 걸치십시오."

그가 입고 있던 전복을 벗어 그녀에게 급하게 둘러 주었다. 이화를 바라보는 흑운의 눈빛이 약간 미묘하게 반짝거렸다. 하지만 이화의 시선은 다른 곳을 향해 있어서 그것을 미처 발견하지 못했다.

"아니, 괜찮은데."

"여름이라도 산바람은 차가우니 조심하셔야 합니다."

그의 말에 이화는 아무런 말도 못 하고 계곡에 빠져 떠내려간 항아리를 멍하게 바라보았다.

"항아리가 하나뿐인데. 앞으로도 물을 길어야 하는데, 어쩌지?"

이 와중에도 하나뿐인 항아리를 잃어버린 것과 이제 또 어떻게 물을 길어야 하나 생각이 먼저 이화의 머릿속에 떠올랐다. 모든 것이 부족한 이화에겐 삶의 가장 필수 불가결한 것을 유지하게 위해서도 노력해야만 했다.

흑운은 그런 이화를 바라보며 약간 안타까운 눈빛이었으나 그 눈빛은 순식간에 사라졌다.

"일단은 집으로 가시지요. 물은 집에 남아 있는 것으로 오늘은 대충 쓸 수 있을 겁니다. 항아리는 제가 명일 사람을 시켜 새것을 보내도록 하겠습니다."

흑운의 말에 이화는 걸음을 옮겼다. 어째 그의 앞에만 있으면 평소에는 하지 않던 실수를 하는 것인지 몰랐다. 그러니 그는 더욱 이화에게 신경을 썼고, 이화는 그것이 민망하면서도 미안했다. 그래서인지 흑운은 아직도 이화가 모든 일에 서툰 아가씨로만 보는 것 같았다. 하지만 매번 이리 실수를 하니 그의 견해를 바꾸기도 어려웠다.

집에 도착하니 닭은 깔끔하게 준비되어 있었다. 그래서 이화는 이미 끓고 있던 물에 약재와 닭을 넣었다. 아궁에 불을 조절하며 살펴야 하는데, 일단은 옷을 갈아입는 것이 급해서 이화는 어쩔 수 없이 그에게 부탁을 했다.

"잠깐 들어와서, 아궁이 불 좀 봐 줘."

그녀의 부탁에 흑운은 별말 없이 고개를 끄덕였다. 걸치고 있던 전복을 얼른 벗어 그에게 건네자 그는 별말 없이 받아 들었다. 자신의 집 부엌 아궁이 앞에서 불을 살피는 그의 모습을 일견하고 이화는 부지런히 제 방으로 가서 옷을 갈아입었다.

겨우 방 두 칸에 부엌이 하나인 작은 집이었고 두 방은 작은 쪽문으로 연결되어 있었기에, 옆방에 계신 어머니에게는 그녀의 움직임이 고스란히 느껴질 것이었다.

"무슨 일이냐?"

어머니의 낮은 음성에 이화가 급히 대답을 했다.

"물을 긷다가 항아리를 계곡에 빠뜨렸어요. 그래서 옷이 젖어 갈아입는 중이에요."

이화의 설명에 어머니의 약한 한숨이 이어졌다.

"또 그 흑운이라는 자가 온 것이냐?"

약간 차가운 어머니의 말씀에 이화는 몸을 움츠렸다.

"네, 저 대신 닭을 잡아 주었어요."

어머니가 흑운의 도움을 그리 탐탁지 않게 여기시기에 이화 역시 되도록이면 흑운을 집에까지는 오게 하고 싶지 않았다. 하지만 예외적인 상황이어서 그리하였는데 이화는 자신의 생각이 좀 짧은 게 아니었나 하는 생각이 들어 마음이 무거워졌다.

"아가씨. 소인은 이제 돌아가겠습니다."

방문을 열고 툇마루로 나오자 흑운이 이미 갈 준비를 하고 있었다. 혹시 어머니의 못마땅해 하는 목소리를 들은 것은 아닌지 이화는 연신 그의 얼굴을 살폈으나, 항상 그랬듯 그의 표정에는 변화가 없었다.

"백숙이 잘되었으니 바로 드시면 될 것 같습니다."

바로 돌아서는 그를 이화가 급히 불러 세웠다.

"이미 저녁 시간인데 자네도 한 술 뜨고 가."

하지만 흑운은 고개를 저었다.

"반상의 예가 지엄한데 제가 어찌 그리하겠습니까? 제 걱정은 마시고 얼른 마님께 식사를 올리십시오."

이화가 미처 대답하기도 전에 그는 작은 초가를 나서 바로 사라졌다. 멀어지는 그의 모습을 이화는 작은 점이 되어 사라질 때까지 눈을 뗄 수가 없었다. 매번 이렇게 그의 도움을 계속 받아도 되는지 생각하지만, 당과를 맛본 어린아이처럼 이화는 그의 도움을 냉정하게 끊어 내지 못하고 있었다.

"하아……."

저도 모르게 이화는 긴 한숨을 내뱉었다. 하지만 그가 계속 아가씨라 부르며 자신을 공손하게 대하는 것이 삶에 지친 이화에게 얼마나 큰 위안이 되는지 흑운은 알 수 없을 것이다. 그는 다만 어려움에 처한 예전 주인을 넓은 아량으로 돕는 것일 수도 있지만, 그의 친절한 마음이 이화에게는 한겨울에 마주한 아궁이 불처럼 따뜻하고 고맙기만 했다.

가랑비에 옷이 젖는 것처럼, 이화는 그의 친절한 마음을 거부할 수가 없었다.

그리고 또 며칠 후, 필사본을 건네려 다시 저자에 나선 이화였다. 이번에는 필사량이 그리 많지 않아서 평소보다 빨리 끝낼 수 있었다. 서점에 들러 대금을 받으니 이화는 마치 부자가 된 기분이었다. 아주 큰돈은 아닐지라도 스스로 번 것으로 소소한 생활비를 충당하는 것에 이화는 자부심을 느끼고 있었다.

"세상에, 저 사람이 누군가?"

갑자기 주변이 웅성웅성해서 이화 역시 주위를 둘러보았다. 이화의 눈에 들어온 것은 준비였다. 화사하게 차려입은 그녀는 어린 계집종을 대동하고 걷고 있었다.

색이 고운 초록색 저고리와 쪽빛 치마를 입은 준비의 모습은 화사했다. 그녀는 빛깔이 고운 당혜를 신고 나비 문양으로 아름답게 장식된 전모를 맵시 있게 쓰고 있었다. 전모는 얼굴을 가리기 위해서 주로 기생들이 착용하던 모자였는데, 그것이 준비를 더욱 화사하게 만들어 주고 있었다.

"아이고, 유명한 일패 기생*이라고 하더니 역시 자태가 무척 곱구먼."

그녀를 바라보며 사람들이 수군거리기 시작했다. 아닌 게 아니라 여인인 이화의 눈에도 준비는 아름다웠다. 해사하게 화장한 하얀 얼굴과 짙은 눈썹, 그리고 붉은 입술, 지나가던 남자들이 모두가 흘끔거리며 전모 아래로 드러난 그녀의 얼굴을 훔쳐보고 있었다.

준비는 그런 사람들의 시선을 아주 당연한 듯 여기며 당당하게 기방 안으로 들어갔다. 흑운이 소개해 준 서점이 마침 기방과 그

---

* 오직 임금 면전에서만 노래와 춤을 하는 기생이다. 매춘은 절대로 하지 않는다.

리 멀지 않은 거리에 있었기에 이화는 종종 멀리서 그녀를 스쳐 지나곤 했다.

잠시 멍하니 그녀의 뒷모습을 바라보던 이화가 자신도 모르게 고개를 내려 스스로를 살폈다. 오늘도 역시 그녀는 저자에 나왔기에 도포를 입고 갓을 쓰고 있었다. 머리 또한 상투를 틀어 올려 묶고 있었으니 당연히 화장 같은 것은 할 수가 없었다.

이화 역시 여인이었기에 당연히 아름답게 치장하는 것을 좋아했다. 하지만 그럴 여력이 없다 보니 이화에게는 최근 젊은 여인에게 어울릴 법한 장신구나 화장품 같은 것도 없었다. 게다가 남복까지 한 자신과 아름답게 치장한 준비를 비교하면 하늘과 땅처럼 차이가 나는 것은 당연했다.

'후우.'

하지만 이화는 왠지 모르게 흘러나온 한숨을 삼켰다. 이게 대체 어떤 감정인지 이화는 마음이 심란해졌다. 얼른 집으로 돌아가려던 이화의 눈에 마침 좌판에 늘어놓은 지환과 빗을 파는 장사꾼이 보였다. 저잣거리에 나올 때마다 보는 것들이지만 지금까지는 한 번도 제대로 신경을 쓴 적이 없었다. 하지만 오늘 이화는 저도 모르게 걸음을 멈췄다.

색깔이 고운 가락지와 반지들이 아름다운 자태를 드러내고 있었다. 두 개의 고리가 한 쌍으로 이루어지는 가락지는 부부 합일의 의미로 혼인한 부인들이 끼었지만, 하나의 고리로 된 반지는 미혼의 여인들도 할 수 있었다. 주로 금, 은, 동으로 반지를 만들었고 양반들은 옥이나 마노 같은 귀한 것으로 만들어 끼기도 하였다.

"선비님, 어찌 정인에게 선물이라도 하실 요량이십니까?"

상인의 질문에 이화가 화들짝 놀라 고개를 저었다. 순간 이화는 제가 남복을 하고 있다는 것도 잊고 멍하니 반지에 빠져 있었다는 것을 깨닫고는 살짝 당황하고 말았다.

"아니, 그게 아니네."

당황하여 이화가 그리 대답했지만 상인은 아주 능숙하게 기회를 놓치지 않았다.

"이것 좀 보십시오. 참으로 곱지 않습니까? 맘에 두신 정인께 선물하시면 바로 선비님께 넘어올 것입니다."

상인의 능청스러운 말에 이화는 저도 모르게 살짝 웃고 말았다. 열심히 권하는 상인의 정성에 이화는 반지 대신 그 옆에 있던 참빗 하나를 골랐다. 참빗이야 평소에도 써야 하는 물건이고, 마침 쓰고 있던 것이 살이 다 빠진 참이었기에 잘되었다 싶었다.

"반지는 되었고 여기 참빗 하나만 주시게."

이화의 말에 상인은 얼른 빗을 건네었다. 그러면서도 그는 연신 이화를 슬쩍 바라보았다. 처음에는 당연히 사내인 줄 알았지만, 계속 살펴보니 수염도 없이 해사한 얼굴이 여인보다 고왔던 것이다. 눈썹은 아미처럼 짙고, 커다란 눈과 오뚝한 콧날이 모양이 좋았다. 게다가 붉은 입술은 마치 여인의 것처럼 사랑스러워 보였던 탓이다.

"여기 있습니다."

"고맙네."

적당한 값을 치루고 빗을 받아 든 이화는 분주히 걸음을 옮겼다. 장은 며칠 전에 보았기에 오늘은 간단하게 달걀 한 꾸러미만 사서 돌아갈 생각이었다. 달걀까지 사고 집으로 돌아가려던 이화는 며칠 전 흑운이 저자에 내려오면 잠시 근처 약재상에 들리라 부탁했던 것이 떠올랐다.

"선비님, 어서 오십시오."

가끔 사소한 약재를 사는 곳이라 주인과도 안면이 있었기에 주인은 이화에게 반갑게 인사했다. 이곳 역시 흑운이 관리하는 점포라 들었다.

약재상은 신의가 있고 항상 이화에게 좋은 약재를 저렴한 가격에 주었기에 이화는 반드시 이곳에서만 약재를 샀다. 사는 양도 적고 비싼 것도 아니라 항시 미안했지만, 주인은 그런 그녀를 무시하지 않고 친절하게 대해 주어서 이화는 매번 고맙게 생각하고 있었던 차였다.

"오늘은 무엇을 드릴까요?"

약재상의 질문에 이화가 막 입을 열려던 순간이었다.

"아이고, 객주 어른 나오셨습니까?"

주인의 인사에 이화 역시 고개를 돌리자 흑운이 있었다. 그 옆에는 역시 평소처럼 채홍리가 있었고 그 뒤에는 지게 위에 한껏 짐을 실은 사내 두 명이 함께 있었다.

"약조했던 약재가 도착했네."

흑운의 말에 약재상은 들어온 물건을 확인하느라 정신이 없었다. 물건을 거간하는 일은 객주의 주요 업무이지만 어찌 그가 직접 여기까지 왔는지 이화는 약간 갸웃했다. 하지만 분주한 약재상 상황 때문에 약간 뻘쭘해진 이화는 그저 조용히 구석에 있었다.

"잠시 자리를 피하시지요."

그런 그녀를 바라보며 흑운이 건넨 제안에 이화는 얼른 고개를 끄덕였다. 그리고 흑운이 옆에 있던 채홍리에게 눈짓을 하자 채홍리는 뭔가 꾸러미 하나를 흑운에게 건넸다. 그것을 받아 든 흑운이 또 자연스럽게 이화와 함께 그녀의 초가집 방향으로 걸음을 옮기기 시작했다.

"저기, 내게 무슨 용건이 있던 것이 아니었어?"

약간 당황한 이화가 그렇게 물었다. 만나고 나서 흑운은 용건은 말하지 않고 그저 계속 자신의 초가집 방향으로 걷기만 했기 때문이었다.

"네."

그의 단답형 대답에 이화는 더욱 당황스러웠다. 그는 그 대답 이후 또 침묵을 유지했기 때문이다. 거의 초가집 근처에 도착하자, 그가 들고 있던 꾸러미를 그녀에게 내밀었다. '이게 뭐냐'는 표정으로 그녀가 그를 바라보자 흑운이 대답했다.

"말린 인삼입니다."

이화가 인삼이라는 말에 대경실색하여,

"이리 귀한 것을 어찌 내게 건네는 거야?"

하고 물으니 흑운은 또 평범하게 대답을 한다.

"최근에 인삼 거래를 시작했는데 상당히 많은 이문을 얻었습니다. 이것은 형체가 많이 상해서 제값을 주고 판매할 수가 없는 것입니다. 하지만 드시는 것은 전혀 문제가 없으니 안방마님께 끓여 드리십시오."

흑운의 설명에 이화는 이해를 하긴 했지만, 아무리 판매가 어렵다 해도 이 귀한 것을 덥석 받을 수는 없었다. 그리고 그가 이리 귀한 인삼까지 거래할 수 있는지는 몰랐다. 인삼 거래는 일부 객주에게만 허용되는 엄청난 상권리였기 때문이다.

그리고 동시에 그 말은 흑운의 상단이 상당한 규모와 실력을 갖추었다는 말이 되었다. 항시 흑운이 자신의 앞에서는 아랫사람처럼 굴고 하는 일이 대단치 않은 듯 행동했기에, 이화는 거기까지는 미처 생각을 못 했던 터라 속으로 다소 놀라고 있었다.

"그러면 자네 가족에게 먹이면 되지 않아?"

이화의 질문에 흑운의 눈빛이 순간 무겁게 가라앉았다. 뒤늦게 흑운이 가족에 대해서 입에 올린 일이 한 번도 없었다는 사실을 떠올린 이화는 순간 자신이 말실수를 한 것 같아 불안해졌다. 그리고 짙어진 그의 눈빛도 상당히 신경 쓰였다.

"저는 혼자라서 챙길 사람이 없습니다. 또 보시다시피 저는 아주 건강해서 인삼이 필요하지도 않고요."

흑운의 대답에 이화는 그가 혼자라는 사실만이 머릿속에 박혔다. 그건 그는 아직 혼인도 올리지 않았다는 뜻일까? 하지만 이화는 자신이 왜 그 사실에 이리 마음을 쓰는지 민망하기만 했다.

"하지만……."

"괜찮습니다. 아가씨께서 받아 주시지 않으면 그냥 버려질 상황인데요."

버린다는 그의 말에 이화가 펄쩍 뛰며 꾸러미를 받았다. 그러면 정말로 버릴 수도 있을 것 같았던 것이다. 흑운은 한 번도 지키지 않을 말을 입 밖에 낸 적이 없었기 때문이다.

"아, 알았어. 남은 백숙에 넣어 어머님께 끓여 드릴게. 고마워."

약간 부끄러운 듯, 그러면서도 조심스럽게 감사 인사를 하는 이화를 흑운은 별말 없이 바라보았다. 그 눈빛에 살짝 스친 감정이 무엇인지 이화는 알 수 없었지만 흑운의 세심한 마음 씀씀이가 참으로 다정스럽다고 생각했다.

5. 자각

"벌써 내 나이가 스물하나가 되었구나."

6월 말일은 마침 이화의 생일이었다. 그날 이른 아침, 이화는 면경을 들여다보다 저도 모르게 그리 중얼거리고 말았다. 환국으로 집안이 풍비박산되어 유 대감댁 장자와 논의되던 정혼은 파혼이 되었다. 그게 벌써 4년 전 일이었다. 그 이후로는 먹고 살기에 바빠 혼인에 신경 쓸 겨를이 없었다.

사실 이미 이화는 혼인을 마음속에서 접고 있었다. 혼기가 지나 영락한 남인의 처자를 아내로 받아들이겠다는 사내가 있을 리 만무했고, 혹여 있더라도 그건 나이 많은 사내의 재취일 가능성이 높았다.

게다가 이화가 없으면 어머니와 인호를 돌볼 사람이 없으니, 재취 자리가 생긴다 해도 이화는 혼인할 형편도 되지 않았다.

'하긴, 누가 나를 데려가려고 하겠어?'

이화는 면경 안에 있는 자신을 보며 그리 중얼거렸다. 그리고 일견 서글픈 마음을 금할 수기 없었다. 씩씩하게 살고 있는 이화였지만 그녀 역시 가끔은 이렇게 흘러가는 시간이 야속했던 것이다. 게다가 어느새 자신이 나이가 스물하나라는 사실에 약간 충격을 받았다.

'아침부터 무슨 이리 쓸 데 없는 생각을……. 얼른 아침이나 해야지.'

이화는 후다닥 면경을 덮고 부엌으로 향했다. 아궁이 불을 지피고 물을 길어 와 쌀을 씻어 밥을 하는 일이 이화에게는 이제 퍽이나 자연스러웠다. 처음에는 아궁이에 아무리 장작을 넣어도 불이 붙지 않아서 고생을 했다. 나중에야 근처에 있던 노부부가 나무를 잘 말려서 넣어야 한다고 일러 주고 나서야 제대로 불을 땔 수 있었다.

하지만 나무를 사는 것도 만만치 않은 돈이 들었다. 그래서 항상 장작을 아껴서 사용하다 보니, 집 안은 그리 따뜻하지 않았다. 그래서 이화는 봄가을에는 틈틈이 주변에서 마른 나뭇가지를 모아서 대비하고 겨울에만 부득이하게 나무꾼에게서 장작을 샀다.

지금은 여름이라서 다행히 그리 나무를 많이 쓰지는 않았다. 하지만 여름에도 조석으로는 밥도 해야 했고, 또 산속이라 춥다 보니 비가 내리거나 하면 조금은 아궁이에 불을 떼 주어야만 했다.

초가집에서의 삶은 모든 것이 부족하고 또 모든 것을 절약해야 하는 삶이었다. 그리고 영락한 삶의 흔적은 바로 이 모든 사소한 것들에서 드러났고, 그것이 무엇보다도 이화에게는 가장 직접적으로 고통스러운 일이었다.

어여쁜 장식구가 없거나 좋은 비단 옷을 입지 못하는 것은 아쉽기는 해도, 그리 견디기 힘든 일은 아니었다. 하지만 추운 겨울에 장작이 없다는 것은 견디는 정도의 문제가 아니라 생존과 관련된 일이이기 때문이었다.

이화는 아침부터 약간 생각이 많아서인지 평소보다 조금 아침이 늦어졌다. 그녀는 얼른 머릿속에서 복잡한 생각을 지우고 아침을 차려서 안방으로 들어갔다. 최근 어머니의 얼굴색이 많이 나아 보여서 그것이 이화는 무엇보다 다행이라고 생각했다.

"어머니, 아침 드세요."

어머니는 이화의 말에 일어나 자리에 앉았다. 작은 소반 위에 놓인 것이라고는 잡곡밥, 하얀 김치, 푸성귀와 된장을 풀어 끓인 국이 전부였다. 그나마 여름에는 푸성귀가 있어서 국이라도 끓일 수 있으니 오히려 나은 편이었다.

"인호도 어서 먹으렴."

"네, 누나."

이제 네 살이 된 인호는 또래보다 똑똑해서 말도 잘하고 상냥한 아이였다. 이화가 나가 있을 때에는 인호만이 어머니 곁에 있어서 걱정이 되기도 하지만, 그래도 이화는 인호가 있어서 그나마 다행이라고 생각했다.

"어서 먹자."

어머니는 짧게 대답하고서 그 후로 별말씀이 없으셨다. 그렇게 아침을 마친 이화가 상을 물리고 설거지까지 마치고 한숨 돌리려는데 어머니가 이화를 불렀다.

"네, 어머니 무슨 일이세요?"

어머니가 이화 앞으로 슬쩍 밀어 놓은 것은 뜻밖에도 색이 고운 저고리와 치마였다. 새로 지은 듯, 화사한 노란색 저고리와 붉은색 치마가 아름다웠다. 젊은 처녀들이 주로 입는 색이었다.

"오늘은 네 생일이 아니냐?"

어머니는 미안한 듯 말을 이었다.

"내 너에게 줄 것이 없어서 며칠 간 손수 바느질한 것이란다. 예전 가지고 있던 옷들을 수선한 것이지만……. 그래도 잘 맞을 것이다."

어머니의 말씀에 이화는 울컥하고 눈물이 솟았다. 초가집으로 오면서 수많은 세간살이와 어머니께서 아끼시던 장신구들은 사라졌고 지금껏 그것으로 먹고살았다. 물론 가지고 있던 옷들도 아주 필요한 것들이 아닌 이상 모두 처분했다. 기실 이 초가집에 비단

옷은 어울리지도 않았다.

"고맙습니다, 어머니."

그래도 이화를 위해서 한 땀 한 땀 바느질해 준 어머니의 마음에 이화는 기뻤다. 언제 입을 일이 있을지는 몰라도 이화는 소중하게 가슴에 안았다. 그리고 며칠 혈색이 다소 나아진 어머니를 보니 인삼이 그래도 효과가 있었던 것 같아서 다행이라고 생각했다.

"네가 끓여 준 백숙을 먹었더니 요 며칠 부쩍 기운이 나더구나."

어머니의 말씀에 이화는 조금 더 부지런히 필사해야겠다고 다짐했다. 기실 어머니는 바느질 솜씨가 상당히 좋았다. 요즘에도 상태가 약간 좋아지시면 바느질을 해서 살림에 보태기 위해서 애를 쓰셨다. 하긴 그 일도 이제는 거의 할 수가 없긴 했다. 가끔 일감을 대신 가져다주던 근처 노부부가 이제는 없기 때문이었다.

"그래도 너무 무리하시지는 마시어요."

이화의 말에 어머니는 안타까운 듯 중얼거렸다.

"내가 조금만 더 건강했으면 바느질로 살림에 약간이라도 보탬이 되었을 텐데……."

이화는 어머니의 기운 없는 목소리에 심장이 아팠다. 평생을 귀한 안방마님으로 살아오신 어머니셨다. 그런 어머니가 이나마 견디어 주는 것이 얼마나 다행인지 몰랐다.

"그건 걱정 마시어요, 어머니. 제가 있으니까 어머니는 그저 건강에만 신경을 쓰시면 되어요."

이화의 말에 어머니는 더욱 안타까운 눈빛으로 이화를 바라보았다.

"언제까지 이렇게 네게만 기댈 수 있겠니? 혼인을 해도 한참 전에 했을 너인데……."

이화는 애써 명랑하게 말을 이었다.

"괜찮아요, 어머니. 저는 어떻게든 인호가 과거 시험을 볼 수 있게 할 생각이에요."

씩씩한 딸이 기특하면서도 이렇게 혼기를 놓치고 살아가는 이화가 안쓰러운 것은 어미의 마음이었다. 언제까지 이화에게 기댈 수만은 없다는 걸 알지만, 지금은 이화가 곁에 있는 것이 의지가 되는 것도 사실이었다. 좋은 혼처를 찾을 수 있다면 더 늦지 않기 전에 시집을 보냈으면 하는 것이 어머니 김씨의 바람이었다.

"어머니, 너무 걱정하지 마세요. 그리고 옷은 고맙습니다."

이화는 자신의 방으로 물러나 어머니가 만들어 주신 의복을 물끄러미 바라보았다. 자신이 입고 있는 색이 없는 광목으로 만들어진 저고리와 치마와는 달리 화사한 색이 아름다웠다. 예전에는 이보다 더욱 고운 옷을 입고 살았다는 것이 꿈만 같았다.

새 치마저고리로 갈아입은 이화는 다시 물끄러미 면경 안의 자신을 바라보았다. 화사한 노란색 저고리 덕분에 이화의 얼굴이 훨씬 밝아 보였다. 피부가 하얀 이화에게 노란색 저고리가 무척 잘 어울렸다. 꽃이 피는 것은 한 철이라고 했는데, 이화 역시 한껏 여인으로 피어나 있었다.

이화는 며칠 전 장에서 구한 참빗으로 머리를 빗어 내리기 시작했다. 그리고 가운데에서 앞가르마를 타고 세 가닥으로 잘 빗어 내린 후 꼼꼼하게 머리를 땋았다. 끝에는 이화가 면경 안에 보관하고 있었던 붉은색 비단으로 만든 댕기도 오랜만에 달았다.

그리고 바빠서 제대로 하지 못했던 붉은 연지도 살짝 입술에 발라 보았다. 오랜 시간 사용하지 않아서 별로 상태가 좋지 않았지만, 그래도 붉은색을 입술에 더하니 얼굴에 더욱 생기가 돌았다.

"이 모습을 어여삐 봐 줄 사내도 하나 없구나."

한숨처럼 그렇게 중얼거린 이화는 갑자기 머릿속에 떠오른 흑운의 얼굴에 움찔했다. 이화는 애써 고개를 저으며 자신이 제대로 알고 말을 섞어 본 이가 흑운뿐이라서 그러려니 하고 생각했다. 하지만 재회한 이후, 계속 그의 도움을 받으며 자신이 상당히 그에게 의지하고 있었다는 것도 깨달았다.

'이제 그만 놓아야 할 텐데……'

매번 이번에는 반드시 이야기해야지 하고 다짐하지만, 하지 못하고 애매한 관계를 유지하고 있었다. 그에게 자신은 더 이상 그가 모셔야 할 아가씨가 아니라고 말은 했지만, 마음 깊은 곳에서 흑운이 자신을 놓지 않기를 바라고 있었는지도 몰랐다.

이화가 놓지 못하는 것은 그의 물질적인 도움이 아니라, 자신을 응원하는 듯한 그의 다정한 눈빛이었다. 항상 깍듯하게 거리를 지키며 필요한 말 이외에는 하지 않는 흑운이었다. 하지만 가끔 마주하는 그의 성실한 눈빛은 이화에게 큰 힘이 되었다. 아무런 말이 없어도, 이렇게 씩씩하게 살아 내고 있는 이화를 칭찬해 주는 듯한 따뜻한 눈빛. 이화는 그 눈빛에 어느새 사로잡힌 것인지도 몰랐다.

그리고 며칠 전, 그가 혼자라는 사실에 왜 마음이 설레었는지를 떠올릴 때마다 자꾸만 얼굴이 붉어졌다. 자신이 흑운에게 이렇게 신경 쓰고 있었는지 미처 깨닫지 못하고 있었다. 하지만 동시에 그를 생각하면 낙화원에서 사라지기 직전, 곳간에서 보았던 삼월이와 그의 모습이 떠올라 괴롭기도 했다.

'그 후엔 대체 어떤 일이 있었던 것일까?'

삼월이가 농담처럼 중얼거리던 남녀의 이야기를 떠올리면 얼굴이 확 붉어지면서 동시에 어쩐지 불쾌한 감정이 되었다. 그리고 자신이 신경 쓸 일이 아니며, 또한 불쾌해할 일도 아니라는 것도 잘 알고 있었다. 하지만 그가 다른 여인과 함께 있는 상상을 하면 이화는 어쩐지 심장 한구석이 답답해졌다.

처음에 흑운이 준비라는 기생과 안면이 있다는 사실도 이화는 계속 신경이 쓰였다. 그래서일지도 몰랐다. 며칠 전 아름다운 자태의 그녀를 보고 갑자기 주변에 있던 장신구에 시선을 빼앗긴 것은 말이다.

'후우.'

길게 한숨을 내쉬고 이화는 아직도 남아 있는 자신의 허영심에 진저리치며 옷을 갈아입었다. 고이 접혀서 다시 반닫이 안으로 들어간 치마저고리처럼 이화는 자신의 이 복잡한 심사를 어딘가에 가두어 버리고 싶었다.

하지만 이화도 역시 여인이었다. 아름답게 치장하고 싶은 마음을 피할 수는 없었기에 며칠 후, 마침 날도 아주 좋았기에 이화는 간만에 아침 일찍 새로 지은 치마와 저고리를 입었다. 남의 시선을 가려 장옷도 걸치고, 하나밖에 남지 않아 아껴 두었던 오래된 낡은 당혜를 신었다.

잠깐만 저잣거리에 나가 장을 보자 마음먹었지만, 사실 이화는 나들이 가는 기분이었다. 몸종도 없이 홀로 다니는 자신을 사람들이 이상하게 볼까 저어하는 마음도 있었지만, 이화는 이내 머리를 저었다.

근자에 많은 재물을 축적한 상인들이 자신의 자식들에게 반가의 규수보다 더욱 고급스런 비단으로 옷을 지어 입히는 경우도 흔해졌기 때문이었다. 그래서 평민들도 부유한 자들은 비단 치마저고리에 값비싼 당혜를 신는 일이 그리 어색한 일은 아니었다.

아주 잠깐, 이화는 오랜만에 자신에게 보상을 주는 기분으로 거리에 나섰다. 항상 목적이 있어서 저자로 나설 때와는 달리, 예전 산대놀이를 구경하러 나서던 때처럼 그렇게 가벼운 마음이 되었다.

'물론 예전과는 다르지.'

이화는 몇 년 전, 흑운을 대동하고 삼월이와 함께 나섰던 산대놀이를 떠올렸다. 생각해 보니 그 당시 이화는 항상 외출할 기회를 손꼽아 기다렸다. 평생을 안에서만 지내야 하는 일상이 그때에는 당연하다고 받아들였지만 이제는 조금 다르게 생각되었다.

귀한 옷과 좋은 음식이 없어도, 자유롭게 살아가며 삶을 이어가는 평민들의 삶이 나쁘지 않다고 생각하게 되었다. 이화의 집 근처에 살던 노부부도 별로 가진 것은 없었지만 두 부부가 해로하며 서로를 아끼며 사는 것이 보기에 좋았다.

'그렇게 서로를 아끼며 보듬어 줄 수 있는 사내를 만나 해로하는 것도 나쁘지는 않을 거 같아.'

예전에는 그저 아버님이 정해 주신 정혼자에게 시집을 가서 그렇게 살아가는 것이 전부라 생각했다. 하지만 이화는 지난 3년간 삶에는 그것 말고도 다른 길이 있을 수 있다는 것을 깨달았다.

어려운 살림살이지만 인호의 신분이 양반이라 군역의 의무를 지지 않아도 된다는 것이 그나마 다행이었다. 평민의 경우 남자는 16세 이상이 되면 군역의 의무를 지는데, 최근에는 그것이 조세화되어, 평민들에게 많은 부담이 되었던 것이다.

물론 양반들도 군역의 의무가 없는 것은 아니었으나 실제로는 많이 면제가 되었다. 공신적장 · 충순위 · 충찬위 · 충의위 등과 같은 양반 자제의 군역을 위한 특수한 병종들이 마련되어 있었기 때문이다. 이들은 군역이라기보다는 양반 자제의 관직과 같은 역할을 했다.

　간만에 이화는 이런저런 생각에 빠져 육전 거리를 걸었다. 틈틈이 옆에 있는 시전들의 상품도 구경하고, 활기찬 사람들의 모습도 구경하면서 오랜만에 이화는 아가씨의 모습이 되어 마음이 들떴다.

　"아, 아가씨?"

　누군가 무척이나 놀란 목소리로 이화를 부르자 그녀는 깜짝 놀랐다. 주변 사람들의 시선도 목소리를 따라 이화를 향하자, 그녀의 얼굴이 살짝 붉어졌다. 요즘엔 이렇게 누가 자신을 크게 아가씨라고 불러 주는 이가 없어서 스스로가 약간 어색해진 것이다. 물론 흑운이 자주 불러 주긴 하지만, 그것은 두 사람만 있을 때였다.

　이화는 자신을 부른 사람의 목소리가 누구인지 당연히 금방 알아차렸다. 흑운이었다. 이화의 걸음이 어느새 기방 근처 거리로 향했던 모양이었다. 흑운은 그곳에서 자주 거래를 한다고 했었다. 이화는 자신이 무의식적으로 그를 만날지도 모르는 곳으로 걸음으로 옮겼는가 싶어서 약간 속이 뜨끔했다.

이화는 흑운의 부름에 마음을 굳게 먹고 그를 향해 돌아섰다. 이화의 모습을 마주한 흑운이 약간 놀란 듯 숨을 크게 들이켰다. 그리고 그의 눈동자가 한껏 커졌다. 이화는 평소와 달리 약간 당황스러워하는 듯한 그의 표정에 고개를 갸웃거렸다.

"흠, 흠, 이흠."

그가 목이 막히는 사람처럼 크게 헛기침을 했다. 평소답지 않은 그의 모습에 이화가 다시 고개를 갸웃한 순간, 흑운이 다시 평이한 말투로 말을 이었다.

"어찌된 일이십니까? 이렇게 곱게 차려입으시고요?"

이화는 그의 '곱다'라는 말에 마음 한구석이 설레었다. 그는 옷을 의미하는 것이었겠지만 이화는 어쩐지 자신의 볼이 약간 상기된 느낌이었다. 곱다는 것이 자신을 의미하는 것만 같아서, 그가 간접적으로나마 자신을 칭찬하는 기분이었기 때문이다.

"으음, 그것이……. 잠깐 볼일이 있어서."

이화의 애매한 대답에 흑운은 고개를 끄덕였다. 그도 오늘은 무슨 중요한 일이 있는지 평소보다 훨씬 좋은 옷차림새였다.

머리에 쓴 갓에 연결된 갓끈이 길게 늘어져 있는데, 그것은 무척 귀한 옥으로 만들어져 있었다. 본래 사내들의 장신구는 한정되어 있어서 갓끈이나 부채 등이 몇 안 되는 멋내기 장신구였다. 그는 부유한 객주답게 양반들이나 걸칠 만한 귀한 갓끈을 하고 있었다.

흑운은 갓끈 이외에는 부채를 들고 있을 뿐 다른 어떤 장신구도 없었다. 좋은 비단옷으로 만들어진 도포와 그 위에 걸쳐 입은 답호*, 그리고 흑혜*를 신은 단정한 차림새였다. 하지만 그의 당당한 체구와 바른 걸음걸이 덕분에 장식을 최소한으로 한 그의 모습은 상당히 품위가 있었다.

이화는 가끔 그의 행동거지나 말투를 들으며, 혹시 흑운이 그녀가 알고 있는 것과는 다른 과거를 가지고 있지는 않은지 생각할 때가 종종 있었다. 그는 글을 읽고 쓸 줄도 알았고, 심지어 반가의 예의를 잘 알고 있었다.

물론 모시던 주인이 양반이라면 당연히 그 정도 예의를 보고 알수는 있지만, 그는 타고난 듯 아주 자연스럽게 행동했던 것이다. 더구나 그녀를 대하는 태도는 반가의 사람이 정중하게 사람들 대하는 것과 동일했다.

"새 옷을 입으셨군요."

그의 중얼거리는 목소리에 이화는 퍼뜩 정신을 차렸다. 재회하고 난 이후, 이화는 흑운에게 삼베나 광목으로 만든 색이 거의 없는 옷을 입는 모습이나 혹은 남복을 한 모습만 보여 주었다. 그러니 예전 아가씨로 살던 시절을 빼고는, 이렇게 제대로 성장한 이화의 모습은 아마 그에게도 처음일 것이었다.

"음, 어머니께서 생일이라고 한 벌 지어 주셨어."

---

* 남자가 도포 위에 겹쳐 있던 반팔 길이의 긴 조끼 모양의 옷.
* 양반들이 신던 검은 신발.

그렇게 설명하면서도 이화는 기쁜 마음을 금할 수가 없었다. 이렇게 차려입은 모습을 흑운이 보게 되서 다행이라고 생각했다. 그의 눈에 자신이 정말로 예전의 아가씨 모습으로 비추어졌기 때문이다. 그걸 바라는 것은 아니지만, 자신의 치장한 모습을 그가 보아 주니 시들한 화초에 물을 준 것처럼 이화의 표정에는 생기가 넘쳤다.

"그러셨군요. 감축 드립니다."

때 늦은 인사에 이화는 약간 멋쩍어 하면서 인사를 받았다. 하지만 그의 축하 인사에 커다란 선물이라도 받은 것처럼 이화의 마음은 두둥실 부풀어 올랐다. 오히려 가슴 속에 꺼지지 않을 불을 얻은 듯 마음이 따뜻해졌다. 그 말은 이화의 가슴속에 영원히 간직할 수 있기 때문이다.

"고마워."

이화의 수줍은 인사에 흑운의 두 눈동자가 다시 약간 크게 뜨였다가 강렬하게 반짝거렸으나, 얼굴을 장옷 아래에 감춘 이화는 그것을 미처 눈치채지 못했다. 약간 멋쩍어진 이화가 먼저 침묵을 깨뜨렸다,

"그런데 어디 가려던 것 아니야?"

이화의 질문에 흑운이 고개를 끄덕였다.

"네, 마침 중요한 거래가 있습니다."

"아, 내가 바쁜 사람을 붙잡고 있었네. 그럼 어서 가 봐. 나도 이

제 곧 돌아갈 거야. 너무 어두워지기 전에 돌아가야지."

이화의 말에 흑운은 약간 초조한 말투로 대답했다.

"제가 지금 워낙 중요한 거래라 약조를 파기하는 것이 어렵습니다. 대신 제가 다른 자를 보내어 아가씨를 댁까지 모셔다드리게 하겠습니다."

흑운의 제안에 이화는 고개를 저었다.

"괜찮아. 항상 다니던 길인걸. 바쁜데 내게 그리 마음 쓸 것 없어."

이화의 말에 흑운은 약간 엄한 목소리로 말했다.

"지금은 누가 보아도 귀한 아가씨로 보입니다. 그러니 제 말대로 해 주십시오."

처음 듣는 그의 단호한 말투에 이화는 약간 놀랐다. 그리고 동시에 그의 말에 이화는 다시 마음 한구석이 설레기 시작했다. 흑운의 말은 지금 이화의 자태가 아름다워, 홀로 보내기에는 위험할수 있다는 의미로 들렸기 때문이었다.

"하지만……."

이화가 여전히 망설이자 흑운이 다시 말을 이었다.

"그럼 잠시만 저를 기다려 주시겠습니까. 한 식경 정도면 됩니다."

갑작스런 그의 제안에 이화가 고개를 들었다.

"기다리라고?"

"네. 중한 일이라 차인(대리인)을 보낼 수는 없는 일입니다만, 그리 오래 걸리지는 않을 것입니다. 대신 사람을 시켜 아가씨 주변을 살피라 하겠으니 번거로우시더라도 잠시 근처에서 기다려 주십시오."

한 식경 정도라면 주변의 시전을 구경하면서도 충분히 기다릴 만한 시간이었다. 그리고 평소답지 않은 그의 강한 주장에 이화는 저도 모르게 고개를 끄덕였다. 신기하게도 흑운이 강하게 밀어붙이니 이화는 따르게 되었다.

"음. 알았어."

이화는 그의 제안에 동의했다. 안 그래도 평소보다 사람들의 시선이 자신에게 쏠리는 것 같아 마음이 불편했던 차라, 그의 말대로 조금은 조심하는 것이 좋을 것 같았다. 곧 흑운의 명에 검을 든 무사 두 명이 달려왔고 그들은 흑운의 명대로 약간 떨어진 거리에서 이화를 살피고 있었다.

거래를 위해서 기방 안으로 들어가서면서도 연신 무사들에게 잘 보호하라고 신신당부를 하는 흑운이었다. 그런 흑운을 바라보며 이화는 그가 조금 걱정이 많은 것 같다고 생각했지만, 그가 이렇게 자신에게 마음을 쓰는 것에 썩 기분이 좋아진 것도 사실이었다.

흑운을 기다리며 시전을 이리저리 둘러보는 이화는 왠지 어딘지 모르게 두둥실 뜬 기분이 되었다. 이화는 예전에 산대놀이를 구경하러 나왔다 시전을 구경할 때에도 이렇게 들뜬 마음이 되었었다. 하지만 풍파로 상황이 변한 이후에는 자주 시전에 볼 일이 있으면 나왔었기에 마음이 들뜨는 경우는 거의 없었다.

'마치 정인을 기다리는 기분이야.'

이화는 그렇게 속으로 생각하다가 깜짝 놀라고 말았다. 저도 모르게 붉어진 뺨을 얼른 장옷 아래로 숨기고 이화는 애써 그 생각을 떨쳐 내었다. 하지만 그를 기다리는 시간이 마치 일각이 여삼추라도 되는 것처럼 느껴진 것도 사실이었다.

"아가씨."

생각에 빠져 있던 이화는 흑운의 목소리에 얼른 정신을 차렸다. 그는 한 식경이 걸린다고 했었는데 실제 시간은 일각이 겨우 지난 시점이었다.

"어, 벌써 일이 마무리되었어?"

이화의 질문에 흑운은 고개를 끄덕였다. 그리고 그가 이화의 뒤쪽으로 시선을 보내며 가볍게 눈짓을 했다. 이화는 이제껏 자신을 지키던 이들이 물러난 것을 깨달았다.

"기다리시게 해서 죄송합니다."

"아니야, 오랜만에 한가하게 장 구경 하느라 시간 가는 줄도 몰랐어."

흑운이 미안해하지 말라고 하는 말이었지만, 이화는 그를 기다리는 시간을 무척 긴 시간처럼 느꼈던 자신이 거짓말을 하는 것 같아 약간 불편해지고 말았다. 게다가 평소와 달리 그의 시선이 약간 오래 제게 머물자 이화는 조금 더 불편해지고 말았다.

"에헷."

민망함에 이화가 헛기침을 하자 흑운이 얼른 정신을 차린 사람처럼 말을 이었다.

"이제 돌아가시죠."

그가 앞장을 서고 자연스럽게 이화가 흑운의 뒤를 따라 걸었다. 말끔하게 치장한 아름다운 남녀가 약간은 어색해하며 걷는 모습이 마치 갓 혼인을 올린 양반가의 부부처럼 보였다. 그래서 주변 사람들은 저도 모르게 흘끔거리며 두 사람의 모습을 좇고 있었다.

"앗."

흑운을 따라 걷던 이화가 뭔가에 걸려 넘어질 듯이 휘청하자 얼른 그가 뒤돌아서 이화를 부축했다. 아주 자연스러운 그의 행동 덕분에 주변 사람들도 흐뭇하게 그 모습을 바라보았다.

"괜찮으십니까?"

흑운의 조용한 질문에 이화는 고개를 끄덕였다. 그리고 또 그 앞에서 사소한 실수를 한 것이 부끄러워 얼굴을 붉히고 말았다. 하지만 대화를 들을 수 없는 사람들의 눈에는 안사람을 아끼는 남편과 그런 남편의 시선에 부끄러워하는 새색시처럼 보였다.

"음, 괜찮아."

이화의 대답에 흑운이 부축했던 팔을 놓았다. 그러나 조금 전보다는 걷는 속도를 늦추었고, 이화와 조금 가까운 거리에서 걸었다. 이화는 남복을 하고 함께 걸을 때에는 그리 타인의 시선을 신경 쓰지 않았는데 오늘은 주변의 사람들의 시선이 무척 신경 쓰였다.

이렇게 잘 차려입고 또 단정하게 치장한 그와 걷고 있으니 이화는 심장이 두근거렸다. 그가 자신을 신경 쓰며 계속 걸음 속도를 조절하는 것을 바라보는 것도 어쩐지 부끄럽기만 했다. 하지만 이화는 그와 이렇게 나란히 걷는 것이 싫지는 않았다.

"아가씨 생신을 미처 챙기지 못해서 송구합니다."

그렇게 걷던 흑운의 갑작스런 말에 이화는 얼른 고개를 저었다.

"뭐 대단한 일이라고, 그리 마음 쓰지 마."

이화의 대답에도 흑운은 여전한 표정이었다.

"이제 스물이 넘어서 나도 생일은 별로 신경 쓰지 않는걸, 뭐."

진지한 표정의 흑운을 위해서 농담처럼 중얼거린 말에 흑운이 무척 놀란 표정을 지었다.

"아, 그렇군요."

흑운이 마치 그녀의 나이를 처음 들은 듯한 표정이 되었기에 이화는 저도 모르게 살짝 웃고 말았다.

"벌써 스물하나라고. 어느새 혼기도 놓친 노처녀가 되었어. 없는 사람 취급당하는 처지인데, 생일까지 챙기기는 민망하지."

이화는 부러 아무렇지도 않게 말을 이었지만 흑운의 눈빛이 약간 무겁게 가라앉았다. 말은 하지 않아도 이화의 정혼이 파기된 것을 그도 알고 있었다. 그리고 혼기를 놓친 반가의 규수들이 생일을 달갑게 여기지 않는 것을 그도 알겠지만, 이화가 그것을 농담처럼 이야기하니 뭐라 대답도 못 하고 안타까운 표정을 지었다.

"그런, 없는 사람이라니요? 아가씨는 누구보다 아름답고 고귀한 분이십니다."

갑작스런 그의 말에 이화는 얼굴이 확 하고 붉어졌다. 그의 말과 눈빛에 섞인 열기 때문이었다. 그가 이렇게 감정을 드러내는 것은 매우 드문 일이었기에 때문에 이화는 민망하고 어쩐지 수줍어져서 일부러 딴청을 부렸다.

"뭐야. 그, 그렇게 정색을 하고 말하면 내가 너무 민망하잖아?"

이화의 말에 흑운은 얼른 평소의 무표정으로 돌아갔다. 그리고 두 사람은 별말 없이 걸음을 옮겼다. 이화가 남복을 하고 있을 때에는 가끔 주막에서 함께 간단하게 국밥을 먹은 적도 있었지만 지금 이렇게 차려입고서는 따로 할 만한 일이 없었다. 그래서 그저 천천히 걸어서 이화의 집까지 걸어갈 뿐이었다.

하지만 매번 걷던 길이 오늘은 어쩐지 조금 더 아름다운 기분이었다. 그리고 자신을 귀한 사람이라고 말해 준 흑운의 말을 가슴 속 깊이 새겼다. 어떤 선물보다도 귀한 선물을 받은 기분이었다. 그가 이화의 존재를 제대로 인정해 준 느낌이었고, 그것이 지금 이화에게는 그 어떤 것보다도 소중하고 귀한 것이었다.

"들어가십시오, 아가씨."

어느새 이화의 초가집 근처에 도착했다. 한 시진이나 걸리는 그 긴 시간이 이렇게 눈 깜짝할 사이에 지나 버린 것이었다. 이화는 아쉬운 마음으로 초가로 향했다. 하지만 그와 이렇게 함께 걸은 것만으로도 이화는 충분히 기뻤다.

흑운이 집으로 향하는 이화의 모습이 시야에서 사라질 때까지 계속 그 자리를 지켰다는 사실을, 이화는 아주 오랜 시간이 지난 후에야 알 수 있었다.

6. 밀야

"어쩐 일이야? 자네가 여기까지 직접 걸음을 다하고?"

이화는 뜻하지 않은 흑운의 방문에 놀랐다. 인왕산 기슭에 있는 이화의 집은 도성 내에 있긴 했지만 육전 거리에서 그리 만만하게 방문할 만한 곳은 아니었다. 왕의 기운을 품은 산답게 인왕산은 그리 높지는 않았으나 산세가 그리 수월하지는 않았기 때문이었다.

8월 말, 먼 길을 걸어서 그런지 흑운의 이마에는 땀방울이 송골송골 맺혀 있었다.

"금일이 마님의 생신이 아니십니까?"

그의 말에 이화는 고개를 끄덕였다. 안 그래도 아무것도 없어서 속이 바짝바짝 탔던 참이었다. 오늘을 위해서 이화가 며칠간 무리해 가며, 밤을 꼬박 새서 완성한 필사본의 가격을 받지 못했던 것이다. 주인은 사정이 있으니 며칠 더 기다려 달라고 했다. 항상 제때 지불하는 이였으니, 아무래도 서점 주인에게도 예상치 못한 사정이 있음은 틀림없었다.

그래서 터덜터덜 빈손으로 돌아와 아무것도 없는 부엌을 보니 이화는 울컥하고 울음이 솟아났던 것이다. 시간은 이미 신시정(오후 4시)을 지나서 평소라면 한참 저녁 준비로 분주할 때였다.

예전 같으면 어머님의 생신에는 특별한 음식을 만드느라 온 집안에 고소한 기름 냄새가 가득했을 것이다. 하다못해 쌀밥에 고깃국이라도 끓여 드리고 싶었던 이화는 너무나 속이 상해서 부엌 아궁이 앞에 주저앉아 아무것도 없이 맹물만 끓이며 홀로 숨죽여 울고 있었던 것이다.

"마침 오늘 종로 푸줏간에 좋은 고기가 들어왔기에 조금 끊어 왔습니다. 미역하고 쌀도 함께 가져왔으니 받으십시오."

그의 손에는 새끼줄로 엮은 쇠고기 한 덩이와 조그마한 자루가 들려 있었다. 어찌 그는 항상 이화에게 도움이 필요할 때마다 이렇게 나타나는지 신기할 지경이었다. 되도록이면 그의 도움을 받지 않으려 노력했지만, 이화는 최근에 자신이 자주 그의 도움에 기대고 있다는 것을 깨달았다.

"고마워. 내 필사한 금액을 받으면 반드시 갚도록 할게."

이화는 면목이 없었지만 그의 호의를 받아들이기로 했다. 어머님도 어머님이었지만 제대로 된 영양가 있는 음식을 먹지 못해서 그런지 인호의 얼굴이 파리했던 것이다. 앙상한 몸에 여름 고뿔에 걸려 계속 기침을 해 대어 이화의 속이 바짝 타들어 가고 있던 참이다.

"그럼 저는 이만 물러나겠습니다."

흑운은 이화의 눈자위가 붉게 충혈되어 그녀가 울고 있었다는 것을 눈치챘겠지만 별다른 내색 없이 뒤로 물러났다. 이화가 속상해하고 있는 것을 알고 그녀를 배려해 모른 척해 준 것 같았다.

이화는 그에게로 향하는 자신의 마음을 다잡고 우선 저녁 준비에 서둘렀다. 아궁이에 불을 때서 일단 밥을 안치고, 급하게 고기를 다듬어 무와 함께 끓였다. 집 주변에 있던 푸성귀도 뜯어 삶아서 간단하게 양념을 했다.

"어머님, 저녁 드세요."

아궁이 옆으로 난 작은 쪽문을 통해서 일단 안방으로 소반을 먼저 들였다. 어머니 옆에는 인호가 말썽도 부리지 않고 혼자서 잘 놀고 있었다. 이화는 소반을 들고 부리나케 부엌을 나서 안방으로 들어갔다.

"어머니, 기운이 없으시더라도 일어나 한술 뜨세요."

이화의 말에도 어머니는 꼼짝도 하지 않았다. 분명 이화가 음식을 준비하고 있다는 것을 아셨을 터인데, 평소와 다르게 어머니에게서는 냉랭한 기운이 풍겨 나왔다.

"어머니?"

이화의 채근에 어머니가 몸을 일으켰다. 창백한 얼굴과 고생으로 마른 몸 때문에 더욱 아파 보였기에 이화는 속이 상했다. 항상 단정한 차림새를 유지하며 반가의 안방마님으로서 고운 자태를 자랑하던 때와는 너무도 달랐기 때문이었다.

이화의 채근에 일어난 어머니는 자신 앞에 놓인 소반을 보았다. 조그마한 소반에 갓 지어 김이 모락모락 나는 밥과 국, 그리고 간단한 김치와 푸성귀가 놓여 있었다. 어머니는 이화가 나름 노력했다는 것을 한눈에 알아보았다. 하지만 여전히 어머니는 수저를 들지 않았다.

"어서 드세요. 시간이 평소보다 조금 늦었으니 인호도 배가 많이 고플 거예요."

이화가 그렇게 말을 하고는 옆에 있던 인호를 제 품으로 데려왔다. 인호에게 밥을 먹여 주려고 이화가 막 수저에 국을 한술 뜬 순간이었다.

"인호야. 이리 오렴."

누이가 주는 밥을 막 받아먹을 듯 입을 벌리던 인호는 어미의 말에 고개를 돌렸다. 순간 망설이던 인호는 그래도 어머니에게로 다가갔다. 인호를 품에 안은 어머니는 이화를 날카로운 눈빛으로 바라보았다.

"당장 치워라."

어머니의 싸늘한 말에 이화는 움찔했다. 그 말에 스며 있는 냉랭한 기운이 명확하게 거부의 의사를 보여 주었기 때문이었다.

"오늘이 어머니 생신이시라 특별히 준비한 것이니 입맛이 없더라도 조금만 드셔 보세요."

평소에도 음식을 많이 먹지 못하는 어머니였지만 이화는 그래도 따뜻한 국물을 조금 드시면 기운이 나지 않을까 해서 권했다.

"내 아무리 영락한 처지라 해도 천것의 도움의 받을 만큼 자존심이 없는 것은 아니다."

어머니의 말에 이화는 움찔했다. 어머니는 여전히 자존심 하나로 버티고 있는 분이셨다. 이화가 살림을 지탱하느라 남장을 하고 저잣거리에 나서는 것도 탐탁지 않아 하셨다. 하지만 이화가 움직이지 않으면 어쩔 수 없으니 그저 묵인하고 계셨던 것이다. 그러나 오늘은 흑운이 직접 집까지 찾아온 것을 알았으니 마음이 언짢았던 것이 분명했다.

"어머니. 오늘뿐이에요. 제가 필사를 한 대가를 받으면 반드시 제대로 되갚을 거예요. 그러니 너무 노여워 마시고……."

이화는 제대로 말을 끝마치지 못했다. 어머니가 앞에 놓여 있던 소반을 엎어 버렸기 때문이었다.

"어머니!"

너무 놀라 이화는 그저 어머니만을 불렀다. 그 와중에도 이화는 바닥에 떨어진 밥과 국이 아깝기만 했다. 이화는 어머니가 화를 내셔도 되지만 애먼 밥과 국을 못 쓰게 된 것은 속이 상했다.

"당장 나가. 이미 너는 그놈에게 정신이 팔려 이 어미나 인호는 안중에도 없지 않았느냐?"

"그게 무슨 말씀이세요?"

이화가 당황하여 그리 물었으나 어머니의 표정은 더없이 냉정했다.

"나가. 네 도움이 없어도 인호는 이제부터 내 스스로 건사할 것이다."

이화는 이렇게 화가 난 어머니를 처음 보았다. 그러나 그 와중에도 뜨거운 국물이 튄 어머니의 손이 걱정되어 얼른 옆에 있던 천을 들고 어머니를 닦아 드리려고 다가왔다.

"그 더러운 손 치워!"

"어머니!"

이화는 충격으로 눈앞이 새카맣게 변했다. 어머니가 이화가 불결한 것이라도 되는 양 그녀의 손을 확 쳐 버렸기 때문이었다. 엄청난 충격에 이화는 뭐라 말도 하지 못하고 비틀비틀 바깥으로 나왔다. 어머니가 최근 그녀의 행동을 탐탁지 않아 하시는 것은 알았지만 직접 그것을 마주하니 단단한 이화도 마음이 심하게 흔들렸던 것이다.

이화는 짚신을 대충 꿰어 신고 우선은 집을 벗어났다. 답답하기도 하고 억울한 마음도 들어서 아무런 생각도 할 수 없었다. 그저 다만 여기를 벗어나고 싶다는 일념으로 이화는 걸음을 옮겼다. 그렇게 귀신처럼 휘적휘적 걷던 그녀는 그만 기운이 빠져 길가에 털썩 주저앉고 말았다.

"흐흑……."

아무리 참으려 해도 이화는 터져 나오는 울음을 멈출 수가 없었다. 이화는 너무 지치고 힘이 들었다. 기운이 없는 어머니께 정말로 오랜만에 고깃국을 끓여 드리고 싶었다. 또한 제대로 먹지 못해서 얼굴에 하얀 버짐이 필 정도로 앙상한 인호도 제대로 먹이고 싶었다. 오직 그 마음 하나였는데…….

"아가씨."

갑자기 들려온 사내의 굵은 목소리에 이화는 흠칫했다. 하지만 이내 그 목소리의 주인공이 누구인지 깨달은 그녀는 긴장을 풀었다.

"왜 여기서 이렇게 울고 계신 겁니까?"

분명 조금 전 인사를 하고 돌아갔으리라 여겼던 흑운의 음성이었지만 이화는 그 순간에는 그것을 이상하다 여길 정신이 없었다. 화급하게 붉게 달아오른 뺨을 가리며 몸을 웅크렸다. 젖어 버린 빨래처럼 후줄근한 제 모습을 그에게만은 보이기 싫었다.

"아니, 대체?"

그러나 그녀는 곧 자신의 손을 부여잡은 그 때문에 더욱 깜짝 놀라고 말았다.

"어쩌다 이리되신 것입니까?"

그의 낮은 음성에 그녀가 그제야 제 손등을 바라보았다. 뜨거운 국이 엎어지면서 이화는 손을 데였지만 지금까지 제대로 인지하지 못하고 있었던 것이다. 그제야 손등이 화끈거리기 시작했다. 흑운의 까만 눈동자에 어린 자신을 동정하는 듯한 눈빛에 이화는 더욱 부끄러워졌고, 동시에 가슴의 한쪽이 알 수 없는 감정으로 아릿해졌다.

"별거 아니야."

애써 손을 빼내려 하자 흑운이 조금 더 힘을 주어 그녀를 자신 쪽으로 당겼다. 완력의 차이가 컸기에 어쩔 수 없이 이화는 그의 앞에 서서 강렬한 시선을 고스란히 받을 수밖에 없었다.

"별일이 분명합니다. 설마…… 안방마님께서?"

이화는 안절부절못했다. 그에게 이 모든 것을 들킨 것이 너무나 부끄러웠다. 그리고 동시에 그녀는 부끄러움보다 더욱 그녀를 괴롭히는 마음의 정체를 깨달았다. 그녀는 그의 앞에서 언제나 아가씨로 남아 있고 싶었던 것이다. 비록 그의 도움을 받고 있었지만, 그래도 그에게 이렇게 바닥까지 떨어진 모습은 보여 주고 싶지 않았던 것이다.

"내가 잠깐 실수해서 뜨거운 물이 닿았어."

그래서 이화는 부러 냉정하게 말을 이었다. 그녀에게 남아 있는 것은 오직 자존심 하나였기 때문이다. 그가 그녀를 계속 아가씨라 부르며 깍듯하게 대해 주었기에 그녀는 자신의 처지를 잠시나마 잊을 수 있었다. 몸은 고되었지만 그래도 그녀는 그 덕분에 자신이 아직도 반가의 규수라는 자존심을 유지할 수 있었다.

유배지에서 돌아가신 아버지, 앓아누워 계신 어머니, 이제 아무것도 가진 것이 없이 겨우 양반이라는 신분만 남아 있는 하나뿐인 동생 인호. 그녀 역시 혼기를 놓쳐 없는 사람, 혹은 모자란 사람 취급이었다. 그녀는 신분만 양반일 뿐, 지금은 평민보다도 못한 처지였다. 그래도 흑운 덕분에 그녀는 자신의 자존심을 지킬 수 있었다.

"아가씨!"

다소 강한 흑운의 말투에 그녀를 고개를 들어 그의 두 눈동자를 바라보았다. 한 번도 이렇게 제대로 그의 두 눈을 똑바로 바라본 적이 없었다. 그러나 그의 눈동자에서 발견한 자신을 안쓰럽게 여기는 눈빛에 그녀는 순간 이성을 잃고 말았다.

"그래. 어머니 때문이야. 나같이 천한 것이 만든 국 따위 드시고 싶지 않다고 하셨어. 이제 속이 시원해?"

이화가 벌컥 화를 내자, 흑운의 눈가가 아래로 축 처졌다. 갑작스레 감정을 폭발한 그녀를 어찌해야 할지 몰라 당황한 표정이 역력했다. 아주 가끔 그는 이런 표정을 짓곤 했다. 모든 일에 능숙해 보이는 그였지만 타인의 날 것 같은 감정을 마주하면 미숙한 어린

아이처럼 저런 표정을 지었다.

"너도 속으로는 비웃고 있었지?"

이화도 알고 있었다. 지금 그에게 괜한 화풀이를 하고 있다는 것을, 자신의 못난 감정을 은인이라 할 수 있는 그에게 내보여선 안 된다는 것을 알면서도 이화는 어찌할 수가 없었다.

그저 모든 것에 화가 났다. 왜 자신만 이렇게 힘들어야 하는지, 그래도 최대한 노력해서 인호가 과거를 볼 수 있도록 열심히 일했다. 그런데 그것이 그런 모욕적인 말을 들어야 할 일이었을까?

"그럴 리가요."

흑운이 잔뜩 화가 난 짐승을 달래듯 다정하게 속삭였다. 그리고 그는 짙은 눈빛으로 감정을 폭발하는 그녀를 가만히 지켜보고만 있었다. 그는 언제나 그랬다. 아무런 말 없이 그녀의 곁에서 이렇게 그녀를 바라만 보고 있었다.

"아무것도 남은 것이 없는 주제에, 기껏 알량한 양반 신분이라고 너를 하대하며, 너에게 도움이나 받는 처지에 있는 내가 우스웠지?"

이화가 스스로를 상처 입히는 모진 말을 내뱉자 흑운의 얼굴이 더욱 어두워졌다. 항상 씩씩하고 밝은 표정이었던 그녀는 이렇게 이 모든 것을 가슴 안에 꾹꾹 억누르고 있었음이 분명했다. 이화를 애틋하게 바라보는 그의 눈빛이었다.

"아닙니다. 아가씨."

흑운의 다정한 말이 더욱 이화를 괴롭게 했다. 자신은 지금 친절한 흑운에게 화풀이나 해 대는, 그런 못난 인간이었던 것이다. 이럴수록 더욱 바닥으로 떨어지는 것인데도 이화는 어찌할 수가 없었다.

"맞아. 이제 내겐 아무것도 없어. 남은 건 그냥 이렇게 초라하고 구질구질한 삶인걸."

그렇게 자신을 비하하던 이화는 천천히 무너져 내렸다. 정말로 애써 마음속에 꽁꽁 담아 두었던 진실을 마주하니 비참함에 그저 자신이 한심하게 느껴졌다.

"으흑, 사는 게 너무 힘들어."

이화는 그만 그의 앞에서 그동안 눌러 두었던 감정을 토해 내고 말았다. 어떤 말을 하더라도 들어 주겠다는 듯이 그저 바라만 보는 그에게 화를 낸 것이 미안하기도 했고, 자신의 모습이 비참해서 결국은 그동안 꾹꾹 눌러 담았던 감정이 터지고야 말았다.

"으흑……. 흑흑……. 그냥 죽고만 싶어."

결국 이화는 그의 품에 안겨 어린아이처럼 울고 말았다. 흑운이 자신을 제 품에 안아 주었을 때 약간 놀라기는 했지만 지금은 이런 자신을 내치지 않는 그가 고마웠다. 그는 여전히 아무런 말도 없었다.

때마침 조용히 내리기 시작한 비에 이화의 짙은 눈물이 함께 섞이고 있었다. 이 비처럼 제 안에 고인 슬픔이 시원하게 씻겨 내려

가면 좋으련만, 오랫동안 꾹꾹 눌러 담았던 이화의 눈물은 쉬이 그치지 않았다.

하지만 이화의 등을 아주 조심스럽게 쓸어내리는 그의 손길에, 이화는 차츰차츰 마음이 안정되어 갔다.

흑운은 이화가 비에 젖지 않도록 조심스럽게 그녀를 안고 근처에 있던 빈집으로 들어갔다. 그럼에도 이화는 어떤 반항도 하지 않고 그저 조용히 흑운의 품에 안겨 있었다. 흑운은 혹시나 이화가 체온이 떨어질까 봐 두려운 듯이, 그녀를 제 품 안에 꼭 끌어안으며 속삭였다.

"아가씨께서 누구보다 열심히 살았다는 것을 압니다."

다정하게 자신을 위로하며 속삭이는 흑운의 목소리였다. 자상한 그의 목소리에 이화는 조금씩 제 안에 꽁꽁 눌러 두었던 감정을 풀어내었다.

"그리 잘못한 걸까? 난 그저 인호를 잘 키워서 과거를 보게 하고 싶었어. 그리고 건강이 좋지 않은 어머님을 잘 모시고, 그래서 최선을 다했는데……."

이화의 떨리는 목소리에 흑운은 여전히 침묵하며 그녀를 안고만 있었다. 아무런 말이 없어도 그저 그의 포옹에 이화는 위로를 받고 있었다.

"하루하루 사는 게 너무 힘이 들어."

이화의 토로에 흑운은 조금 더 강하게 그녀를 끌어안았다. 그리고 삶에 지친 그녀를 위로하듯이 부드럽게 그녀의 등을 쓸어 주었다. 말보다 다정한 그의 움직임에 이화의 안에서 들불처럼 솟아오르던 감정이 조금씩 진정되어 갔다.

"그래도 살아진답니다."

독백처럼 들린 그의 말과 세 귀에 들리는 그의 건강한 심장 소리에 이화는 흠칫했다. 어느새 두 사람은 이화 집 근처에 있던 빈집에 있었다. 기근으로 이곳에 살던 이가 세상을 떠나고 한동안 빈집으로 방치되었던 곳이었다.

방 안에는 아무것도 없었지만 바닥은 깔끔했다. 누군가 청소를 해 둔 것처럼 먼지 하나 없었다. 그리고 누군가 자주 머물렀던 것처럼 사람의 기척이 묻어 있었다.

"하루하루 시간이 지나면, 아픔도 무디어지고 또 그렇게 살아지죠."

독백처럼 속삭인 그의 말에는 설명할 수 없는 애틋함과 아픔이 묻어 있었다. 무엇인가를 오랫동안 스스로 견뎌 온 자만이 할 수 있는, 그런 감정의 무게가 실려 있었던 것이다. 그제야 이화는 어쩌면 그 역시 말할 수 없는 고통 속에 살고 있을지도 모른다고 생각했다.

갑자기 이화의 집에서 사라져 이렇게 상단의 객주로 변모하기까지, 과거를 전혀 이야기하지 않는 그에게도 사연이 있는 것이 분명했다. 나직하게 읊조린 그의 말에 담긴 묵직하면서도 애달픈 감정을 이화는 단번에 알아차리고 말았다.

"자네도 그랬어?"

흑운의 가슴에서 고개를 들고 그를 올려다보며 이화는 물었다. 예상치 못한 이화의 물음에 그는 마치 벼락이라도 맞은 표정을 지었다. 그리고는 약간 서글픈 미소를 지었다.

"누구나 한 가지씩 사정은 있답니다."

씁쓸하게 중얼거린 그의 말이 이화의 심장을 강타했다. 항상 흔들리지 않는 바위 같던 그도, 어쩌면 마음속에 있는 무수한 상처들을 안고 아파하고 있을지도 몰랐다. 아니 알면서도 그녀는 애써 외면했는지도 몰랐다. 제 삶이 버거워서, 제 고난 때문에, 그의 상처에까지 마음을 쓸 여유가 없다는 이유로.

"흑운?"

이화가 망설이며 부른 휘에 그는 아픈 얼굴로 대답했다.

"제 휘는 제신입니다. 부모님께서 어렵게 얻은 아들이라고 귀히 여기며 지어 주신 휘죠."

그의 말에 이화는 침묵했다.

"제게도 아가씨와 같은 나이의 여동생이 있었습니다."

그는 마치 독백하듯이, 이화가 이야기를 듣든 말든 상관없는 사람처럼 그렇게 말을 이어 나갔다.

"그 아이가 죽은 게 꼭 8년 전 이맘때였습니다. 겨우 열세 살이었죠."

그의 눈빛이 항상 슬퍼 보였던 것은 다 그런 이유가 있었던 것이다.

"그래서 저 혼자 이 세상에 남았습니다."

제신의 넓은 어깨가 한없이 슬퍼 보였다. 항상 굳건하게 뿌리를 박고 서 있는 나무처럼 느껴졌던 그도, 이렇게 홀로 남은 아픔을 참으며 살아내고 있었던 것이다.

"그래도 이렇게 살아지더군요. 하루하루 밥을 먹고, 잠을 자고, 사람들과 이야기도 하고, 재물도 벌고…… 어느새 이렇게 시간이 흘렀습니다."

그가 회상에서 빠져나와 그녀의 얼굴을 똑바로 바라보며 말했다.

"그러니 아가씨도 살아갈 수 있습니다. 아가씨에게는 어머니와 동생이 있지 않으십니까?"

이화는 얼굴을 붉혔다. 그의 앞에서 투정을 부린 것이 민망했던 것이다.

"기운 내라고는 하지 않겠습니다. 힘이 드는데, 말로만 위로한다고 해서 어찌 기운이 나겠습니까?"

그는 마치 범인의 자백을 설득하는 포청의 종사관처럼 진지했다. 더불어 진실한 음성과 성실한 눈빛이 그의 마음이 진심임을 제대로 전해 주고 있었다.

"그래도 아가씨 곁에는 제가 있습니다. 아가씨에게 조금이나마 도움이 될 수 있다면 저는 계속 아가씨 옆에 있겠습니다."

그의 다정한 말이 가슴에 화인처럼 새겨졌다. 재회한 이후, 그는 이렇게 아무 대가도 바라지 않고 그저 옆에서 묵묵히 이화를 위해 주었다. 쓸쓸하고 기댈 곳 없는 이화에게 큰 의지가 되어 주었다.

그의 입술에 입맞춤을 한 것은 의도한 것은 아니었다. 다만 자신도 그에게 위로가 되어 주고 싶은 마음뿐이었다.

"아가씨?"

아주 짧은 순간, 그저 입술이 맞닿은 것뿐이었다. 깜짝 놀란 그의 눈동자에 이화는 왠지 웃음이 나왔다. 그가 당황하는 모습이 상당히 귀여웠다.

"이게 가, 갑자기…… 무, 무슨?"

그가 더듬거리자 이화는 그에게 성큼 다가갔다. 여태껏 꽁꽁 숨겨 왔던 제 마음을 이화는 깨닫고 말았던 것이다. 그를 은애한다. 신분이나 그런 것을 떠나 그녀는 제신을 한 사람의 사내로서 연모하는 것이었다.

"제신, 부탁이 있어."

이화가 제 휘를 부르자 제신이 깜짝 놀라 그녀를 바라보았다.

"나를 안아 줘."

"헉!"

제신이 깊게 숨을 들이마셨다. 그는 자신을 그저 예전에 모시던 아가씨로만 생각하고 있을지라도, 그녀는 그를 은애하였다. 그래서 그와 하나가 되고 싶었다. 그러고 나면 그녀는 어쩌면 그에게서 독립할 수 있을지도 몰랐다.

이제껏 너무 질질 끌고 있었다. 예전의 삶은 잊고, 지금 상황을 마주해야 하는데 계속 밀어 두고 있었던 것이다. 이제 자신은 한병모 대감의 딸 이화가 아니라, 스스로 삶은 개척해야 하는 이화였다.

"아가씨?"

그는 대체 이 상황을 어찌해야 할지 모르는 것처럼 굳어 있었다. 이화는 그에게 조금 더 다가섰다. 오늘 밤 이후로, 그녀는 그를 잊을 것이었다. 계속 이렇게 그의 곁에서 그의 도움을 받으며 그의 온정에 기댈 수 없었다. 그와 몸을 섞으면 그 역시 이제 자신을 아가씨로 대하지 않을 것이다.

혼인도 안 한 여인이 먼저 사내에게 안아 달라고 한 이화를 경멸하며, 어떤 망설임도 없이 등을 돌릴 수도 있을 것이다. 그러면 이화는 그를 떠나보낼 수 있을 것이다. 비겁하지만 스스로 떠날 수 없으니 그가 자신을 떠나게 만들려는 것이었다.

"오늘은 이화로만 대해 줘. 아가씨도 아니고 오늘, 그냥 사내와 여인으로 보내면 안 될까?"

간절한 눈빛으로 그렇게 중얼거린 그녀는 다시 그의 뜨거운 입술에 제 입술을 대었다. 이 이상은 어찌해야 할지 몰랐지만 이화는 제발 그가 움직여 주기를 바랐다.

"자꾸 이러시면, 저도 참기 어렵습니다."

낮게 으르렁거리는 그의 음성에 이화는 더욱 그에게 매달렸다. 그녀에게는 처음이자 마지막일지도 모를 그와의 하룻밤. 이제 앞으로 누구도 제 가슴에 담지 않을 생각이었다. 오늘 밤의 기억을 가지고 앞으로는 그저 어머니와 인호를 위해서 살아갈 예정이었기 때문이다.

그러니 오늘만은 그의 여인으로 있고 싶었다. 하룻밤, 단 하룻밤. 오롯이 그의 여인이고 싶었다.

"괜찮아. 내가 원하는 거야. 제신의 품에서 여인이 되고 싶어."

이화의 호소에 그는 아무런 말 없이 그녀를 응시했다. 마치 그녀의 진심을 확인하려는 듯이, 그는 짙은 눈빛으로 그녀를 계속 바라보았다. 이화는 확신했다. 항상 서늘했던 그의 눈빛이 오늘은 이글거리고 있었다. 잘은 몰랐지만 그의 눈빛은 이화에 대한 욕망을 가지고 있는 것 같았다. 마치 먹이를 노리는 짐승처럼 그의 눈빛이 야성적이었기 때문이다.

"하지만, 여긴 장소가……."

이화를 걱정하는 제신의 말에 이화는 냉큼 그의 목을 끌어안았다.

"상관없어. 그저 당신만 있으면 돼."

그녀의 말이 떨어지자마자 순식간에 상황은 역전되었다. 그가 물어뜯듯이 이화의 입술을 삼켰던 것이다. 그저 입술만 대고 있었던 이화와 달리 그는 혀로 그녀의 입술을 핥았고, 깜짝 놀라 이화가 입을 벌리자 곧장 그는 뜨거운 혀를 안으로 밀어 넣었다.

"하흡!"

약간 움찔하였으나 이화는 저항하지 않았다. 그의 뜨거운 혀가 제 입안을 훑자 짜릿한 감각이 머리끝에서 발끝까지 흘렀다. 약간 호흡하기가 힘들었지만 그녀는 상관없었다. 그의 입술이, 그의 혀가 그녀를 원하고 있었기 때문이다.

"하아, 하아……."

이화는 호흡이 달려 거친 숨을 뱉어 냈다. 얼마나 긴 시간이 흘렀는지 몰랐다. 이화는 그저 그에게 매달려 그의 입술을 받아 내고만 있었다. 그의 커다란 손이 옷고름에 닿았을 때에야 이화는 몽롱하게 감고 있던 눈을 떴다.

"벗길 겁니다."

그가 단언한 말에 이화는 약간 몸이 굳었다가 이내 결심한 듯 고개를 끄덕였다. 단호한 말투와는 달리 그는 아주 조심스럽게 이화의 옷고름에 손을 대었다.

그가 조금씩 힘을 주어 잡아당기자 이화의 긴장감도 덩달아 높아졌다. 부끄러움에 그의 손을 잡고 말리고 싶었지만 그녀는 그냥 두 눈을 질끈 감고야 말았다. 얇은 속적삼 아래로 이화의 하얀 피부가 탐스럽게 비치고 있었다.

"하아."

그가 감탄한 듯 신음했을 때, 이화는 가슴 부근이 선뜻함을 느꼈다. 여름이었지만 밖에는 비가 내려 공기가 약간 싸늘했기 때문이다. 곧 그의 손에 속적삼마저 벗겨졌다. 더욱 썰렁하다고 느낀 것도 잠시, 곧 그 느낌은 사라졌다. 그의 입술이 치마끈으로 바짝 조인 그녀의 가슴 윗부분에 닿았기 때문이었다.

"헉."

그는 장난을 치듯이 그녀의 드러난 피부에 입술을 대었다. 그의 입술이 닿을 때마다 그녀의 몸이 움찔움찔 뛰었다. 그런 그녀를 진정시키듯이 그가 그녀의 뒤통수를 커다란 손으로 부여잡았다. 그의 손아귀에 갇힌 그녀는 속수무책이었다.

"하아, 제신."

그녀가 초조한 듯 그의 휘를 부르자 그가 고개를 들었다. 요염하게 웃는 그의 미소에 이화는 심장이 마치 피부를 뚫고 바깥으로 튀어나올 것만 같았다.

"이제는 절대로 못 그만둡니다."

그리고 그는 다시 고개를 내려 오른쪽 가슴 윗부분에 입술을 찍어 대었고, 이내 그의 손의 그녀의 왼쪽 가슴을 움켜쥐었다.

"아흣."

그의 손길에 치마끈이 다소 느슨해져서 가슴 가리개가 드러났다. 이것마저 사라지면 이화의 가슴이 그대로 그의 눈앞에 드러날 참이었다. 조금씩 아래로 내려가는 치맛자락을 붙잡고 싶었지만, 그의 손길에 점점 느슨해지는 가슴 가리개를 신경 쓰느라 이화는 정신이 없었다.

"하아, 안 돼."

무의식적으로 이화의 입에서 거부하는 말이 튀어나왔다. 하지만 그는 아랑곳하지 않고 느슨해진 가슴 가리개 위로 입술을 찍었다. 볼록하게 존재감을 드러낸 이화의 유실이 그의 입안으로 사라졌다. 살짝 젖어 미끄러지는 옷감 때문에 이화는 짜릿함에 몸을 떨었다. 중간에 있는 가슴 가리개가 점점 부풀어 오르는 가슴 때문에 불편하게 느껴질 지경이었다.

"아앗."

그런 그녀의 마음을 알아차린 듯, 이내 갈급한 제신의 손길에 가슴 가리개마저 사라지고, 그녀의 아름다운 가슴이 사내의 눈앞에 고스란히 드러났다. 마치 갓 찌어 낸 백설기처럼 하얗고, 잘 익은 하얀 달걀처럼 촉촉하고 부드러워 보이는 가슴이었다.

"으읏."

그녀는 제신의 입술과 손길에 흐트러져 그저 신음하고 있었다. 치마는 어느새 허리 부근까지 내려와 있었고, 그의 아래에 깔린 이화는 처음으로 제신의 힘에 압도되었다. 그는 강한 수컷이었고 지금 이화는 그 앞에 놓인 가녀린 먹이나 다름없었다.

"아름답습니다."

그가 이글거리는 시선으로 드러난 이화의 몸을 바라보며 속삭였다. 이화는 그의 말에 가슴까지 붉게 물들일 정도로 부끄러웠지만 한편으로는 기뻤다. 그는 자신을 은애하지 않아도 여인으로서 이화를 원하고 있었기 때문이었다.

"앗."

그러나 곧 그가 자신의 옷을 벗어 던지기 시작하자, 이화의 커다란 두 눈동자가 크게 흔들렸다. 겉에 입고 있었던 도포를 벗고, 그가 안에 입었던 저고리, 그리고 속적삼까지 벗어 던지자 탄탄한 그의 상체가 드러났다. 무예로 잘 단련된 듯 군살이 하나도 없는 몸이었다.

"아가씨, 잠시만요."

그는 살짝 이화의 상체를 들게 하고는 분주하게 그 아래 자신의 옷을 겹겹이 깔았다. 맨살이 바닥에 닿아 등이 차가웠다는 것을 이화는 그제야 깨달았다.

"죄송합니다. 이런 장소에서…… 이렇게……."

그가 미안해하자 이화는 얼른 그의 목에 두 팔을 감고 그의 입술을 막았다. 상관없었다. 원앙금침도 언약도 없었지만, 이화를 배려하여 그의 옷가지를 제 몸 아래에 겹겹이 깔아 주는 다정한 그만 있다면, 모든 것이 다 괜찮았다.

"하아……."

결국 그녀가 다시 호흡이 달려 입을 떼자 제신의 눈꼬리가 미소 때문에 휘어졌다. 귀엽다는 듯이 그는 다시 그녀를 조심스럽게 자신의 옷 위에 눕히고는 그녀의 붉게 달아오른 볼을 커다란 손으로 쓰다듬었다.

"괜찮습니다. 애써 무엇을 하지 않으셔도 됩니다."

그는 그렇게 속삭이고는 다시 얼굴을 내려 그녀의 이마에 부드럽게 입맞춤했다. 마치 자신을 믿으라는 듯이, 이 상황과는 다소 어울리지 않는 포근한 입맞춤이었다. 그가 다시 뜨거운 입술로 그녀의 감은 눈가를 쓸고, 오뚝하게 솟아 있는 이화의 코에도 입맞춤했다. 소중하게 대해지고 있는 느낌에 이화는 전율했다.

"힉."

그의 뜨거운 입술이 가녀린 목덜미에 닿았을 때, 짜릿한 감각에 혼이 나갔던 이화는 그가 살짝 목덜미를 깨물자 긴장했다. 늑대가 먹이의 숨통을 끊을 때처럼, 이화는 약간의 공포감과 더불어 그에게 완벽하게 삼켜지는 기분이었다.

"긴장하지 마세요. 아가씨."

그가 다정하게 속삭였지만 이화는 떨리는 마음을 막을 수는 없었다.

"하, 하지만 긴장되는걸."

새침한 이화의 말에 제신이 다시 요염한 표정으로 웃었다.

"사실은 저도 많이 긴장됩니다. 아가씨."

그가 자신을 아가씨라고 부르자 두 사람의 관계가 잘못된 것처럼 보였다. 그래서 이화는 그에게 부탁했다.

"지금만은 내 휘를 불러 줘."

이화는 그에게 아가씨이고 싶지 않았다. 그저 서로를 원하는 남녀로 있고 싶었고, 그가 제 휘를 불러 주기를 바랐다. 그는 이화를 은애하지 않는다 해도, 그녀는 그가 자신을 이화라는 오롯이 한 여인으로만 봐 주기를, 또 그렇게 불러 주기를 바랐다.

"이화!"

한숨과도 같은 그의 부름에 이화는 반응했다. 동시에 그는 그녀의 드러난 유실을 다시 한입에 머금고 부드럽게, 그러나 정확하게 그녀를 자극하고 있었다. 저도 모르게 아랫도리가 욱신거렸다. 그리고 마치 달거리를 할 때처럼 다리속곳이 척척하게 자신의 비부에 달라붙는 기분이었다.

"아앗."

그가 조심스럽게 치맛자락 아래로 손을 넣어 종아리부터 쓸어올리자 그녀는 긴장으로 비명을 질렀다. 그러자 그가 마치 안심하라고 말하는 것처럼 그녀의 이마에 다시 입맞춤을 했다. 그리고 그는 한 손으로 단단하게 그녀의 허리를 꼼짝 못 하게 그러잡았다.

"사내가 여인을 안는다는 의미는 이런 겁니다."

그는 날렵한 솜씨로 입고 있던 속바지(고쟁이)를 벗겨 내었다. 그리고 속속곳마저 사라지고 이내 그의 손이 차츰차츰 아까부터 욱신거리는 곳을 향해 가자 이화는 부끄러움에 몸서리를 쳤다. 그의 의도가 명확하게 느껴졌고 곧 그의 손이 그녀의 음부에 닿을 참이었다. 부끄러움에 이화의 눈에서 눈물이 흘러내렸다.

"부끄러우신 거죠?"

그가 그녀의 눈물을 훔치며 미약과도 같은 목소리로 귓가에 속삭였다. 그의 눈앞에 피부가 드러난 것도 부끄러웠지만 이화의 감정은 더욱 미묘했다. 반가의 여인이라면 속바지 위에 단속곳을 입고 그 위에 좋은 비단으로 만들어진 너른 바지와 무지기 치마까지를 챙겨 입었다.

그러나 삶이 팍팍해진 요즘, 이화는 평민처럼 속바지까지만 챙겨 입을 수밖에 없었던 것이다. 영락한 신분이라는 것이 바로 이런 사소한 부분에서 드러났던 것이다. 겉모습만으로도 더 이상 아가씨가 아니라는 것을 제신에게 바로 보여 주는 것 같아, 이화는 그것이 부끄러웠다.

"제신!"

그녀가 약간 원망스러운 눈초리로 그를 바라보았으나 그는 약간 짓궂은 표정으로 웃었다. 그리고 이글거리는 눈빛으로 이화의 얼굴을 똑바로 주시하며 그의 손길은 발칙하게도 그녀의 꽃잎을 쓰윽 쓰다듬었다.

"정말로 젖었군요."

뭔가 살짝 감탄한 듯 중얼거린 그의 말에 이화의 다시 온몸이

화르륵 달아올랐다. 그리고 그에게서 도망치려는 듯이 몸을 움찔하자 그의 반응이 더욱 빨랐다.

"안 됩니다."

곧 그는 넓은 손바닥으로 그녀의 음부를 사정없이 비볐다. 누구도 감히 상상할 수 없었던 이화의 소중한 부분을 그는 마치 제 것처럼 희롱하고 있었다.

"흐흑……."

부끄러우면서도 짜릿한 감각에 이화는 흐느꼈다. 다리속곳이 그녀의 비부에 닿아 미끄러지며 이화가 생전 느껴 보지 못했던 감각을 자아내고 있었다.

"괜찮아요. 부끄러우시면 잠깐 눈을 감아도 됩니다."

이화는 얼른 두 눈을 꼭 감았다. 그는 기꺼운 듯 미소 지으며 그녀의 치맛자락을 허리까지 끌어올렸다. 이제 그의 눈앞에는 다리속곳 하나만 걸친 그녀의 하반신이 드러났다.

"하아……."

그가 욕망을 참듯 억눌린 신음을 내뱉었다. 그리고 곧 그의 손가락이 그녀의 다리 사이로 침범했다.

"아앗. 하아……."

달콤한 비음이 저도 모르게 비어져 나왔다. 그의 굵은 손가락이 조심스럽게 그녀의 비부를 만지기 시작했다. 부드럽게 갈라진 부분을 쓸어내리자 이화는 추운 것처럼 온몸에 오소소 소름이 돋아

났다. 하지만 이것은 추위 때문이 아니었다. 그녀의 살결은 뜨거웠다. 그녀는 엄청난 짜릿함에 움찔거렸다.

"이화."

그가 다시 다정하게 그녀의 휘를 부르며, 손가락을 빠르게 움직였다.

"아앗, 안 돼!"

그의 손가락이 어떤 부분을 스친 순간 이화는 자지러졌다. 머리 끝에서 발끝까지 새콤하면서도 달콤한 감각이 벼락처럼 흘렀다. 그러자 그의 눈매가 다시 기쁜 듯이 휘어졌다. 그리고 그는 그녀가 흘린 애액을 떠서 부드럽게 골고루 그 부분에 발랐다.

"하앗, 어째서?"

그녀의 질문은 미처 끝이 나기도 전에 그의 입술에 삼켜졌다. 다시 그가 그 부분을 만져 대자 그녀는 그의 커다란 몸 아래에서 뭍으로 나온 생선처럼 심하게 펄떡거렸다.

"그냥 제게 몸을 맡기세요."

그의 말에도 이화는 제 몸을 달구는 달콤한 감각에 혼란스러웠다. 제 몸에 이런 부분이 존재하는지도 몰랐던 곳을 그는 마치 제 것처럼 희롱하고 있었다. 그럴 때마다 이화는 자신의 비부에서 더욱 울컥울컥하고 무엇인가가 스며 나오고 있다는 것을 깨달았다.

"하, 하지만. 하앗……!"

그가 장난치듯 그 주변을 쓰다듬고 살짝 꼬집자 그녀는 다시 신음했다. 그의 손길에 이화는 그저 속수무책으로 흐트러질 뿐이었다. 점점 그녀 안에 고인 열기가 커져 갔고 어느 순간 그녀는 자신이 터져 버릴 것만 같았다. 심장이 아플 정도로 거칠게 뛰고 있었고, 그의 손길에 그녀의 허리는 움찔거리고 있었다.

"하웃……."

어떤 해방과도 같은 감각에 그녀의 몸이 축 처졌다. 그녀가 언뜻 정신을 차렸을 때에는 이미 그의 손에 의해 다리속곳은 저 멀리 사라졌고, 그녀의 음부는 고스란히 그의 눈에 드러나 있었다.

"하웃……."

과도한 부끄러움에 그녀가 울먹였으나 제신은 단호했다. 두 손으로 그녀의 다리를 벌렸던 것이다. 이슬에 잔뜩 젖은 이화의 비부가 제신의 시선에 고스란히 드러나고 말았다.

"하, 하지 마……."

너무나 부끄러워 그녀는 도리질을 쳤다. 사내가 여인을 안는다는 것은 이런 일이었을까? 이화는 정신을 차릴 수가 없었다. 그가 고개를 내려 자신의 비부에 다가오자 그녀는 거의 기절할 지경이었다.

"하웃!"

그의 입술이, 그의 뜨거운 혀가 잔뜩 젖어 흐트러진 그녀의 비부에 닿았다.

"하아, 아앗. 제…… 제신!"

그녀가 거의 울부짖었다. 그의 뜨거운 혀가 욱신거리던 그녀의 꽃잎을 부드럽게 핥자 조금 전보다 더욱 강렬한 감각이 이화를 휘감았다.

"이대로는 저를 받아들일 수가 없어요."

자꾸만 위로 도망가려는 그녀의 허리를 잡아채며 그가 중얼거렸다. 그러나 이화는 그의 말을 제대로 듣지 못했다. 그가 한껏 부풀어 오른 붉은 구슬을 한입에 머금었기 때문이다.

"읏."

너무 격렬한 감각이 한꺼번에 휘몰아치니 그녀는 비명조차 제대로 지르지 못했다. 아까 그의 손가락에 희롱당했던 그곳은 이제 뜨거운 그의 혀와 입술에 완벽하게 삼켜졌다. 온몸을 자근자근하게 만드는 이 감각이 쾌감이라는 것을 이화는 어렴풋이 깨달았다. 그는 지금 그녀를 생전 처음 느끼는 쾌감으로 이끌고 있었다.

"하읏."

그녀가 제 다리 사이에 있는 그의 머리를 부여잡았다. 그러자 그가 그런 그녀를 벌하듯이 더욱 집요하게 붉은 구슬을 핥고 살짝 깨물자 그녀의 가느다란 다리가 펄쩍 뛰었다. 그녀의 움직임에도 아랑곳없이 그는 위아래로 그녀의 만개한 꽃잎까지 한 번에 물고 격렬하게 핥아 올렸다.

그리고 그가 쭙 하는 소리와 함께 그녀의 비부를 강하게 빨아들이자, 이화는 자신을 관통하는 강렬한 쾌감에 온몸을 경련하며 가녀린 몸을 한껏 휘었다.

"하아……."

잠시 정신을 잃었던 것일까? 그녀가 다시 두 눈을 뜨자 뜨겁게
달아오른 그의 얼굴이 있었다. 이화는 저도 모르게 자신의 얼굴을
감추려 그의 목에 두 팔을 감았다.

"흐읏."

부끄러운 것인지 기쁜 것인지, 아니면 어떤 감정인지 이화는 스
스로의 감정을 알 수 없었다. 하지만 뭔가 벅찬 감각에 그녀는 그
에게 매달릴 수밖에 없었다. 그 역시 자신 만큼 뜨거웠고 그의 몸
도 한껏 긴장된 듯 불끈거리고 있었다.

"이화!"

그의 부름에 그녀는 더욱더 그의 강인한 어깨에 얼굴을 묻었다.
이마에 닿은 그의 피부도 자신만큼 뜨거웠고, 그녀가 몸을 밀착하
자 그 역시 움찔거렸다.

"하아, 이화……."

그가 애달픈 듯 그녀의 이름을 불렀다. 그리고 어느새 나신이
되어 버린 그가 그녀의 다리를 벌렸다. 자신을 덮쳐누르는 그의
뜨거운 몸. 하지만 무게를 조절하고 있는 것인지 그리 무겁지는
않았다.

"아앗."

무엇인가, 뜨거운 몽둥이 같은 것이 그녀의 젖은 비부를 야살스

럽게 문지르고 있었다. 그것은 뜨거우면서도 묘한 생명력으로 불
끈거렸다. 그것이 자신의 비부에 문질러질 때마다 이화 역시 흠칫
거렸다. 두려우면서도 뭔가 아쉬운 느낌, 이화의 아랫도리가 탐욕
스럽게 꿈틀거리고 있었다.

"하아, 이화. 더 이상은 견딜 수가 없어."

이화는 그 역시 자신만큼 흥분했다는 사실이 기뻤다. 누구에게
도 드러내지 않았던 부분에 닿은 그의 강렬한 존재감에 이화는 숨
을 멈추었다. 그가 슬금슬금 허리를 놀리자 아까 자신을 삼켰던
감각이 다시 불타올랐다.

"하아……."

그녀가 다시 뜨거운 감각에 삼켜지기 직전, 이화는 생전 처음
겪는 격통에 감았던 두 눈을 크게 뜨고 말았다. 비명은 그의 입술
에 삼켜졌고, 그의 두 손은 도망가려는 그녀를 알고 있었던 것처
럼 그녀의 허리를 포박하고 있었다.

"아앗. 아, 아파!"

그의 입술이 떨어지자 이화는 애원했다. 조금 전까지 달콤한 쾌
감으로 나른하게 풀렸던 몸이 긴장과 고통으로 뻣뻣하게 굳었다.

"이화. 제발 나를 받아 줘."

그가 고통으로 굳은 그녀의 온몸을 애무하며, 다시 그녀의 입술
에 소낙비 같은 입맞춤을 내려 주었다. 그제야 이화는 그가 아까
그 뜨거웠던 몽둥이를 월경 혈이 나오는 작은 구멍에 넣고 있다는

것을 깨달았다. 이것이 남녀의 결합이었던 것이다.

"하, 하지만……."

이화는 어찌할 바를 몰랐다. 아무리 생각해 봐도 제 작은 몸에 아까 느꼈던 그 몽둥이 같은 것을 담을 수 있을 것 같지 않았던 것이다. 하지만 자신을 끌어안은 그에게서 비 오듯이 쏟아져 내리는 땀방울과 그의 뜨거운 몸. 그는 그녀 안으로 들어오고 싶어 했다.

"이화."

다시 그가 부드럽게 그녀의 이름을 부르자 그녀가 약간 긴장을 풀었다. 그 순간 정말 이화는 꿰뚫린다는 느낌이 어떤 것인지 온몸으로 체험했다. 그가 우지끈 그녀 안으로 기어이 그 몽둥이를 모두 밀어 넣었던 것이다.

"아악!"

정말로 엄청난 고통에 비명이 새어 나왔다. 하지만 그에게 안아 달라고 부탁한 것은 자신이었기에 그녀는 애써 신음을 참았다. 그는 자신의 부탁을 들어주고 있었기에, 아픈 티를 내는 것이 어쩐지 그에게 실례라고 생각되었기 때문이다.

"이화, 미안해."

그는 그렇게 중얼거리며 고통으로 얼어붙은 그녀의 온몸을 부드럽게 쓰다듬었다. 그가 움직이지 않고 가만히 있었기에 이화는 간신히 호흡을 되찾을 수가 있었다.

"하아……. 괘, 괜찮아."

전혀 괜찮지 않았지만 이화는 그렇게 대답했다. 그리고 동시에 아프긴 했지만 그와 몸이 연결되자 마치 마음도 하나로 연결된 것 같은 착각이 들었다. 평생 이 고통을 떠올리면, 절대 그를 잊을 수 없을 것만 같았다. 아니 이 고통이 그와 연결되기 위해서 기꺼이 지불해야 하는 대가라는 생각이 들었다.

"앗."

그녀가 그런 생각에 빠져 약간 아래를 조였는지, 그가 약하게 신음을 내뱉었다. 그의 등에 두 손을 감은 그녀는 그의 근육이 부들부들 떨리고 있는 것을 깨달았다. 순간 그녀는 어쩌면 이것이 전부가 아닐지도 모른다고 생각했다. 그는 지금 그녀를 위해서 무엇인가를 참고 있는 듯, 온몸을 한껏 긴장하고 있었기 때문이었다.

"아가씨, 죄송합니다."

그는 결국 그렇게 말하더니 슬금슬금 허리를 움직였다. 그가 움직일 때마다 다시 느껴지는 아릿한 고통에 이화는 신음했다. 하지만 그때마다 이화 역시 점점 뜨겁게 달아오르는 기분이었다.

"학!"

그의 몽둥이가 조금씩 그녀의 안을 문지르고 있었다. 아릿한 고통에 이화는 미간을 찌푸렸다. 하지만 그의 움직임이 지속될수록 처음에는 단단하게 움츠러들었던 그녀의 내부가 조금씩 풀려 가는 기분이었다.

"하아, 아아……."

저도 모르게 이화는 신음을 내뱉었다. 그러자 제신의 부드러운 입술이 땀에 흠뻑 젖은 그녀의 이마에 닿았다. 더불어 그의 커다란 손이 이화의 등과 허리를 부드럽게 감싸 안았다. 그의 가슴에 오롯이 안기자 이화는 어쩐지 마음이 안정되는 기분이었다.

"많이, 하아……. 아프십니까?"

제신은 연신 허리를 움직이면서도 이화에게 질문을 했다. 이화는 뭐라 대답할 정신이 없었다. 아프기도 하고, 그가 자신을 절실하게 원하는 것 같아 심장이 아릿하기도 했다. 그의 뜨거운 체온과 그보다 더욱 뜨거운 몽둥이가 그녀를 자극하자 이화는 커다란 불덩이를 배 속에 품은 기분이었다.

그의 얼굴에서 흘러내린 땀방울이 그녀에게 떨어졌고 그녀 역시 땀으로 흠뻑 젖어 들었다.

"하아……. 아아……."

그러나 시간이 흐를수록 이화의 신음에 콧소리가 섞였다. 처음에는 아릿하기만 했는데, 점점 이화의 몸은 나긋나긋하게 풀어져 그를 야무지게 담고 있었다. 그의 움직임에 맞추어 이화의 몸이 점점 그에게로 물들어 가는 기분이었다.

"아가씨……."

이화의 두 눈에 눈물이 그렁그렁한 것을 보고 제신이 안타까운 목소리로 속삭였다. 그리고는 뜨거운 입술로 이화의 눈물을 삼켰다. 다정한 그의 행동에 이화는 대답 대신 그를 더욱 부둥켜안았다. 그의 강한 힘에 밀려 그녀는 점점 위로 밀려가고 있었다. 그래도 그녀는 그의 등에 감은 팔을 풀지 않았다.

누가 뭐래도 이 밤만은 그는 제 것이었기 때문이다.

"제신."

그저 그녀는 벅찬 감각과 고통에 그의 이름을 불렀다. 그의 움직임이 시간이 지날수록 조금 더 거칠어진다고 느낀 것도, 다시 강렬한 감각에 삼켜진 것도, 모든 것이 이화의 지각 능력의 한계치를 벗어나 있었다. 그 역시 어떤 고비를 넘은 듯 그녀의 위로 털썩 쓰러져 내렸을 때는, 이미 이화가 과도한 감각에 정신을 잃은 후였다.

7. 책임

"으음……."

눈을 떴을 때, 이화는 순간 멍해졌다. 이부자리는 포근한 비단이었고 눈에 들어온 천장 서까래의 모양이 평소 보던 것과는 전혀 달랐기 때문이다. 아직도 꿈을 꾸는 것인지 그녀는 두 눈을 깜빡거렸다. 그러나 분명 주변에서 들려오는 소리와 향, 모든 것이 이곳이 낯선 곳임을 이야기하고 있었다.

"정신이 드십니까?"

갑작스럽게 들린 여인의 목소리에 이화는 화급히 몸을 일으켰다. 이화는 자신이 질감이 좋은 자리옷을 입고 있고, 느낌상 온몸을 씻은 듯이 개운하여 더욱 놀라고 말았다.

"여기가 어디예요? 그리고 누, 누구세요?"

이화의 다급한 질문에 여인은 살며시 웃었다. 나이가 쉰은 넘은 듯 인자한 인상의 여인이었다.

"여기는 객주님 댁이고, 저는 청산댁이라고 합니다."

그녀의 대답에 이화는 더욱 이불자락을 끌어안았다. 어젯밤 정신을 잃었던 사이에 그가 자신을 옮겼다는 사실에 다소 충격을 받았다.

"아, 그, 그러면……."

"네, 어제 새벽에 객주님께서 아가씨를 데리고 오셨습니다. 그래서 제가 아가씨를 돌보았습니다."

청산댁의 침착한 설명에 이화는 점점 몸이 움츠러들었다.

"어, 어제 새벽이라고요?"

이화의 질문에 청산댁이 부드럽게 웃었다. 그 이야기는 자신이 거의 하루가 넘게 잠이 들었다는 뜻이었다. 어찌 이렇게 넋을 놓고 잠이 들 수 있었는지. 이화는 자신의 태평함에 어이가 없었다. 어머니도 인호도 이틀이나 집을 비운 이화를 걱정하고 있을 것이 분명했다.

"네, 의원의 진맥에 따르면 그동안의 피로가 누적되어 그런 것이라 했습니다. 다행히 충분히 쉬고 좋은 음식을 드시면 별문제가 없다고 합니다."

그녀의 설명에 이화는 고개를 끄덕였다. 민망하기 그지없었지만 일단 자신을 돌봐 준 청산댁에게 인사를 했다.

"돌보아 주셔서 고맙습니다. 제 옷을 주시면 객주님께 인사를 드리고 저는 제집으로 돌아가겠습니다."

이화의 말에 청산댁은 별다른 말 없이 옷을 내어 주었다. 그 옷은 예전에 입던 것들보다 훨씬 질감이 좋아 보이는 비단옷이었다.

"저기, 제 옷은요?"

"일단 이 옷을 입으시고, 나머지는 객주님께 여쭈어 보세요. 제가 아가씨 기침했다는 것을 기별했으니 곧 오실 겁니다. 어서 소세를 하셔요. 머리 단장하는 것까지는 제가 도와드리겠습니다."

이화는 일단 지금 상황에서는 청산댁의 말대로 하는 것이 좋겠다고 판단했다. 급하게 차비를 맞추고 청산댁의 채근에 간단한 요기까지 마쳤다. 그리고 청산댁이 물러나자마자 기다렸다는 듯이 제신이 들이닥쳤다.

"앗, 어찌 기척도 없이 갑자기 들어오는 게냐?"

이화가 깜짝 놀라 물었지만 제신의 얼굴에는 별 표정 변화가 없었다. 그리고는 아주 자연스럽게 그녀의 앞에 자리를 잡고는 이화의 얼굴을 뚫어질 듯이 바라보았다. 제신의 뜨거운 시선에 이화의 하얀 얼굴이 점점 달아올랐다.

"으음. 엣헴."

그래서 이화가 약간 불편하다는 뜻으로 헛기침을 내었지만 그는 아랑곳하지 않았다.

"몸은 괜찮으십니까?"

그의 질문에 이화의 얼굴이 조금 더 붉게 달아올랐다. 여전히 약간의 위화감이 아랫도리에 남아 있었던 탓이다. 대체 어떤 정신으로 그에게 그런 부탁을 할 수 있었는지, 이화는 제정신으로 들어오자 제 행동의 결과에 대해 숨이 턱턱 막히는 기분이었다. 하지만 그것은 오롯이 자신의 결정이었기에 후회는 없었다.

"괘, 괜찮아. 그러니 나는 그만 집으로 돌아갔으면 한다. 그리고 보살펴 주어서 고, 고마워."

이화의 말에도 제신은 표정 하나 바꾸지 않고 계속 강렬한 눈빛으로 그녀를 주시하고 있었다. 그래서 이화는 어색한 나머지 뒤로 갈수록 점점 말을 더듬고 말았다. 항상 자신과 시선을 똑바로 맞추지 않고 아래를 보거나 다른 곳을 보던 그와는 달랐다.

오히려 이번에는 이화가 제 앞에 놓인 서안(書案)의 모서리를 뚫어지게 쳐다보고 있었다. 그 와중에도 이화는 군더더기 장식을 배제하고 단순하게 오동나무를 불에 지져 무늬를 낸 서안이 상당한 격조를 지닌 물건이란 것을 알아챘다. 이제 부유한 평민들까지 이렇게 질 좋은 가구들을 거리낌 없이 사용하고 있었다.

제신의 부유함이 어쩌면 이화가 생각했던 것보다 더욱 대단할지도 모른다는 생각이 들었다.

"댁으로는 돌아가지 않으셔도 됩니다."

제신의 단정적인 말에 이화가 고개를 번쩍 들었다. 그의 밤하늘처럼 까맣고 진한 눈동자가 오롯이 그녀를 바라보고 있었다. 저도 모르게 심장이 쿵 하는 기분에 이화는 가볍게 옷고름 끝자락을 그러잡고 말았다.

"그게 무슨 말이야? 벌써 이틀이나 지났으니 빨리 돌아가지 않으면 모두 걱정할 거야."

"이미 아가씨의 어머님에게는 기별을 넣었습니다."

그의 대답에 이화는 기함했다. 대체 어머니에게 뭐라고 기별을 넣었다는 뜻인지, 설마 두 사람 사이에 있었던 일을 밝힌 것은 아닐 거라 이화는 애써 생각했다. 그리고 제신이 안방마님이 아니라 '아가씨의 어머니'라고 언급한 것도 어쩐지 신경이 쓰였다.

"다 말씀드렸습니다. 이화 아가씨는 저와 혼인을 올릴 것이고, 계속 제집에 머물 것이라고요."

"……!"

제신의 대답에 이화는 약한 비명을 질렀다. 모든 것이 너무 빨리 전개되어 이화는 그 속도를 제대로 따라잡을 수가 없었다. 그를 놓아주기 위해서 한 일이었는데 어찌 그는 도리어 떨어질 수 없는 제안을 하는 것인지 이화는 정신이 없었다.

"혼인이라니?"

이화의 질문에 제신은 냉정하게 웃었다.

"아가씨는 이제 제 것이 되었습니다. 그제 밤 아가씨의 복중에 충분히 저의 아기 씨앗을 흘려 넣은 것 같은데요? 이미 아이가 생겼을지도 모르고……. 그것보다는 시집도 가지 않은 과년한 처녀를 범했으니, 당연히 제가 책임을 져야지요."

이화는 그의 설명을 들으며 그가 자신의 앞에서 이렇게 말을 많이 하는 것은 처음인 것 같다고 멍하니 생각하고 말았다.

"그, 그건 내 의사였어."

그녀는 이미 혼인에 대한 기대를 접었기 때문이었다. 그래서 그녀는 혼인보다는 인호와 어머니를 위해서 다른 길을 선택하고 싶었다.

"네. 그렇게 제가 아가씨를 범하게 만든 후에, 아가씨는 가뿐하게 저를 내치실 작정이셨겠지요?"

"……"

그의 말이 맞았기에 이화는 순간 말문이 막혔다. 그리고 그가 어찌 자신의 생각을 이렇게 속속들이 꿰뚫어 볼 수 있었는지 움찔하고 말았다.

"저를 잘못 보셨습니다. 지금까지 혼인할 생각은 없었지만, 홋……. 저는 한 번 제 손아귀에 들어온 것은 절대 놓치지 않습니다. 그것이 제가 재물을 번 방법입니다."

그의 말투는 공손했으나, 그 의미는 단호했다. 그리고 그의 말이 이화를 아프게 했다. 결국 혼인할 의사가 없는 그를 몰아붙인 것은 자신이었고, 그는 그저 책임을 지겠다는 것이었다.

"하, 하지만 어머니께서 혼인을 허락하셨을 리가 없어."

이화는 머리를 굴려 안 되는 사유를 생각해 내었다. 아무리 그라도 어머님이 반대하시면 혼인을 추진하는 것은 어려울 것이었다. 이화의 미약한 반항에 제신은 마치 먹이를 앞에 둔 늑대처럼 음흉하게 웃었다.

"안방마님께서는 거부하실 수가 없었습니다. 제가 거부할 수 없는 증좌를 들이밀었으니까요."

"뭐라고? 서, 설마?"

이화의 귓불이 다시 붉어졌다. 그리고 이화는 번뜩 짚이는 것이 있었다. 그날 밤, 그는 아주 세심하게 이화의 아래에 옷을 깔아 주었던 것이다.

"네. 아가씨가 흘린, 파과의 혈흔이 고스란히 묻어 있는 제 저고리는 제가 따로 잘 보관해 두었습니다."

그의 말에 이화는 그에게 꼼짝없이 잡혀 버린 기분이었다. 짐승을 사냥할 때처럼 그는 아주 면밀하게 이화의 퇴로를 모두 차단하고 압박하고 있었다.

"어머님과 인호 도련님은 걱정하지 않으셔도 됩니다. 제가 앞으로 잘 보살필 것이니까요."

"하, 하지만……."

이화의 말은 자신을 똑바로 바라보는 그의 강렬한 눈빛에 삼켜졌다.

"'하지만'은 없습니다. 아가씨가 저를 이렇게 만드셨으니까요.

허나 끝까지 제 욕망을 자제하지 못한 것에는 저도 잘못이 있으니, 저도 당연히 제 몫의 책임을 져야지요."

그의 말이 검처럼 이화의 심장을 베었다. '원하지 않았다. 다만 욕망을 제어하지 못했을 뿐이다.' 이화는 그의 말을 서운하게 느끼는 제 감정이 한심했다. 대체 어떤 말을 바라고 있었던 것인지, 그는 그녀를 원하지 않았다는 것을 처음부터 알고 있었으면서도⋯⋯.

"그러니 아가씨도 책임을 지십시오. 이제부터는 평민의 안사람으로 사시는 겁니다."

"⋯⋯."

그는 그렇게 일갈하고는 바로 물러났다. 이화는 이 모든 상황을 만들어 낸 자신을 저주할 수밖에 없었다. 그리고 그의 손아귀에 잡혀 버린 느낌에 질식해 버릴 것만 같았다. 또 고상하면서도 화사한 방 안의 풍경도 낯설었다. 그러나 어쩌면 이것은 화려한 감옥이 될 수도 있을 것만 같았다.

다음 날, 이화는 청산댁에게 자신이 머물고 있는 곳이 안채라는 사실을 듣게 되자 깜짝 놀라고 말았다. 그저 넓은 집 안에 있는 작은 별채려니 하고 생각했던 그녀였다. 안채는 가옥에서 가장 중심이 되는 공간이었기 때문이다.

사내들이 머무는 사랑채에는 외부 손님들도 많이 드나들었고,

커다란 사랑채를 가진 위세 있는 집안에서는 거기에 기거하는 군식구들이 상당히 많이 있기도 했다. 하지만 안주인이 머무는 안채는 작은 담으로 구분되어 집 안의 일을 돌보는 남자 노비들도 함부로 드나들 수 없는 곳이었다. 그런 안채를 자신이 차지하고 있다는 것을 알게 되니, 이화는 정말로 초조해졌다.

그가 혼인을 하겠다고 선언은 하였으나 그것이 실제로 이루어질 수 있을지, 이화는 다소 반신반의 했다. 신분이 다른 그와 자신, 물론 불가능한 것은 아니었으나 또 그리 쉬운 일이 아니었다. 양반인 남자가 천첩을 들이는 것은 허다했지만 반대의 경우는 찾아보기 힘들었기 때문이다.

"정말 어찌하려고 이러는 거지?"

방 안에서 이화는 머리를 감싸 쥐고 말았다. 이대로 계속 안채를 차지하고 있어야 하는 것인지, 어머니와 인호는 또 어찌하고 있는 것인지, 머릿속이 오만가지 생각으로 복잡했다. 그러나 제신이 안채 주변에 여러 무사들을 배치해 두어서 이화는 홀로 나갈 수도 없었다. 게다가 이화의 신변은 청산댁이 물 샐 틈 없이 돌보고 있었다.

혼자 도망치는 것은 불가능해 보였기에 이화는 일단 제신을 잘 설득하여 집에 돌아가는 것이 좋지 않을까 하고 생각했다. 계속 이렇게 그의 집에 있다가는 떠밀려 가듯이 자신의 의사와는 상관없이 일이 진행되어 버릴지도 몰랐다.

본래 그에게서 멀어지기 위한 행동이었는데 정반대의 결과가 되어 버렸으니 참으로 이화는 자신의 낮은 꾀에 혀를 내두를 수밖에 없었다. 일단 그와 다시 이야기를 제대로 나누어 봐야겠다고 마음을 먹었지만, 이화는 며칠간 그를 볼 수가 없었다.

'대체, 혼인하겠다고 말만 해 놓고는 얼굴은 코빼기도 안 비추다니…….'

이화는 그렇게 중얼거렸지만 왠지 마음 한구석이 아릿했다. 마치 버려진 듯한 기분이 들었던 탓이다. 하지만 그제야 이화는 자신이 그동안 '반가의 평범한 여인들과는 상당히 다른 삶을 살아왔구나.' 하는 자각을 하게 되었다. 예전이라면 이렇게 방 안에 있는 것이 당연했다. 가끔 별채 안마당을 걷거나 아니면 수를 놓으며 규방 안에서만 생활했었기 때문이다.

'힘들다고 생각했었는데, 그것만은 아니었던 걸까?'

스스로 생각하고 판단하고 결정하는 것이 어느새 자연스럽게 이화에게 체득되어 있었던 것이다. 그래서 그런지 지금 이렇게 일방적으로, 그가 결정한 바대로 안채에 갇혀 있다시피 한 상황이 불만스러운지도 몰랐다.

은애하는 그의 안사람이 되는 것, 이화는 한 번도 생각해 보지 않았지만 그가 그렇게 제안한 이후 계속 생각하게 되었다. 싫은 것은 아니었다. 제신이 자신을 아껴 준다면 그도 언젠가 자신에게 마음을 준다면 기쁘다고 여겼다. 하지만 그런 중요한 결정을 내리기 전에 이화는 자신도 함께 그와 논의를 하고 싶었다.

이리저리 널뛰기 하는 자신의 감정과 지금의 상황이 답답해 이화는 약한 한숨을 쉬었다. 답답한 마음 때문인지, 날이 더워서 그런 것인지 이화는 견딜 수 없이 몸이 뜨거운 것 같았다. 다행히 청산댁의 도움으로 목욕을 마치고 나니 그제야 시원하게 잠을 잘 수 있을 것만 같았다.

"아가씨. 접니다."

그녀가 막 자리옷으로 갈아입었을 즈음에 그녀는 예상치 못한 방문객을 맞게 되었다. 낮은 제신의 목소리에 화들짝 놀란 그녀가 뭐라 대답하기도 전에 방문이 벌컥 열렸다. 당황한 이화가 허둥거리는 사이 그는 매우 자연스럽게 안으로 들어왔다.

"갑자기, 이 밤중에 무슨 일이냐?"

이화가 애써 위엄을 갖추고 물었으나 그녀는 자신이 상당히 불리하다는 것을 알고 있었다. 일단 복장 자체가 완벽하게 불리했다. 그래서 아무리 평정을 유지하려고 해도 그녀는 허둥거릴 수밖에 없었다. 제신은 그런 그녀의 질문에 자연스럽게 대답했다.

"밤이 늦었으니 잠을 청하러 왔지요."

그는 당연하다는 듯 대답했다. 늦은 밤이니 잠을 청하는 것은 이치에 맞겠으나 그가 왜 이곳으로 왔는지 이화는 정신이 없었다. 혼인을 올리고 난 부부의 경우, 안채에 머무는 안사람을 남편이 찾는 것이 보통이었다. 그렇다면?

"그, 그게 무슨 뜻이냐?"

일부러 이화는 그의 상전인 듯, 고압적인 말투로 물었다. 이화는 떨리는 심장을 주체하지 못하였으나 애써 평정을 유지하려고 노력했다.

"무슨 뜻이냐니요? 말 그대로 함께 잠을 청하면서 아가씨를 안겠다는 뜻이지요."

그는 마치 조반을 함께하자는 듯 가볍게 이야기를 했다. 하지만 그 의미는 상당히 노골적이었다.

"그, 그건 안 돼!"

"왜 안 됩니까?"

제신이 여상하게 묻자, 이화는 말문이 막혔다. 그건 단 하룻밤이었다. 그리고 그 이후에는 그를 다시는 보지 않을 것이라 생각했다. 그러기에 그녀는 용기를 낼 수 있었다. 또 혼인에 동의하기는 했지만 아직 정식 혼인은 이루어지지 않았다. 그러나 무엇보다 중요한 것은, 자신을 은애하지 않는 제신에게는 안기고 싶지 않다는 이화의 소심한 반항이었다.

"그게 우린 아직 정식 혼인을 올리지 않았으니까······."

그녀의 목소리가 강렬한 그의 눈빛에 점점 속으로 사라졌다. 그리고 이미 자리옷을 입은 상황에 그를 마주하고 있으면서 이런 소리를 하는 것이 조금 상황에 맞지 않는 것 같기도 했다. 거부할 생각이었으면 아예 그를 안으로 들이면 안 되었던 것이다.

"저는 제가 원할 때, 아가씨를 안을 작정입니다. 그동안은 이런 저런 일로 분주하여 별로 신경 써 드리지 못했는데……."

그가 잠시 말을 멈추자 이화는 긴장한 나머지 침을 꿀꺽 하고 삼켰다.

"아가씨를 안은 이후로는 밤마다 아가씨의 부드러운 살결이 떠올라서 말이죠."

그의 말에 이화는 화르륵 얼굴을 붉혔다. 그녀 역시, 자꾸만 그 밤의 기억이 떠올랐기 때문이었다. 그러나 이 집에 오고 나서 근 사흘간 그의 얼굴을 거의 볼 수가 없었다. 그래서 이화는 그가 다만 책임을 지려고 혼인하자고 한 것이라고 결론을 내리고, 다소 마음이 심란했던 터였다.

"하지만, 나한테는 이제 전혀 관심이 없는 줄 알았는데……."

냉정하게 말하고 싶었으나 어쩐지 약간 토라진 것과 같은 말투였다. 하지만 이화 자신은 그것을 깨닫지 못하고 있었다. 제신은 약간 뾰족한 이화의 말투에 씩 웃었다. 아가씨처럼 우아하게 행동할 때와는 달리, 지금 그녀는 정인에게 투정을 부리는 귀여운 여인으로 보였기 때문이다.

"이런, 순진한 아가씨. 조금 참았을 뿐입니다. 물론 상당히 힘들긴 했습니다. 그게 마치 금단의 열매를 처음 맛본 사람처럼, 계속 아가씨가 생각이 나서 정말 죽을 지경이었습니다. 저도 처음이어서 어찌 이 불끈거리는 사내의 욕망을 다루어야 할지 몰라, 참으로 곤란했습니다."

뜻밖의 고백에 이화는 고개를 번쩍 들어 그를 바라보았다. 그리고 계속 궁금했던 것을 묻고 싶었다.

"하지만 저기 삼월이하고……."

이화가 질문을 다 끝맺지 못하고 얼굴을 붉히자 제신은 단번에 의미를 알아차렸다.

"아무 일도 없었습니다. 삼월이가 갑자기 저를 끌어안고 입맞춤하려고 했던 것입니다."

하지만 이화는 의심스러운 눈빛으로 그를 바라보았다. 무언의 비난을 알아차린 듯, 제신이 다시 말을 이었다.

"그때 상황을 잘 떠올려 보십시오. 저는 삼월이를 끌어안지 않고 반듯하게 서 있었습니다. 삼월이가 상당히 집요하게 제가 혼자 있는 때를 노린 것입니다. 마침 그때 저는 아가씨 기척에 신경 쓰느라 삼월이의 행동을 막지 못했을 뿐입니다."

제신의 단호한 설명에 가슴 한편에 자리 잡고 있던 불쾌한 감정이 사라졌다. 그리고 동시에 이화의 가슴 깊은 곳에서 솟아난 감정은 분명 기쁨이었다. 자신에게도 그에게도 서로는 처음이었던 것이다.

"그러니 제 욕망을 눈 뜨게 한 아가씨가 이제부터 그 책임을 지십시오. 안 그러면 저는 이 욕망을 제어하지 못해서 죽을지도 모릅니다."

제신의 뜨거운 말에 이화는 두근거리는 심장을 안고 약간 불안한 듯 그를 바라보며 중얼거렸다.

"하지만…… 그래도."

이화의 말은 이어진 제신의 말에 삼켜졌다.

"저는 그동안 정말로 많이 참았습니다. 이제 막 파과를 한 아가씨를 제 욕망에 따라 안을 정도로 무도하지는 않으니 말입니다. 그리고 혼인 전에 조금 급하게 정리할 일도 있었고요. 그래야 혼인 이후에 아가씨와 좀 더 많은 시간을 보낼 수 있지 않겠습니까?"

그의 말에 이화는 다시 얼굴을 붉혔다. 이곳에서 깨어나고도 하루 정도는 아랫도리가 얼얼해서, 이화는 바깥에 나설 엄두도 내지 못하고 안에서 조용히 있을 수밖에 없었다. 게다가 잠들었던 자신을 돌봐 준 청산댁은 이미 제신과 그녀 사이에 어떤 일이 있었는지 충분히 알아차렸을 것이다. 그래서 도저히 부끄러워 바깥으로 얼굴을 내밀 엄두를 낼 수 없었던 것이다.

"이미 닷새나 지났으니 괜찮으시겠죠?"

그의 목소리는 다소 냉정했으나 이화의 얼굴을 살피는 그의 눈동자는 집요했다. 정말로 어디가 아픈 것은 아닌지 면밀하게 살피고 있었다. 이화의 하얀 얼굴이 어여쁜 붉은빛으로 물들었다. 아주 조그맣고 부드러운 귓불까지 붉게 물들인 이화는 사랑스럽기 그지없었다.

"헉!"

그녀가 뭐라 말을 하기도 전에 그가 성큼 그녀에게 다가오자 깜짝 놀란 이화는 저도 모르게 큰 침을 꿀꺽 삼키고 말았다. 갑자기 가까워진 그의 온기에 이화는 저도 모르게 흠칫하고는 뒤로 몸을 물렀다. 동시에 이화는 온몸을 널널 떨고 말았다.

"너무 겁먹지 마세요. 처음에는 힘들었겠지만 이제 괜찮을 겁니다."

제신은 이화의 행동을 두려움 때문이라고 여긴 것 같았다. 두려움도 맞았다. 이화는 사내로서 강렬하게 자신을 압도하는 그의 힘이 두려웠다. 사정없이 자신을 꿰뚫던 그의 분신을 다시 받아들이는 것도 약간은 겁이 났다.

하지만 온몸의 떨림은 단지 그것 때문만은 아니었다. 두려움과 동시에 어떤 야릇한 기대 때문이었다.

"그날은 제가 조금 성급했습니다. 처음인 아가씨에게는 제가 좀, 아니 많이 버거웠을 수도 있겠지요."

이화는 뭐라 대답도 못 하고 고개만 끄덕였다. 실제로 다른 사람과 비교할 수는 없지만 이화는 아무래도 그는 아주 많이 버거운 것 같다는 생각을 지울 수가 없었다.

"하지만 오늘은 좀 다를 겁니다. 아주 충분히 시간을 들여 아가씨를 탐할 작정이니까요."

그는 그 말을 내뱉자마자 냉큼 그녀를 뒤로 밀쳤다. 무방비한 상태에 있던 그녀는 펼쳐진 이부자리 위로 벌렁 드러눕게 되었다. 다행히 목화솜을 아끼지 않고 넣은 이불 때문에 아프지는 않았다.

"하읍."

곧 그의 뜨거운 입술이 이화의 앵두 같은 입술을 삼켰다. 그의 오른손은 이화의 작은 머리를 한 손으로 고정했고, 동시에 그의 다른 손은 이화의 허리를 낚아채어 이화는 꼼짝도 못 하고 그의 입술을 받아들일 수밖에 없었다.

'뜨, 뜨거워.'

그에게 닿은 모든 부분이 뜨거웠다. 그의 체온 때문인지 아니면 제 안에서 나온 열 때문인지, 이화는 분간할 수가 없었다. 하지만 그의 혀가 격렬하면서도 다정하게 그녀의 혀를 물고 빨자 점점 이화는 몽롱해졌다. 어찌 입맞춤이 이렇게 달콤할 수가 있는지 이화는 그저 그의 혀에 희롱당하고 있었다.

"하아……. 아아……."

그녀가 숨이 막혀 헐떡거리자 그가 입술을 떼었다. 그의 입술이 이화의 침 때문인지 야하게 번들거리고 있었다. 그날 밤은 제대로 된 불빛이 없었지만, 오늘은 달랐다. 제신은 돈을 아끼지 않고 집 안에 불을 밝혔는데, 이화의 방도 그러했다.

"앗!"

그의 손이 가슴에 닿아서 이화는 다시 신음했다. 청산댁이 내어 준 속적삼은 진달래꽃처럼 고운 빛깔의 모시 적삼이었다. 젊은 처자들이 주로 입는 색이기도 했지만 막 결혼한 신부는 사시사철을 가리지 않고 1년 내내 분홍빛 모시 속적삼을 입는다. 그것을 떠올리니 이화는 조금 더 부끄러워졌다.

얇은 모시 적삼 사이로 이화의 하얗고 탐스러운 피부가 막 익은 능금처럼 곱게 드러나 있었다.

"하앗……. 아……."

잠자리에 들기 전이라 이미 가슴 가리개를 풀고 있었기에 얇은 모시 옷감 한 장만이 그의 손과 그녀 사이를 가로막고 있었다. 모시 옷감과 그녀의 유실이 그의 손에 의해 서로 미끄러지며 미묘한 감각이 피어났다.

눈처럼 새하얀 이부자리 위에서 이제 막 여인으로 태어난 이화가 봄날의 배꽃처럼 아름답게 흐트러져 있었다.

"하아……. 이화, 이화."

그가 자신의 휘를 부르며 그녀의 유실을 삼키자 이화 역시 숨이 막혔다. 그의 혀는 볼록하게 솟아오른 그녀의 유실을 이리저리 굴리며 희롱했다. 이화는 모든 감각이 그곳으로 집중되는 기분이었다. 아이에게 젖을 먹이는 줄로만 알았던 이곳이 이렇게 짜릿한 감각을 주는지 이화는 미처 몰랐던 것이다.

"하윽."

그가 쭙 소리를 내며 약하게 유실을 빨아올리고는 살짝 깨물었다. 이화는 번개처럼 제 안을 채우는 감각에 놀라 비명을 내질렀

다. 그러나 곧 그가 빠르게 속적삼을 위로 확 제치고는 드러난 유
실에 입을 맞추자 그녀는 비명조차 지르지 못했다.

"하아, 제신……. 하아. 시, 싫어."

과한 쾌감에 그녀는 도리질을 쳤다. 하지만 거부의 말을 한 그
녀를 벌하려는 듯 그의 입술과 혀는 더욱더 강도를 더해 갔다. 그
리고 동시에 슬금슬금 그가 안쪽 허벅지를 문지르자 이화는 그저
바르르 몸을 떨 수밖에 없었다.

"아앙……. 하응……."

그의 손길이 아까부터 저릿하던 비부에 닿자 그녀는 저도 모르
게 심한 콧소리로 신음했다. 어느새 그의 손길에 속바지와 속속곳
이 벗겨진 것도 몰랐다. 진달래꽃 빛깔의 얇은 모시 치마 아래로
다리속곳만 남은 이화의 모습에 제신의 두 눈이 정염으로 활활 타
올랐다.

"무척 곱습니다."

그가 한숨처럼 속삭였다. 오히려 나신인 상태보다 얇은 모시적
삼과 속치마만 입은 그녀의 모습이 더욱 요염하게 보였다. 그리고
지금 그녀는 제신의 손길에 몸부림치고 있었다. 단단히 둘러 묶은
치마 말기 위로 드러난 예쁜 가슴이 사내의 음심을 한껏 자극했
다.

제신은 망설이지 않고 바로 고개를 내려 그녀의 유실을 물었다.
한 손으로는 그녀의 부드러운 곡선을 즐기며, 동시에 다른 손은

그녀의 다리 사이를 희롱했다.

"하읏! 시, 싫어. 하지 마."

이화가 비명처럼 외쳤으나 제신은 아랑곳하지 않았다. 조금 더 그녀가 완전하게 이성을 잃고 자신에게 매달리기를 바랐다. 아무것도 상관없이 오직 그녀와 그, 두 사람뿐인 그런 상태가 되어 하나가 되고 싶었다.

"하아, 아아."

이미 흥건하게 젖은 그녀의 비부는 이제 홍수라도 난 것 같았다. 자신의 둔부 아래가 축축하게 젖어 들고 그 아래 이부자리까지 젖는 것을 느끼자 이화는 어찌할 바를 몰랐다. 하지만 마치 빨판처럼 자신의 가슴을 탐하는 그의 입술과 혀, 그리고 동시에 저릿한 꽃잎을 사정없이 만져 대는 그 때문에 이화는 제정신이 아니었다.

"아아……. 하……지……!"

이제 이화는 그저 그의 손길에 신음하고 있었다. 다리속곳은 곧 이화의 몸에서 떼어졌고 아무것도 가릴 것이 없는 그녀의 비부를 제신의 손이 집요하게 탐하고 있었다. 이미 촉촉하게 젖어 버린 이화의 비부였다.

찌꺽, 찌꺽.

야한 물소리에 이화는 더욱 부끄러워 몸부림쳤다. 하지만 동시에 그의 손가락이 선사하는 감각에 그저 빠져들고만 싶었다. 짜릿하면서 저릿한 감각이 이화를 채워 갔다. 점점 커다란 열기가 그녀의 허리 부근에서 피어나 손끝과 발끝까지 퍼져 나가는 기분이었다.

'조금 더……'

이화는 애타게 속으로 바랐다. 그가 빨리 제 안에 고인 이 열기를 터뜨려 주기를 바랐다. 그날처럼 이제 이화의 안을 가득 채워 부풀어 오르는 감각을 그녀는 더 이상 제어할 수도, 거부할 수도 없었던 것이다.

"하아. 제……신……."

결국 그녀는 그의 휘를 부르며 축 처졌다. 커다란 밀물이 한꺼번에 빠져나간 것처럼 온몸이 노곤해지고 나른했다. 손가락 하나도 움직이기 싫은 느낌에 이화는 그저 눈을 감았다.

"아가씨."

그의 부름에 눈을 뜨자, 어느새 나신이 된 그가 자신을 내려다보고 있었다. 저도 모르게 이화는 두 손을 뻗어 그의 목을 끌어안았다. 온몸에 느껴지는 그의 뜨거운 체온과 강한 근육. 그는 이화의 입술에 다시 부드럽게 입맞춤하며 그녀의 다리 사이에 뜨거운 것을 가져다 대었다.

"하아."

다시 뜨거운 콧김과 함께 불이 붙은 것처럼 뜨거운 그의 몽둥이가 이미 젖을 대로 젖은 그녀의 비부를 문지르고 있었다. 붉은 진주와 부풀어 오른 꽃잎이 그것에 짓이겨질 때마다 이화는 가쁜 숨을 뱉어 내며 몸을 떨었다.

마치 허락을 구하듯, 그는 제 몽둥이에 그녀의 체액을 묻히고 있었다. 곧 그날 밤처럼 그것이 제 안으로 들어올 것이었다.

"긴장하지 말고 온봄에 힘을 빼세요."

약간 긴장한 이화를 느낀 그가 그렇게 속삭였다. 하지만 파과의 고통이 생각보다 엄청났었기에, 이 달콤함 뒤에 다가올 그 고통을 떠올리니 이화는 어찌할 수가 없었다. 이화가 저도 모르게 두려운 나머지 그의 목을 안은 손에 힘을 주었다. 마치 어른에게 매달리는 아이 같은 사랑스러운 몸짓이었다.

"하지만……."

이화가 겁이 나는지 약간 몸을 꼼지락거렸다. 제 품 안에 폭 안긴 그녀는 집어삼키고 싶을 만큼 사랑스러웠다. 그래서 제신은 최대한 부드러운 목소리로 겁에 질린 작은 토끼 같은 그녀를 달랬다.

"저를 믿고 몸에서 힘을 빼세요. 그때만큼 고통스럽지는 않을 겁니다."

이화는 어쩔 수 없이 그의 두툼한 목을 끌어안고 그의 넓은 어깨에 얼굴을 묻었다. 이미 돌이킬 수 없을 만큼 이화는 달아올라 있었고, 제신 역시 이렇게 멈출 수는 없는 상태라는 것을 알고 있었기 때문이다.

"아웃……."

그의 뜨거운 몽둥이가 탐색하는 것처럼 그녀의 달아올라 욱신 거리는 비부를 탐색했다. 천천히 그의 성기가 이화의 비부를 문지르자 이화는 다시 정신이 없었다. 그가 주는 감각이 파도처럼 자신을 감싸는 기분이었다.

"하아, 제신……."

이화가 감각의 바다에서 허우적거리고 있을 때, 어떤 예고도 없이 그의 불기둥이 쑥 하고 안으로 들어왔다. 여전히 묵직하고 뜨거운 압박감이 있었고 이화는 살짝 통증을 느꼈다. 하지만 이번에는 참을 만한 정도였고 어쩐지 제 아랫도리는 그의 몽둥이를 기다리고 있던 것처럼 그를 바짝 조이고 있었다.

"윽……."

그도 약한 신음을 내뱉었다. 불끈거리는 그의 근육이 느껴졌고, 제 안을 가득 채운 그의 분신은 몽둥이보다 더욱 단단하고 화로에 달궈진 것처럼 뜨거웠다. 그가 살짝살짝 허리를 움직일 때마다 가녀린 이화의 몸이 들썩거렸다.

"아앗……. 하아……."

그가 안으로 거세게 찔러 올릴 때마다 숨이 턱 막혔고 그가 뒤로 물러날 때에는 야릇한 감각에 자지러지는 기분이었다. 다시 찔어 올리고 나가고, 그가 드나들 때마다 점점 이화의 몸이 부드럽게 풀려 갔다. 그리고 그녀 아래에 깔린 이부자리는 그녀 안에서 흘러나온 애액으로 범벅이 되었다.

"하아, 아가씨⋯⋯."

그의 신음에 이화는 짜릿해졌다. 그가 빠져나가려 하자 그녀가 저도 모르게 아랫도리에 힘을 주었던 모양이다. 그 역시 그녀 때문에 평소답지 않게 뜨거웠고 어쩐지 이성을 잃고 있는 것 같았다.

"하아, 제신⋯⋯."

그녀는 무의식적으로 그의 휘를 부르며 조금 더 그에게 매달렸다. 마치 생명줄을 붙잡은 것처럼, 그를 놓치면 어디론가 날아가 버릴 것 같은 두려움에 그녀는 죽을 듯이 그에게 매달렸다.

"하아, 하웃⋯⋯."

그녀의 반응을 봐 가며, 그의 움직임 조금씩 거세어졌다. 그는 처음 그때보다 훨씬 크고 집요하게 오래 움직이고 있는 것 같았다. 게다가 처음엔 고통스러웠던 것과는 달리, 그가 그녀의 안쪽을 집요하게 찌르고 물러났다, 다시 찌를 때마다 점점 야릇한 감각이 솟아났다.

"하아, 하아⋯⋯."

이화는 그저 그에게 매달렸다. 그의 입술이 다시 그녀의 입술을 삼키자 이화는 그의 달콤한 입맞춤에 더욱 매달렸다. 그리고 그의 움직임이 더욱 거세어져 갔다. 이화의 온몸이 그를 받아들이는 하나의 꽃잎처럼 만개하고 있었다.

"하아……. 아앙……. 웃……!"

그녀의 신음 소리가 더욱 거칠어졌고 그는 그녀의 허리를 두 손으로 단단히 포박하고는 절정을 향해 거세게 허리를 추어올렸다. 벅찬 감각에 이화가 더는 견딜 수 없다고 느낀 순간, 마치 그가 기다렸다는 듯이 강하게 그녀 안을 쳐올렸고, 이화는 다시 하얀 세상으로 떠밀려 갔다.

"아앗……."

그녀는 온몸을 활처럼 휘며 신음했다. 그러자 그 역시 낮은 신음을 내뱉으며 더욱 가차 없이 그녀 안을 헤집었다. 그의 몽둥이가 한껏 크기를 키웠다. 그러나 부끄럽게도 그녀는 자신의 안쪽이 그의 몽둥이를 사정없이 쥐어짜고 있는 것을 깨달았다.

"하아, 안 돼……. 그만, 더 이상은, 핫."

마치 아래가 찢어질 것만 같은 두려움에 이화가 비명처럼 외치자, 그가 불끈 온몸을 경직시키더니 이내 뜨거운 것이 그녀의 안을 가득 채웠다. 이화는 이것이 그가 말한 아기씨라고 멍하니 생각했다. 그러나 생각도 잠시 그녀는 노곤함에 의식이 가물가물해졌다.

"흭."

하지만 잠시 호흡을 고르듯 멈추었던 그가 다시 허리를 놀리기 시작하자 이화는 작은 비명을 질렀다.

"죄송하지만 조금만 더 깨어 있어 주십시오."

이화는 하룻밤에 두 번이나 그가 자신을 탐할 줄을 몰랐다. 하지만 지치지 않은 체력으로 그는 이화를 원했고, 그가 다시 한 번 그의 것을 그녀 안에 풀어내었을 때 그녀는 거의 정신이 없었다.

다만 그가 그의 넓은 품 안으로 자신을 바싹 당겨 안아 주는 것이 좋았고, 그것이 지쳐 잠들기 선 이화의 마지막 기억이었다.

8. 가슴에 스미는 붉은빛

"네, 뭐라고요?"

제신의 음성이 다소 높아졌다. 항상 과묵하고 절대 목소리를 높이는 일이 없던 그였지만 이화의 부탁이 그에게도 무척 예외적인 일이었던 모양이다. 항상 냉정해 보이던 그의 평정을 무너뜨린 것만 같아서 이화는 설명할 수 없는 묘한 기쁨을 느끼고 말았다.

낮에는 아직도 더운 9월 초순이어서 제신이 기거하는 사랑채의 문들은 활짝 열려 있었다. 좋은 곳에 터를 잡아 그런지 지금도 미시정(오후 2시)이라 한창 바깥은 뜨거웠지만, 사랑채 누마루는 사방의 문을 열어 두면 시원한 바람이 솔솔 불어와서 상당히 기분이 좋은 곳이기도 했다.

"맞아. 내게도 장사를 가르쳐 달라고."

이화의 똑 부러진 요청에 제신은 어떻게 대답해야 할지 다소 당황한 듯 침묵하고 있었다. 하지만 그 앞에 앉은 이화는 한 치의 흔들림도 없는 눈빛으로 그를 바라보고 있었다. 기품 있는 반가의 아가씨가 아랫사람에게 명을 내리는 듯한 분위기였다. 다만 그녀 앞에 앉아 있는 제신은 결코 아랫사람으로 보이지 않았지만 말이다.

"그게, 갑자기 왜 그런 생각을 하셨습니까?"

제신이 정말로 궁금하다는 표정으로 이화에게 물었다. 이화는 그가 질문을 하니 마침 잘되었다는 듯이 그동안 생각했던 것을 풀어놓았다.

"그냥 이렇게 하릴 없이 있는 것은 싫어. 나도 뭔가 할 수 있는 일이 있으면 좋겠어. 그리고 당신한테도 글을 읽고 셈을 할 줄 아는 사람이 한 명이라도 더 있으면 일이 좀 줄어들 거 아니야?"

물론 제신의 집에 머물게 되면서 이화는 나름 혼인 준비를 했다. 하지만 대개는 제신과 청산댁이 결정을 하고 이화는 그저 고개만 끄덕였다. 도무지 자신의 일 같지 않기도 했고 대체로 그들이 골라온 것들은 최고의 물품들이라 이화의 마음에도 그리 나쁘지 않았다.

아니 상당히 고상하고 아름다운 것들은 이화 자신이 스스로 골랐더라도 분명 마음에 들었을 것이 분명해 보였다.

그리고 이미 애써 결정하고 구매한 것들을 자신이 거부하면 새로운 것으로 준비해야만 했다. 취소하고 다시 구매하고 이러면 제신에게 이중으로 손해가 날 것 같아서 마음이 불편하기도 했던 것이다.

"그건 맞습니다만, 아가씨는 따로 하실 일이 있으실 텐데요?"

제신의 말투가 어찌 약간 서운해하는 것처럼 들린 것은 이화의 바람인 걸까? 그는 혼인에는 도무지 마음이 없어 보이는 그녀에게 뭐라 말은 하지 않았다. 하지만 매번 그가 결정한 것에 그저 고개만 끄덕이는 그녀를 보면 어쩐지 서운한 듯 눈매가 접혔던 것이다.

그녀는 자신의 오해일 거라 생각하고 얼른 그 생각을 머릿속에서 떨쳐 버렸다.

"그건 내가 아니라도 이미 청산댁이 잘하고 있잖아? 그보다 나도 뭔가 도움이 되는 일을 해 보고 싶어. 지금은 괜히 밥만 축내고 있는 기분이야."

이화는 정말로 뭔가 답답했다. 물론 인왕산 초가에 살 때보다 피부도 좋아졌고, 말랐던 몸에도 약간 살이 붙어서 훨씬 나긋나긋하고 아름답게 보였다. 좋은 옷을 입고, 좋은 것을 먹으며, 밤이면 그에게 듬뿍 사랑받고 있었다.

하지만 그것 외에는 별로 하는 일이 없다 보니 어느 순간, 자신은 그저 그의 욕망을 받아 내는 사람처럼 느껴졌다. 아마 그녀도 예전처럼 그저 반가의 규수로 살아왔다면 지금 이 상황을 당연하다고 생각했을지도 몰랐다. 지아비를 받들고, 자식을 낳아서 가문을 잇는 것만이 여인의 최고 미덕이라고 여기며 살고 있었을 것이다.

"방 인에만 있으믄 답답해. 그러니 나도 뭔가 할 수 있게 해 줘."

실제로 지난 3년간 가족을 돌보느라 힘은 들었지만, 동시에 그녀는 어떤 해방감을 느꼈다. 스스로 필사한 것으로 돈을 벌고, 그것을 가족들을 위해서 쓸 때 뿌듯함을 느꼈기 때문이다. 자신이 원할 때 저잣거리에 나가서 장을 보는 일은 어찌 보면 매우 단순한 일이었지만 이전 반가의 규수로 살 때는 감히 상상도 할 수 없는 자유였다.

"하지만······."

그가 망설이자 이화는 다시 열심히 그를 설득하기 시작했다.

"난 예전처럼 규방에만 갇혀 있는 아가씨가 아니야."

이화의 절실한 호소에 제신이 그녀를 지그시 바라보았다. 자신의 집에 온 이후로 병든 닭처럼 기운이 없어 보이던 그녀가 오늘은 생명력이 넘쳐 보였다. 아무것도 원하는 것이 없어 보이던 그녀가 이렇게 그에게 무엇인가를 애써 요구하는 것도 나름 신선하기는 했다.

"나도 당신을 돕고 싶어."

그녀의 붉은색 입술이 열망을 가지고 살짝 벌어졌다. 그리고 제신은 그제야 이화가 자신을 자네가 아닌 당신이라고 부르고 있다는 것을 깨달았다.

사실 제신도 그녀가 최근에 규방에 갇힌 것을 무척 답답해하고 있다는 느낌을 받았던 차였다. 지난 세월의 고생이 그녀를 상당히 단단하게 만들었음에 틀림없었다. 오랜만에 만나는 이화의 활기찬 모습에 제신은 약간 음흉스러운 꾀를 생각해 내곤 속으로 미소를 지었다.

"그럼 제 소원도 하나 들어주셔야겠습니다."

제신의 말이 떨어지자 이화의 얼굴이 확 밝아졌다. 초롱초롱한 눈빛으로 자신을 바라보는 이화의 시선에 제신은 약간 짓궂은 마음이 들었다. 저렇게 열정적으로 자신을 원하는 그녀를 보고 싶었던 것이다.

"뭔데?"

이화의 급한 질문에 제신은 거래를 앞두고 제 앞에 둔 먹이를 노리는 맹수의 심정이 되었다. 최근에 그녀는 자신에게 몸은 열고 있었지만 그 마음만은 오롯이 주지 않고 있었다. 자신의 손길에 흐트러지면서도, 달콤한 교성을 지르면서도, 그녀는 어딘가 자신에게 전폭적으로는 마음을 주지 않고 있었다.

언제든 떠날 준비가 되어 있는 사람처럼, 이화는 제신에게 기대려 하지 않았다.

"조금 가까이 오시지요."

제신의 말에 이화는 '무슨 일이지.' 하는 표정으로 고개를 갸웃거렸다. 그 모습이 약간 새침한 하얀 고양이 같다고 제신은 생각했다. 그러나 그가 뭔가 중요한 일을 이야기할 것이라 생각했는지 그녀는 제신 쪽으로 나가왔다.

"제 옆으로 좀 더 가까이 오십시오."

제신의 말에 이화는 약간 저어하면서도 그의 곁으로 다가왔다. 두 척(60cm) 정도 거리까지 다가온 이화였다. 확 풍기는 이화의 달콤한 체향에 제신은 몽롱해지는 기분이었다.

"이제 말해. 소원이 무엇이기에 이리 은밀히 말해야 하는 거야?"

이화는 제신의 곁에 다가서자 심장이 조금 빠르게 뛰는 기분이었다. 그가 곁에 있으면 이화는 침착하지 못하고 항상 허둥거렸다. 그의 시선이 제게 닿을 때마다, 그의 부드러운 손길이 자신을 만질 때마다 주체할 수 없는 떨림을 느꼈다. 지금도 훅 느껴지는 그의 청신한 먹의 향기에 어쩐지 아스라한 기분이 되었다.

생각해 보니 이렇게 밝은 시간에 이화가 스스로 그의 곁에 다가온 것은 처음인 듯싶었다.

"제 무릎 위로 올라오세요."

제신의 낮은 명령에 이화의 두 눈이 크게 떠졌다. 지금 이런 밝은 대낮에 그의 무릎 위로 오르라니, 대체 그가 지금 무슨 말을 하고 있는 거지?

"뭐, 뭐라고?"

이화의 떨리는 목소리에 제신이 웃었다. 짙은 눈매가 살짝 접히고 그의 단정한 입매가 약간 위로 올라가자 어쩐지 흉악한 흉계를 꾸미는 악한 같은 느낌이었다. 하지만 도리어 그 모습에 이화의 호흡은 다소 거칠어졌다.

"지금 당장 아가씨를 안고 싶군요. 지난 며칠간 아가씨와 동침을 못 하지 않았습니까?"

이화의 얼굴이 다시 확 붉어졌다. 며칠간 달거리를 하느라 그와 동침을 못 한 것은 사실이었다. 하지만 지금 대낮에 여기서 대체 어떻게 하겠다는 것인지 이화는 그저 당황스럽기만 했다.

"지, 지금은 대낮이야. 그리고 사방의 문도 다 열려 있는데……."

이화가 더듬거리자 그가 더욱 음흉하게 웃으며 그녀의 손목을 잡아끌었다. 그의 뜨거운 입김이 그녀의 귓불에 훅 하고 느껴지자 이화는 흠칫했다.

"낮이 아니고 문이 닫혀 있으면 상관없다는 뜻입니까?"

제신의 말에 이화는 당황해서 몸을 꼼지락거렸다. 그런 의미는 아니었지만 어느새 그에게 익숙해져 이화는 그가 자신을 안는 것을 당연하다고 생각했던 모양이었다.

"아니, 그게…… 아니고. 나는 그냥……. 저기……."

이화는 본인이 횡설수설하고 있다는 것을 느꼈다. 하지만 그의 뜨거운 욕망을 느끼자 이화는 어찌할 바를 몰랐다. 그가 힘으로 그녀를 안아 올려 제 무릎 위에 올렸고 벌어진 다리 사이로 그의 뜨거운 분신의 존재가 느껴졌기 때문이었다. 겹겹이 입은 속옷들이 있음에도 그의 존재는 그만큼 강렬했던 것이다.

"괜찮습니다. 제가 있는 동안 사랑채에는 누구도 함부로 들어오지 못합니다."

하지만 그래도 이건 다른 문제였다. 아무리 사람의 기척이 없다 해도 여긴 누구나 볼 수 있는 외부였다. 이화는 그에게 몸을 허락하고는 있었지만 대낮에 사방이 훤히 열린 공간은 전혀 다른 문제였다.

"그, 그래도 싫어. 부, 부끄럽단 말이야."

이화의 약간 토라진 아이 같은 말투에 제신이 다시 미소를 보였다. 여전히 자신에게 안길 때마다 수줍어하는 이화가 상당히 사랑스러웠던 것이다.

"괜찮습니다. 아래 속곳만 벗으면 되요. 아가씨의 치마에 가려져서 저도 아가씨도 다른 사람들 눈에는 안 보일 것입니다."

제신의 야살스런 말에 이화는 입이 쩍 벌어졌다. 대체 그건 앉아 있는 지금 상태로 자신을 안겠다는 뜻인가? 그 덕분에 그녀는 짧은 시간에 제 몸이 만개했다는 자각은 있었다. 하지만 둘이 앉은 자세로도 교합이 가능한 것인가? 제신은 이화의 커다란 두 눈에 드러난 의문을 읽은 것처럼 속살거렸다.

"의외로 아주 색다르죠. 어떤 자세라도 교합은 가능합니다."

"하지만……."

이화의 다음 말은 곧 삼켜졌다. 그의 손이 곧장 이화의 치마 아래로 파고들어 겹겹이 쌓인 속옷을 해치기 시작했던 것이다. 그가 곧장 단속곳을 벗겨 내고 이내 속바지까지 벗겨 냈다. 이화는 속수무책으로 그의 손길에 점령당했다.

이제 아래에는 다리속곳과 속속곳만 남았다. 속속곳은 가랑이 사이가 터져 있는데 그가 그 사이로 재빠르게 바로 손을 넣었다.

"하웃."

그의 손이 벌려진 속속곳 사이로 들어와 다리속곳 위를 장난하듯 쓰다듬자 이화는 신음했다. 그리고 저도 모르게 그의 굵은 목을 끌어안고 말았다. 그러자 저고리 아래로 이미 부풀어 오른 가슴이 그의 단단한 가슴에 닿았고, 그의 손이 빠르게 그녀의 다리 사이를 문지르자 그녀는 그의 위에서 몸부림쳤다.

"하아……. 앗……."

저도 모르게 입에서는 밤에나 어울릴 만한 야한 교성이 비어져 나왔다. 그의 손길에 비부가 젖어 들어서 다리속곳이 그녀에게 질척하게 달라붙어 있었고, 그가 손을 움직일 때마다 천이 마찰되어 더욱 젖어 들었던 것이다.

"하으……, 하지……."

이화는 부끄러운 마음에 그에게 애원했지만 그는 그런 그녀를 더욱 몰아붙이려는 듯 집요해졌다. 그가 다리속곳을 옆으로 치우고 직접 비부를 만지기 시작하자 이화는 그에게 안겨 더욱 몸부림치고 말았다.

"하아……. 읏……. 응응……."

그가 갈라진 틈을 미묘하게 훑어 내리자 뒤통수에서 허리까지 소름이 돋는 것처럼 짜릿한 감각이 스쳐 지나갔다. 그가 이미 존재를 드러내고 있는 붉은색 진주를 희롱하기 시작하자 이화는 갓 잡힌 생선처럼 그의 품 안에서 거칠게 몸부림쳤다.

이화의 하얀 얼굴이 흥분으로 붉게 달아올랐고, 그의 품에 안겨서 쾌감에 몸을 떠는 그녀의 모습이 제신의 눈에 어떻게 비칠지 몰라 애가 달았다. 하지만 무차별적으로 주어지는 감각에 저항할 수 있는 내성은 그녀에게는 없었던 것이다.

"어떻게……. 하아 그만……."

이대로는 그의 몸 위에서 실수할 것만 같았다. 대낮에 그에게 안겨 혼자서 넋을 놓아 버리는 추태를 보여 주고 싶지는 않았다. 밝은 태양 아래 그 무엇도 그녀의 달아오른 모습을 감추어 주지 못했기 때문이다.

"괜찮아요."

하지만 제신은 그녀를 유혹하는 도깨비 같았다. 나직하면서도 약간 상기된 그의 목소리에 이화는 약했다. 그가 그녀의 귓가에 부드럽게 속삭일 때마다 이화는 속수무책이 되었다.

"그냥 아무 생각 없이 제 손길을 느끼시면 됩니다."

그가 그렇게 속삭이며 빠르게 진주를 비벼 대자 이화는 자지러
졌다. 옆 부분을 미묘하게 쓸다가 꾹꾹 누르기도 하고 동시에 갈
라진 꽃잎을 마구 자극하자 이화는 물에 빠진 기분이었다. 숨이
턱까지 막혀 왔고 비부에서 느껴지는 저릿하면서도 달콤한 감각
에 어찌할 수가 없었다.

"하윽…… 아앗……."

애교를 부리는 듯한 신음이 이어지자 제신이 그녀의 입술을 머
금었다. 그의 뜨거운 입술에 이화는 한껏 매달렸다. 이화는 제신
이 자신을 안으면서 입맞춤해 주는 것이 좋았다. 처음에는 어색해
서 숨도 잘 쉬지 못했지만 이제는 그의 두툼한 혀에 자신의 혀를
얽으면 기분이 좋아졌다. 그래서 이화도 열심히 그에게 응했다.

"아앗."

결국 그가 아래로 손가락을 집어넣자 이화는 오소소 소름이 돋
는 듯 저릿한 쾌감에 신음했다. 질척해진 구멍에서는 이미 홍수가
난 듯 애액이 흐르고 있었다. 그의 손가락이 제집처럼 그 안을 헤
집고 있었다.

하지만 이화는 뭔가 부족한 기분이었다. 뜨겁게 달아오른 그녀
의 몸은 무엇인가 더욱 단단하고 뜨거운 것을 원하고 있었던 것이
다.

"아아, 제신······."

그녀가 안타까운 듯 그의 휘를 불렀다. 이미 달아오를 만큼 달아오른 자신의 몸을 이화는 주체할 수가 없었다. 이제 그가 아니면 이화는 미쳐 버릴 것만 같았다. 애원하는 듯한 그녀의 음성에 다시 제신의 깊은 눈매가 살짝 접혔다.

평소에는 항상 이화를 아가씨로 극진하게 대하는 그였지만 몸을 섞을 때만큼은 그가 엄연한 주인이었다. 이화는 그의 손길에 떠는 존재였고 그녀를 열락으로 이끌고 이성을 잃게 만드는 것은 항상 그였다.

"저를 원하십니까?"

온몸이 짜릿하게 떨릴 만큼 간살스러운 음성이었다. 낮은 음성이 이화의 고막을 울리자 이화는 신음했다. 그의 목덜미를 더욱 강하게 끌어안으며 자신도 모르게 부풀어 오른 가슴을 그의 가슴에 밀착했다.

"하아······."

대답 대신 나온 것은 이화의 뜨거운 신음뿐이었다. 여전히 제 아래를 희롱하는 그의 손은 거침이 없었다.

그가 그녀의 오른쪽 가슴을 저고리 위로 강하게 움켜쥐자 이화는 뒤로 몸을 유연하게 휘었다. 마치 더욱 가슴을 만져 달라는 듯한 몸짓이었고 실제로 이화도 그렇게 원하고 있었다. 온몸 안에 고인 열기가 점점 달아올라서 이화는 그의 손길을 간절하게 원했다.

"아흑, 왜?"

이제 막 터질 듯한 순간, 그가 갑자기 손을 빼 버리자 이화가 원망스런 표정으로 그를 바라보았다. 그의 눈빛이 이글거리고 있었다. 그의 눈이 먹이를 노리는 맹수의 그것처럼 날카롭고 강렬했다.

"흐흑, 제발!"

이화는 기꺼이 그에게 꿀꺽 삼켜졌다. 욕망을 품은 그의 눈빛에 심장이 떨렸고 이미 자신의 욕망이 그를 강렬하게 원하고 있었다. 이제는 숨길 수가 없었다. 이미 그는 속속들이 이화가 어떤 상태인지를 알고 있었고, 이 순간만은 그에게 어떤 거짓도 말할 수 없었다.

"하아, 제발. 너무 뜨거워……."

옷들이 온몸에 질척하게 달라붙었다. 더운 날씨와 그녀의 욕망이 그녀를 활활 타오르게 만들었다. 그의 불룩하게 솟아오른 아랫도리가 질척하게 그녀의 비부에 닿았다. 그것을 느낀 그녀의 비부가 탐욕스럽게 요동쳤다.

"이걸 원하시는 것입니까?"

이렇게 한 손아귀로 자신을 통제하는 그가 미웠지만 지금 이화는 그를 원했다. 자신의 애액으로 그의 바지가 젖어 들고 있었지만, 그녀는 자신도 모르게 달아오른 비부를 그의 것에 슬금슬금 문지르고 있었다. 하지만 부족했다. 이미 그를 알아 버린 그녀의 비부는 더욱 뜨겁고 강렬하게 그의 것을 원했다.

"응, 응. 하웃."

평소에는 새침한 듯 얌전한 얼굴의 그녀가 지금은 색욕으로 흐트러져 있었다. 무의식적으로 그의 가슴에 제 가슴을 비비며 아랫도리를 문질러 대는 그녀는 심장이 저릿할 만큼 관능적이고 동시에 아름다웠다.

"하아, 아가씨!"

이렇게 열정으로 달아오른 이화의 얼굴을 볼 수 있는 것은 오직 제신뿐이었기에, 제신은 이때가 좋았다. 그녀를 제 것으로 희롱할 때만큼은 그녀는 아이처럼 자신에게 매달렸고, 그녀의 안을 제 몽둥이로 유린할 때만큼은 그녀가 제 것인 것만 같았다.

"아앙, 아아……. 제발……."

애가 닳은 이화가 애원하며 그의 입술에 입맞춤했다. 제 손아귀에 한껏 무르익은 자신을 고스란히 내보인 이화가 있었다. 마치 빨리 안으로 들어오라는 듯 그녀의 귀여운 혀가 제신의 혀를 감고 비벼 대고 있었다. 귀여운 그녀의 유혹적인 몸짓에 제신은 기꺼이 굴복하기로 했다.

"하웃!"

분주하게 허리춤을 풀어 바지를 내리고, 미처 다 벗지도 못한 상태로 그가 그녀의 안으로 들어왔다. 초조하게 꿈틀거리던 그녀의 안이 한 번에 쓰윽 들어온 몽둥이를 옹골차게 옭아매었다. 그리고 뜨겁고도 강렬한 쾌감에 이화는 숨이 턱 막혔다.

"하아……. 앗."

그가 격하게 허리를 추어올리자 이화는 신음했다. 드디어 제 안에 그를 담으니 그녀의 비부는 탐욕스러울 정도로 그의 것을 물고 달콤하게 젖어 들었다. 그녀 안에서 샘처럼 흘러나온 애액으로 젖어 한껏 피어난 꽃잎이 그를 욕심껏 머금고 있었다.

"읏……."

그 역시 이화가 비몽사몽간에 그를 조이자 약하게 신음했다. 항상 제 몸을 장난감처럼 희롱하는 제신이었지만 가끔 이렇게 낮은 신음을 내뱉는 것이 이화는 좋았다. 그도 자신의 몸으로 느끼고 이렇게 흥분하는 것에 심장이 저릿할 만큼 황홀했다.

자신만 속수무책으로 그에게 빠져드는 것이 아니라 그 역시 자신에게 빠져들기를 원했기에 이화는 무아지경으로 그에게 매달렸다.

"하앗……."

"으읏……."

두 사람의 신음이 높아졌다. 멀리서 보기엔 이화가 그저 제신의 가슴에 안긴 것으로 보이겠지만, 지금 이화의 넓은 비단 치마 아래에서 두 사람의 성기는 거의 하나처럼 맞물려 물레방아처럼 돌아가고 있었던 것이다.

"하아, 제……시인."

그녀가 절정에 삼켜지려는 듯 그의 휘를 불렀지만 그의 강한 일격에 삼켜졌다. 이화는 마치 어디론가 떠내려갈 것만 같아 생명줄을 잡듯이 그에게 매달렸다. 자세 때문에 평소보다 그가 더욱 굵고 강하게 느껴졌고 그의 가슴에 안긴 자세가 정서적인 만족감을 주었다. 그가 자신의 허리를 잡고 강하게 허리를 추어올리자 이제 이화는 숨이 턱까지 막혔다.

"하아……."

결국 이화는 아득한 감각에 휩싸여 정신이 혼미했다. 새하얀 파도 같은 열락이 이화를 부드럽게 감싸 안았고, 이화의 머릿속은 새하얗게 변해 그저 밀려오는 뜨거운 파도를 그대로 받아들일 수밖에 없었다.

"읏."

그러자 제신도 낮은 신음을 내뱉었다. 이제 그도 정신이 없는 것처럼 무아지경으로 그녀의 안을 찔러 댔다. 미칠 듯이 격렬해진 그의 움직임이 그도 끝에 가까워지고 있음을 말했지만, 이미 이화는 한 고비를 넘고 그의 움직임에 다시 타올라 재가 되어 또 다른 너울을 넘고 있었다.

"이화……."

그가 다정하게 자신의 이름을 부르자 이화의 비부가 만족한 듯 그를 쥐어짰다. 이제 한껏 부풀어 더 이상 그를 제 안에 담을 수 없다고 느꼈을 때 그가 낮은 신음과 더불어 파정했다.

"하아, 하아……."

한동안 그녀는 그의 가슴에 죽은 듯이 매달려 있었다. 그가 파정을 마칠 때까지 그녀는 계속 잘게 몸을 떨며 온몸에 힘이 빠져 그에게 매달렸다. 온몸이 땀으로 흠뻑 젖었고, 얼굴이 화롯불 앞에 앉은 듯 뜨거웠다.

그래도 사랑채에 불어오는 바람에 약간 시원한 것 같다고 느낄 무렵, 갑자기 그가 움직였다.

"왜?"

갑자기 그녀를 끌어안고 일어난 그 때문에 그녀가 깜짝 놀라 눈을 떴다. 그녀의 치마가 아랫도리를 가려 주고 있었지만 두 사람은 아직 연결되어 있었기 때문이다.

"저는 이것만으로 부족합니다. 사람의 시선이 두려우면 안으로 들어가야죠."

그가 그녀를 안은 채로 누마루에서 바로 연결된 사랑채 안으로 들어갔다.

안으로 들어오자마자 그는 강하게 그녀에게 입맞춤하며 사랑채 보료 위에 그녀를 눕혔다. 그리고는 그녀의 옷가지를 야수처럼 벗겨 내기 시작했다. 저고리가 날아가고 땀에 흠뻑 젖어 그녀의 하얀 피부에 착 달라붙어 있던 분홍빛 속적삼도 날아갔다.

"하아, 참으로 곱습니다."

그가 느슨해진 가슴 가리개마저 풀고 뽀얗게 드러난 그녀의 가슴을 보며 속삭이자 이화가 저도 모르게 그를 조이고 말았다. 아까부터 부담스러울 정도로 부풀어 올랐던 그녀의 가슴이 그의 손길에 반응했다. 몸을 바짝 세운 유실을 그의 손가락이 살짝 꼬집자 아릿한 쾌감에 온몸이 잘근잘근 삼켜지는 기분이었다.

"하아. 빠, 빨아…… 줘."

이 순간만은 이화 역시 자신의 욕망에 충실했다. 이화는 그에게 밤마다 사랑을 받으며, 그의 뜨거운 입술과 혀에 자신의 유실이 희롱당하는 기쁨을 알아 버렸다. 그리고 그는 이화가 이렇게 솔직하게 부탁하면 더욱 기뻐했다.

"기꺼이 원하던 바입니다."

이화의 애원에 제신이 너그러운 미소를 보이며 그녀의 소원을 들어주었다. 곧 그의 뜨거운 혀와 입술이 그녀의 유실을 희롱하자 그녀는 더욱 몸부림쳤다. 온몸이 예민할 정도로 달아올라 그의 모든 손길에 바로 반응하고 있었던 것이다.

그 와중에도 그는 부지런히 그녀의 몸에서 옷가지들을 벗겨 내고 있었다. 치마가 벗겨지고 점점 더 드러나는 이화의 하얀 피부를 그가 집요하게 쓰다듬었다.

"하앙."

그가 잠깐 그녀 안에서 빠져나가자 이화가 항의하듯이 짧게 신음했다. 하지만 이화의 몸에 걸친 속속곳, 다리속곳을 벗기려면 어쩔 수가 없었다.

"잠시만요. 아가씨의 모든 곳을 느끼고 싶어요."

결국 완벽하게 나신이 된 이화를 핥듯이 바라보는 그의 눈빛이 너무나 뜨거워서 이화는 눈을 감고 말았다. 동시에 자신의 안에 가득한 욕망을 그에게 읽힐까 봐 두려웠다. 어느새 나신이 된 그가 그녀를 으스러질 듯이 강하게 끌어안자 이화는 기뻤다.

"하아, 아가씨……."

그가 그녀의 귓불을 핥으며 애절한 음성으로 속삭이자 이화는 더욱 달아올랐다. 그리고 그가 이미 질척해져 한껏 풀어진 제 안으로 한 번에 강하게 들어오자 이화의 가느다란 몸이 펄쩍 뛰어올랐다.

"하아, 이젠 조금 천천히 해 보죠."

이화는 그의 야한 말에 움찔했다. 그가 저렇게 중얼거리면 상당히 긴 시간 동안 그는 그녀를 탐하곤 했다. 그는 자신의 말대로 집요하게 이화를 탐하기 시작했다. 뜨거운 쇠몽둥이 같은 그의 분신은 마치 살아 있는 생물처럼 퍽퍽, 이화의 안쪽을 치달았다.

그는 커다란 몸으로 이화를 짓누르며, 잡은 먹이를 제 안에 가두고 희롱하듯이 그녀의 안을 때려 박듯이 헤집었다. 제신이 힘차게 허리 짓을 하며 안을 치받을 때마다 이화는 숨이 턱 하고 막혔다.

"흐흑."

이화는 제대로 신음조차 내지 못하고 그의 것을 받아들일 수밖에 없었다. 그가 안을 찌르면 목구멍까지 숨이 턱 하고 막히다가도, 그가 제 안에서 빠져나가면 허전한 느낌에 저도 모르게 안을 조이고 말았다.

"하아……."

그 역시 야한 신음을 내뱉으며 이화의 안을 쿵쿵 찔러 대었다. 힘에 밀려 자꾸만 위로 올라가는 이화의 가느다란 허리를 두 손으로 포박하고, 그는 포식자처럼 가장 깊은 안쪽까지 힘차게 들어왔다. 그리고 이화가 숨이 막힌 듯 허덕이면 희롱하듯이 뒤로 빠졌다.

그는 당장 이화의 안에서 빠져나가듯이 몸을 물렸다가 다시 거세가 안으로 밀려 들어왔다. 제신이 움직일 때마다 이화의 가느다란 몸이 휘청휘청 흔들렸다. 더불어 그녀의 의식도 과도한 쾌감에 가물가물해졌다.

한 번 욕망을 풀어내고 여유가 생긴 것인지 그는 느긋하게 허리를 움직이며 과민할 정도로 달아오른 그녀의 온몸을 여기저기 쓰다듬었다.

"하앗……. 아웃……."

그의 손길에 그녀의 피부가 다시 복사꽃처럼 달아올랐다. 그의 뜨거운 몽둥이가 그녀를 이리저리 데우고 있었고, 그의 것에 문질러질 때마다 그녀의 내벽이 달곰하면서도 짜릿한 감각에 출렁거렸다.

"하아, 그냥 삼켜 버리고 싶어."

그의 야한 목소리에 이화는 헐떡거렸다. 이화는 제신이 그녀를 안을 때마다 존댓말이 아닌 약간 거친 말투로 속삭이는 것이 좋았다. 마치 제 안에서 끓어오르는 격정을 참을 수 없다는 듯, 그는 거친 말투로 이화를 원하는 감정을 토해 냈던 것이다.

그가 자신을 안을 때마다 이화는 그에게 조금씩 물들어 가는 기분이었다. 제신의 안에 자리 잡은 뜨거우면서도 격렬한 빛에 붉게 물들어 가고 있었다. 그리고 이화 역시 기꺼이 그 빛을 받아들였다. 그는 자신을 안을 때만은 격렬한 감정을 보여 주었고, 그때만은 그가 마치 자신을 귀히 여기고 있는 것만 같았다.

"하아, 제신."

제 마음은 그저 마음속에 꽁꽁 숨겨 두고 싶었지만 그녀 역시 안길 때마다 사랑스러운 감정에 그에게 매달렸다. 그를 은애하는 마음이 점점 커져 갔고, 그에게 기꺼이 물들어 그의 것이 되고만 싶어졌다.

"이화. 이화."

몸을 섞을 때만 애절하게 그녀의 휘를 불러 주는 그였다. 그냥 이렇게 그에게 안겨 모든 것을 잊고 그의 것이 되어도 괜찮지 않을까, 그도 혹시 조금은 자신을 아끼고 있는 것은 아닐까 혼곤한 미몽 속에서 이화는 그렇게 소망했다.

"아앗."

다시 한 번 절정에 삼켜진 그녀는 그에게 매달리며 제신에게 완전하게 물들어 버린 것이 분명하다고 생각했다. 한껏 자신을 풀어낸 그가 털썩 몸을 누이며 그녀를 제 넓은 가슴에 안아 주었을 때, 이화는 그저 조용히 눈을 감았다.

　서로의 거친 호흡이 안정되어 편안해질 때까지…….

9. 훈풍

"장사의 기본은 장부입니다."

제신과 마주 앉은 이화는 그의 설명에 귀를 기울이고 있었다. 제신은 약속대로 이화에게 틈틈이 장사의 기본에 대하여 가르쳐 주기 시작했다. 어느새 날은 9월 중순으로 접어들어 아침저녁으로는 공기가 선선했다. 오늘도 두 사람은 함께 저녁을 들고 사랑채에 마주 앉아 있었다.

"당신도 직접 장부를 쓰고 해야 하는 거야?"

이화의 질문에 제신은 고개를 저었다.

"아닙니다. 제가 직접 장부를 기록하지는 않습니다만, 기본적으로 장부를 제대로 읽을 줄 알아야 합니다. 대체적으로는 저와 함께 일하는 채홍리가 그 일을 담당합니다만, 여차한 경우에는 저도 할 줄 알아야 아래 사람을 부릴 수 있지 않겠습니까?"

제신의 설명에 이화는 그의 말이 지당하다고 생각하며 고개를 끄덕였다. 제신의 설명은 잘 모르는 이화도 쉽게 이해할 수 있게 명료했고 군더더기가 없었다. 정말 아무것도 모르는 이화를 위해서 제신은 그녀의 눈높이에 맞추어 설명을 했고, 이화 역시 빠르게 그것을 흡수했다. 가끔 어려운 부분은 열심히 질문했고, 그러면 제신은 친절하게 설명해 주었다.

"아, 장부가 엄청 많네."

이화의 감탄에 제신은 고개를 끄덕였다.

"수많은 거래를 정확히 기록해야 실제 거래를 통해서 제가 얼마나 이문을 얻었는지 알 수 있겠지요. 그리고 거래 당사자별로 거래 조건은 상이하고, 그것을 모두 기억할 수 있는 게 아니니 장부에 기록을 잘 해 두어야 합니다."

이화는 연신 감탄하며 고개를 끄덕였다. 그런 이화를 바라보는 제신의 눈빛이 부드러웠다. 새로운 세계를 만난 어린아이처럼 눈을 반짝거리는 이화가 사랑스러웠기 때문이다.

"그렇겠지."

장부를 열심히 바라보던 이화가 한 가지 거래 내용을 지적하며 질문을 했다.

"그런데 이 거래는 이문이 거의 없는 거 아니야? 인삼을 100냥

(1냥=대략 6만 원)을 주고 사서 105냥에 팔았지만, 옮기느라 들어간 비용이 10냥이니까, 5냥을 손해 본 셈이잖아?"

이화의 질문에 제신이 씩 하고 웃었다. 이화는 그의 미소에 심장이 쿵 하고 내려앉는 기분이었다. 자신을 향하는 제신의 부드러운 눈빛에 이화는 얼굴이 붉어졌다. 그에게 장사를 배우는 것도 좋았지만 사실은 제신과 이렇게 마주 앉아 대화를 하는 것을 이화는 더욱 즐기고 있는 것만 같았다.

"잘 보십시오. 아가씨가 말씀하신 금액은 총액입니다. 상세한 내용을 보시면 저희가 100냥에 구매한 인삼의 양은 10근이었습니다. 그러니 한 근당 10냥이었죠. 하지만 저희가 판매한 것은 총 7근이었으니, 한 근당 15냥에 판매를 한 것입니다. 그러니 이동 비용까지 고려하면 한 근당 총 4냥의 이문을 본 것입니다."

제신의 설명에 이화의 눈이 크게 뜨였다.

"뭐라고? 10냥에 산 것을 15냥에 팔았어? 그건 너무 폭리 아니야?"

이화는 정말로 깜짝 놀라고 말았다. 인삼이 귀한 줄은 알았지만 이렇게 거래에 이문이 많이 발생하는 줄을 몰랐던 것이다. 그래서 인삼 거래권이 무척이나 귀한 권리라는 것을 이화는 깨달았다.

"뭐, 그렇게 보일 수도 있습니다. 하지만 저희가 10냥에 살 수 있었던 것은 이미 몇 해 전에 거래하는 삼상(인삼 상인)과 미리 약조해 두었기 때문입니다. 거래하는 삼상은 장기적으로 안정적으로 수익을 확보할 수 있어서 이익이고, 저희는 현 시가보다 저렴하게 구매할 수 있어서 이득이었습니다."

제신의 설명에 이화는 또다시 고개를 끄덕였다. 세상은 이화가 알고 있던 것보다 훨씬 복잡했다. 그래도 지난 3년 동안 상당히 많은 세상의 이치를 알게 되었다고 생각했지만 여전히 그것은 세상의 일부분이었다. 제신에게 장사의 기본을 배우며 이화는 당장의 이익보다는 장기적으로 보는 것이 중요하다는 것을 깨달았다.

"사실 작고하신 객주 어른께서 거래하던 그 삼상이 거의 망할 뻔한 것을 도와주셨다고 합니다. 그래서 그 삼상은 형편이 나아지면 반드시 은혜를 갚겠다고 해서 본래 시세인 근당 12냥보다 훨씬 싼 값에 거래를 한 것입니다. 어르신 덕분에 일가가 죽을 지경에서 살아났다고 오히려 고마워했습니다."

"그랬구나."

이화가 대단하다는 표정으로 그를 바라보자 제신이 어깨를 으쓱했다.

"거래에서는 신용이 무엇보다 중요합니다. 삼상과의 이야기는 구두 약속이어서 그가 지키지 않아도 강제할 방법이 없었습니다. 약조를 하셨던 전 객주 어르신은 돌아가셨지만, 그래도 그는 저에게 그 약속을 지켰습니다."

제신의 침착한 설명이 이어졌다.

"장사에서는 당장의 작은 이익보다, 장기적으로 믿을 수 있는 거래 당사자를 얻는 것이 더욱 중요합니다. 또 자신의 이익만을 위해서 거래하면 결코 많은 것을 얻을 수 없습니다. 가끔은 손해를 보더라도 상대방에게 신뢰를 얻는 것이 더욱 중요하답니다."

"전 객주 어르신은 정말 훌륭한 분이셨구나."

이화의 감탄에 제신 역시 고개를 끄덕였다. 작고한 객주 어르신을 생각하는지 그의 눈빛이 더욱 짙어져, 촉촉하게 물에 젖은 것만 같았다.

"네, 참으로 훌륭한 분이셨습니다. 제게는 또 다른 아버지와 같은 분이고, 살아가는 데 중요한 것이 무엇인지를 알려 주신 참 스승 같은 분이십니다. 제대로 감사하다는 말씀도 드리지 못한 것 같습니다."

제신의 목소리가 돌아가신 분을 떠올렸는지 무겁게 가라앉았다. 자주 보여 주지 않았던 그의 날 것 같은 감정을 마주하게 된 이화는 그를 위로해 주고 싶었다. 가족을 모두 잃고 의지할 곳 없는 그에게 또 다른 아버지가 되어 주신 분이니, 그를 잃고 얼마나 슬펐을지 충분히 이해가 되었다.

이화 역시 유배지에 계신 아버지가 돌아가셨다는 소식을 들었을 때 하늘이 무너지는 것만 같았기 때문이다. 그래도 이화에게는 가족이 있었지만 제신에게는 주위에 아무도 없었으니 그 슬픔이 더욱 컸을 것이다.

"당신이 그분을 계속 기억하고 있으니까, 그분도 당신 마음을 잘 알고 계실 거야."

이화의 위로에 제신은 고개를 끄덕였다. 하지만 여전히 홀로 남은 어린아이 같은 제신의 눈빛에 이화는 저도 모르게 그에게 다가가 그를 제 가슴에 안아 주었다.

"괜찮아. 슬플 때는 슬퍼해도 돼. 아무도 뭐라 하지 않으니까."

이화의 다정한 위로에 제신의 몸이 움찔했다. 이화가 계속 그의 넓은 등을 쓰다듬어 주자 그가 긴장을 풀고 이화에게 편안히 몸을 기대 왔다. 덩치가 큰 어린아이를 돌보듯 이화는 그를 계속 안아 주었다. 외롭게만 보이던 그에게 자신의 온기가 조금은 위로가 되기를 바라는 이화의 간절한 마음이었다.

며칠 후, 제신이 큰 거래가 있어서 한양을 떠나 개성으로 나가게 되었다. 이제 9월 하순이 되어 날도 좋으니 멀리 이동하기에도 좋았고, 제품의 상태도 잘 유지할 수 있었기 때문이다. 그날 아침 진시초(오전 7시), 이화는 그를 배웅하면서도 어쩐지 아쉬운 마음이 되었다.

"며칠이나 걸릴까?"

이화의 질문에 제신은 친절하게 대답해 주었다.

"아마도 대략 열흘이면 될 것입니다."

"열흘씩이나? 한양에서 개성까지는 그리 먼 길이 아니잖아?"

한양에서 개성까지는 대략 160리 정도로, 걸어서 사흘이면 충분히 갈 수 있는 거리였기 때문이다.

"네. 거래는 하루, 이틀이면 되지만 이번에 시간을 내어 새로이 거래할 물건이 없는지 함께 살펴볼 요량입니다."

그의 대답에 이화는 자신도 함께 그를 따라가고 싶었다. 말로만 듣는 것이 아니라 실제로 그가 어찌 거래를 하는지 직접 옆에서 견학하고 싶었던 것이다. 개성은 이전 왕조 시절부터 인삼으로 유명했다. 그래서 제신도 인삼 거래를 할 때에는 반드시 직접 개성으로 갔다.

"나도 함께 갈 수 있으면 좋으련만……."

이화는 아쉽기만 했다. 주변 사람들에게 가장 하고 싶은 일이 무엇이냐고 물으면 대부분 금강산 구경이라고 대답했었다. 하지만 여인들에게는 그것은 거의 불가능한 일이었다. 큰일이 아니면 일생의 대부분을 친정에서, 혼인 후에는 시가에서 보내는 것이 여인의 삶이다. 그러니 언감생심 제신을 따라 개성을 간다는 것은 거의 불가능한 일이었다.

"너무 아쉬워하지 마십시오. 남녀의 도리가 그러하니 어찌하겠습니까?"

제신이 아쉬워하는 이화를 다정하게 위로했다.

"하아, 내가 사내였다면 얼른 이 길에 따라나설 텐데……."

아쉬워하던 이화가 갑자기 눈을 초롱초롱하게 빛내며 그를 바라보았다. 제신은 변한 이화의 눈빛에 약간 불안한 기분이 되었다. 이화는 가끔 예상을 뛰어넘는 엄청난 생각을 해내곤 했기 때문이었다. 예전에 자신이 알던 그 아가씨가 맞는지, 가끔은 헷갈릴 지경이었다.

"남복을 하고 따라나서면 어떨까? 마침 내게 맞는 남복도 있으니 그것을 입으면 되지 않을까?"

이화가 정말 좋은 생각이 났다는 듯이 의기양양한 표정으로 그를 바라보았다. 아닌 게 아니라 장사를 배우겠다고 이화는 남복을 한 채 제신을 종종 따라나섰다. 이전에도 이화는 남복을 입었고 한양 내에서 제신과 함께하는 일이라, 제신은 허락을 했었다.

그래서 이화에게는 상당히 많은 남복이 있었고, 이화는 지금 그것을 입겠다는 말이었다. 이화의 눈빛이 기대로 한껏 초롱초롱했다. 흥분으로 입을 살짝 벌린 채 애원하는 눈빛으로 이화가 제신을 바라보자, 제신은 눈이 부신 듯 시선을 돌렸다.

"가끔 저잣거리에 나갈 때와는 차원이 다릅니다."

냉정한 제신의 말에 이화가 다시 애원을 했다.

"그러지 말고, 내 아무런 불평도 하지 않을게. 나 정말 잘 걸을 자신이 있거든. 인왕산 초가랑 저잣거리를 매번 걸어 다녔다고."

"아니 됩니다. 험한 산길을 몇 시진씩 걷기도 해야 하는 위험한 일입니다. 게다가 가는 길에 주막에서 하룻밤을 청할 때도 있는데, 아가씨께서 그 사내들 사이에 껴서 주무실 수는 없지 않습니까?"

제신의 약간 나무라는 말투에 이화는 다소 실망했지만 그래도 포기하고 싶지 않았다.

"괜찮아. 그럼 당신이 내 옆에서 붙어 자면 되잖아?"

이화의 말에 제신의 귓불이 살짝 붉어졌다. 하지만 이화는 제 생각에 빠져서 제신의 상태를 미처 파악하지 못하고 있었다.

"그러니까 내가 벽 쪽에 딱 붙어서 자고, 당신이 내 옆에서 자면 괜찮을 거야. 나도 최대한 조심할게. 응?"

이화는 그를 따라나서겠다는 의욕에 앞서서 지금 자신이 얼마나 제신을 의지하고 믿고 있는지를 고스란히 고백한 줄도 몰랐다.

"그건…… 저는 믿을 수 있다는 말씀이십니까?"

제신의 물음에 이화가 깜짝 놀라 눈을 크게 떴다. 순간 자신이 한 말을 깨닫고 이화의 볼이 발갛게 달아올랐다. 그런 이화를 제신이 마치 잡아먹을 듯이 강렬한 표정으로 바라보고 있었다.

"아, 그, 그게……."

그랬다. 어느새 이화는 제신이라면 어느 순간에도 의지할 수 있는 사내라고 굳게 믿고 있었던 모양이다. 그의 곁에 머물며 그에 대해 조금씩 더 알아갈수록 그에 대한 믿음이 굳건해졌다.

제신은 허투루 지킬 수 없는 말을 내뱉지도 않았고, 한 번 뱉은 말은 반드시 지켰다. 그래서 이화 안에서 그는 항상 믿을 만한 사람이라고 자리를 잡았던 모양이다.

"지, 지아비를 믿지 않으면……. 그럼 누굴 믿겠어."

당황한 순간을 모면하려고 한 말 때문에 이화의 얼굴이 더욱 붉어지고 말았다.

"흐흠, 지아비라고요?"

제신은 마치 그 말을 생전 처음 들어 본 사람처럼 중얼거렸다. 그의 입에서 나온 지아비라는 말에 이화는 다시 설레고 말았다. 시작이 어찌되었건 두 사람은 혼인을 올리기로 했으니 그는 이화의 지아비가 맞았다. 그런데 이렇게 말로 뱉고 나니, 그 의미가 더욱 현실적으로 다가왔던 것이다.

"그렇지. 혼인을 하게 되면……. 당신은 나의 지아비가 되겠지."

이화의 말투가 약간 맘이 상한 듯 들린 것은 사실이었다. 집으로 데려와 혼인을 하겠다고 이야기만 하고는 아직 날짜조차 정하지 않았다.

어머니와 인호는 제신의 도움으로 근처 작은 집에 기거하고 있었다. 어머니는 한사코 거부했지만 인호의 건강이 좋지 않아, 제신의 도움을 받게 되었다. 이화 역시 찾아가 문안 인사도 드리고, 가끔 들여다보곤 하지만 어머니는 아직도 이화에게 약간은 냉랭했다.

"혼인은 날이 좋은 10월이 좋겠습니다. 안방마님께도 곧 연통을 해서 허락을 받겠습니다."

제신의 대답에 이화가 번쩍 고개를 들었다. 그리고 자신을 부드러운 눈빛으로 바라보는 제신과 눈이 마주치자 이화는 다시 얼굴이 붉어졌다. 왜 이리 그 앞에 서면 자꾸만 얼굴이 붉어지는지 모르겠다. 그리고 제신이 부드러운 표정으로 바라보면 이화는 심장이 쿵쾅거리는 느낌에 어찌할 바를 몰랐다.

"어, 얼마 남지 않았네."

이화의 어색해하는 귀여운 대답에 제신이 살짝 웃었다. 작게 웃는 제신의 낮은 웃음소리가 기분 좋게 이화의 귀에 닿았다. 아주 가끔, 정말로 아주 가끔 제신이 소리를 내어 웃으면 이화도 기분이 좋아졌다. 그가 기뻐하면 이화의 마음도 화창한 가을날처럼 밝아지는 것 같았다.

이화는 점점 그를 은애하는 마음이 커져 가고 있다는 것을 잘 알고 있었다. 그래서 그의 다정한 눈빛, 친절한 말 한 마디에 심장이 떨리고, 그와 함께하는 시간이 아쉬웠다. 밤에 동침을 할 때면 제신도 이화를 은애하는 것 같기도 했다.

제신은 항상 매우 소중하게 이화를 안아 주었다. 자신의 욕망보다는 항상 이화를 우선 배려했고, 그럴 때마다 이화는 정말로 그도 자신을 아끼고 있는 것은 아닌지 착각에 빠지고 말았다.

"그러니까, 혼인 전에. 응, 한 번만?"

이화의 부탁에 난감해진 제신이었다. 하지만 이렇게 간절하게, 자신을 굳게 믿는 표정으로 애원하는 그녀의 눈빛에, 제신의 마음이 슬슬 풀어지고 있는 것도 사실이었다. 한양에서 개성까지는 그

리 먼 거리는 아니었고, 자신이 곁에 있으면 이화는 충분이 보호
할 수 있을 거라고 제신은 나름 자신을 열심히 설득하고 있었다.

"내 당신 옆에 꼭 붙어서 절대로 떨어지지 않을게. 그리고 당신
말을 철석같이 따를 테니, 제발 데리고 가 줘."

"남장한 아가씨를 모시고 가면 사람들이 제가 비역질(남색)이라
도 하는 줄 알겠습니다."

갑작스런 제신의 말에 어안이 벙벙하던 이화가, 곧 그 의미를
이해하고는 활기차게 웃었다.

"호호호, 정말? 그럼 따라가도 된다는 뜻이지?"

이화가 기쁜 마음에 저도 모르게 그의 손을 덥석 붙잡았다.

찌릿!

갑자기 손에서 느껴지는 찌릿한 감각에 두 사람 모두 놀라고 말
았다. 잠시 두 사람 모두 아무런 말 없이 서로를 응시했다. 하지만
잠시 후. 미몽에서 깨어나듯 깜작 놀란 이화가 막 손을 떼려 하자,
제신이 그녀의 나붓한 허리를 붙잡아 제 쪽으로 확 당겨 안고는
손에 깍지를 끼었다.

"헉!"

밤에는 이보다 더한 일도 하는 사이임에도 이화는 손깍지를 보
고는 놀라 숨을 삼켰다. 몸을 합한 것보다 더욱 친밀한 행위로 느
껴졌기 때문이다. 그리고 자신을 확 끌어당기는 제신의 완력에 조
금 놀라면서도 그것이 싫지 않았다.

"이렇게 항시 제 곁에 붙어 계셔야 합니다. 거래로 바쁜 자들을 번거롭게 할 수는 없으니 말입니다."

그녀의 귓가에 속삭이는 제신의 말에 이화는 연신 고개를 끄덕였다. 그러면서도 귓불에 닿은 제신의 뜨거운 입김에 자꾸만 몸을 움츠리게 되었다. 심장이 북처럼 고동치기 시작해서 이화는 저도 모르게 몸을 배배 꼬고 말았다.

"그럼 어서 준비를 하십시오. 저는 홍리에게 출발 시간을 반 시진 정도 늦추라 하겠습니다."

밤에 속삭이는 말처럼 달콤하게 들리는 제신의 목소리에 이화는 고개를 끄덕였다. 그리고 그와 함께 떠날 수 있다는 생각에 마음이 한껏 부풀어 올랐다.

"한 식경이면 될 거야. 나 빨리 준비할 수 있어."

이화의 씩씩한 대답에 제신이 또 눈매를 살짝 접으며 웃었다.

"우선 이 도화같이 잘 익은 볼부터 제대로 감추셔야겠습니다."

쪽!

그리고 그가 갑작스레 이화의 발간 뺨에 입을 맞추었다. 다시 얼굴이 확 붉어진 이화였다. 하지만 그의 이런 작은 애정 표현에 이화의 심장이 다시 술렁거리기 시작했다. 그래서 뭐라 말도 못 하고 그에게 안겨 그의 가슴께 옷자락만 부여잡고 말았다.

"이런, 더욱 붉어지셨습니다."

제신의 놀림에 이화가 그를 살짝 째려보았다. 그리고 '어서 나가라' 는 표정을 짓자 제신은 기분 좋게 바깥으로 사라졌다.

이화는 부지런히 남복으로 갈아입었다. 땋았던 머리를 풀어 다시 제대로 빗어서 상투를 틀어야 했다. 실제로 갱의보다 시간이 더욱 많이 걸리는 일이 상투를 트는 일이었다. 하지만 그동안 혼자서 많이 해 본 솜씨가 있어서인지 이화의 손동작은 군더더기가 없었다.

"다 되었어."

한 식경 후, 안마당으로 내려선 이화는 완벽하게 변신해 있었다. 꼼꼼하게 틀어 올린 상투며 복장이 이제 막 관례를 치른 홍안의 도령처럼 보였다.

"일단, 가는 동안 아가씨는 저를 형님으로 부르십시오."

제신의 말에 이화는 열성적으로 고개를 끄덕였다. 어떻게든 그를 따라가야 하는 상황이니 절대로 제신의 심기를 거슬러서는 아니 되었다. 이화는 최대한 순한 표정으로 제신의 말을 정히 따르겠다는 의지를 표현했다.

"휘는 음, 잠시 인호 도련님의 휘를 빌리시는 것으로 하시죠."

제신의 제안에 이화는 좋은 생각이라며 동의했다. 그를 형님으로 부르면 당연히 제신은 자신을 휘로 부르는 것이 자연스러워 보일 것이었다. 인호라는 휘라면 자신도 그리 어색하지 않게 행동할 수 있을 것 같았다.

"알겠습니다. 형님."

이화의 말에 제신의 두 눈이 다시 즐거운 듯 살짝 접혔다. 이화는 생애 처음으로 한양을 벗어날 수 있다는 생각에 기쁘기 그지없었다. 게다가 제신과 동행하니 마치 나들이라도 가는 것처럼 마음이 설레었다.

기쁜 마음에 이화가 제신을 바라보며 배시시 웃었다. 그러자 갑자기 제신이 무척 진지한 표정으로 그녀를 바라보며 다짐을 했다.

"절대로, 절대로, 다른 사람들 앞에선 그리 웃지 마십시오."

제신의 말에 이화는 얼른 표정을 감추었다. 하지만 기쁜 마음에 자꾸만 입술이 벌어지려고 했다.

"아, 알았어. 조심할게."

이화의 다짐에도 여전히 제신은 약간 못 미더운 것처럼 계속 바라보았다.

"안 웃는다고."

이화가 다시 다짐을 하자 제신이 그제야 걸음을 옮겼다. 보폭이 큰 그를 부지런히 쫓아가며 이화가 물었다.

"그런데 내가 웃는 게 그렇게 이상해?"

이화의 질문에 날아온 제신의 대답에, 그녀는 잠시 그 자리에서 멈추어 설 뻔했다.

"아니요. 귀엽습니다."

이화는 너무 순식간에 지나간 말이라 자신이 잘못 들은 것은 아닌지 고개를 갸웃했다. 하지만 분명 자세히 살펴보니 제신의 얼굴에는 표정이 없었지만 그의 귓불이 붉게 달아올라 있었다.

'흐음. 그렇단 말이지.'

이화는 하늘을 날아갈 것처럼 기분이 들떴다. 제신이 민망해할 때, 저렇게 귀만 붉어졌다. 이화가 그와 계속 지내다 보니 알게 된 하나의 사실이 있다.

특히나 몸을 섞을 때 그는 가끔 이화에게 아름답다고 속삭이는데, 그럴 때마다 그의 귓불이 무척 붉어졌던 것이다. 이화는 순간 자신이 제신에 대하여 사소하게, 하지만 은밀하게 알게 된 비밀이 있다는 것이 기뻤다.

안채 협문을 나서, 솟을 대문 쪽으로 향하니 채홍리를 비롯해 짐을 든 장정들 여럿이 서 있었다. 모두 제신과 이화를 기다리고 있었다. 이화는 조심스레 채홍리의 표정을 살폈다. 다행히 별 표정은 없었지만, 이화는 혹시나 그가 반대를 하는 것은 아닌지 조마조마했다.

"이제 출발하지."

제신의 말에 모두가 길을 나섰다. 한두 사람만 움직일 때는 말을 타기도 했지만 이번에는 일단 걸어서 출발을 하고, 성문을 벗어나면 상황을 봐서 말을 빌리기로 했다. 일단 동소문을 지나 한양 도성을 벗어나야 한다. 그리고 북쪽으로 방향을 잡아 가면 개성으로 향할 수 있었다.

일행은 부지런히 걸어서 동소문에 다다랐다. 한양 도성을 둘러싼 4개의 대문과 4개의 소문 중에, 동문과 북문 사이에 위치하여 '동소문(東小門)'이라고 불리는 문이었다. 대략 15년 전에 문루를 새로 지었는데, 아래쪽에 하나의 아치형 출입구를 둔 돌로 쌓은 육축(陸築)이 있고 그 위에 누각을 올렸다.

"용마루 양 끝에 있는 저것은 무엇입니까, 형님?"

이화가 신기한 듯 문루를 바라보며 제신에게 질문했다. 제신과 채홍리, 그리고 다른 상인들은 자주 지나다니는 길이라 그런지 별 감흥이 없었지만, 마치 어린아이처럼 이화의 눈에는 모든 것이 신기하기만 했다.

"취두(鷲頭 : 매 머리 모양의 장식)다."

"아, 그렇군요. 매의 머리였군요."

이화는 제신의 설명에 두 눈을 반짝거렸다. 천장에는 봉황이 그려져 있었는데, 제신이 일대를 새들의 피해로부터 보호하고자 한 것이라 설명해 주었다. 이화는 지나가면서 만나는 모든 풍경을 하나하나 머릿속에 새겨 넣었다. 할 수 있다면 이화는 스스로 이렇게 가고 싶은 곳에도 가 보고, 스스로 삶을 이끌어 나가고 싶었다.

예전의 자신에게 선택지라고는 아버님이 정해 주신 정혼자와 혼인을 하고 평생을 어머니처럼 안방마님으로 살아가는 것밖에 없다고 생각했었다. 하지만 이렇게 오늘 제신을 따라나서니 내 나라 도성이 얼마나 넓은지, 그리고 그 도성 밖에는 또 다른 세상이 있다는 것을 깨달았다.

양반가의 사내들은 당연히 과거를 준비하여 관료가 되는 것을 당연시했다. 하지만 이렇게 거래를 통해서 온 나라의 물산을 필요한 곳에 공급하여 돌게 하고, 그리고 재물을 버는 일도 그에 못지않게 중요한 일이라는 것을 이화는 제신에게 배웠다.

"다리가 아프지는 않으냐?"

한 시진 정도를 걷고 나자 제신이 이화에게 물었다. 이화는 주변이 너무나 신기하여 다리가 아픈 줄도 몰랐다.

"아니요. 이렇게 천리 길도 단숨에 걸어갈 수 있을 것 같습니다."

이화의 씩씩한 대답에 제신은 자애로운 눈빛으로 그녀를 바라보았다. 제신 역시 지금 이화의 들뜬 마음을 충분히 알고 있었기에, 그녀의 수많은 질문에도 친절하게 일일이 대답해 주었다.

"하지만 너무 무리하면 안 된다. 게다가 짐을 든 이들에게는 휴식이 필요하지."

제신의 말에 이화는 약간 미안해졌다. 그제야 이화는 짐을 든 이들이 땀을 많이 흘리고 있는 것을 알았다. 자신이야 달랑 등에 진 봇짐 하나였지만 다른 이들은 나르는 짐은 상당히 무거워 보였다.

"저기 고갯마루에서 한 각 정도 쉬고 다시 출발하지. 한 시진 정도 더 가서 주막에서 점심을 먹으면 될 것 같군."

제신의 말에 모두가 휴식을 반기는 눈치였다. 고갯마루에 오르니 시원한 바람이 솔솔 불어와 이마에 알알이 맺혀 있던 땀을 식혀 주었다.

"상인들은 매번 이렇게 큰 짐을 지고 다니는 겁니까?"

이화의 질문에 제신은 고개를 끄덕였다.

"보부상들은 험한 산길을 10관(37.5kg) 가까이 되는 짐을 지고 다니기도 하지. 밤새 걸어서 다음 장으로 이동하고, 또 걸어서 다른 곳으로 이동하는 게 결코 쉬운 일은 아니지."

이화는 고개를 끄덕이며 장사꾼의 삶이 참으로 녹록하지 않음을 생각했다. 자신은 지금껏 도성 안 점포에서 판매하는 것을 사기만 했었는데, 전국 각지의 물품들이 다 이렇게 사람들의 수고를 거쳐서 이동하고 있는 줄은 몰랐다.

"제가 저자에서 쉬이 구매하는 것들이 다 이렇게 온 것이었군요."

이화는 새삼 감탄했고 제신은 그런 이화를 조용하게 바라보았다. 사소한 것에도 감탄하며 그것의 의미를 찾으려 노력하는 이화 덕분에, 제신 역시 자주 다니던 장삿길이었지만 이번에는 전혀 새로운 길처럼 느껴진 듯했다.

"자, 이제 출발하시죠."

채홍리의 말에 모두 다시 자리에서 일어나 걸음을 옮겼다. 이화는 자신 있게 제신에게 이야기했지만 정오에 가까워질수록 정말로 뱃가죽이 등에 붙는 것만 같았다. 배도 무척 고팠고, 발도 아팠다. 하지만 가장 가벼운 차림의 자신이 불평할 순 없어 그저 어서 주막에 도착하기만을 바랄 수밖에 없었다.

"주막이 보입니다."

멀리 보이는 주막을 만나자 이화는 기쁘기 그지없었다. 자신도 이렇게 기쁜데 무거운 짐을 지고 힘들게 걷다 만난 주막이 상인들에게는 얼마나 반가웠으랴? 주린 배를 채울 수도 있었고, 국밥 한 그릇이면 하룻밤을 자고 갈 수도 있었으니, 그야말로 상인들에게는 필수불가결한 곳이었다.

"주모, 주모!"

주막 안마당으로 들어서며 장정들이 소리 높여 불러 제치는 목소리에 주모가 얼른 나와 이들을 맞이했다.

"아이고, 객주 어르신. 이번에도 찾아 주셨네요."

주모는 제신과 일행을 무척 반가워했다. 아마도 개성을 오갈 때에는 반드시 들르는 곳인 모양이었다.

"잘 있었소? 모두 허기가 심하니 어서 국밥부터 내어 주시오."

제신의 말에 주모는 분주하게 움직였다. 안마당에 놓인 평상에 일부가 둘러앉았고, 또 일부는 툇마루에 걸터앉았다. 이화 역시 제신을 따라 평상 한쪽에 자리를 잡았다. 자리에 앉으니 이화는 피곤이 한꺼번에 몰려오는 기분이었다.

"자, 시장하시죠. 어서들 드시어요."

주모는 분주하게 국밥을 내어 왔다. 그리고 간단한 반주로 탁배기 한 사발을 가지고 왔다. 같은 평상에 앉은 채홍리가 한 사발 먼저 따라서 제신에게 건넸다. 그리고 채홍리 자신의 사발에 따라 두 사람은 정말로 시원하게 들이켰다. 다른 장정들도 모두들 한 잔씩 먼저 들이켜고는 감탄사를 연발하고 있었다.

"캬아. 역시 탁주 한 사발이면 갈증이 확 풀리는 기분이여."

"그러게. 어찌 이렇게 주막에서 마시면 평소보다 훨씬 맛이 있는지 모르겠어."

다들 그렇게 중얼거리며 이제 뜨거운 김이 모락모락 솟아오르고 있는 국밥을 들기 시작했다. 제신과 채홍리 역시 국밥을 맛있게 먹기 시작했다. 그 모습을 물끄러미 바라보던 이화가 불쑥 입을 열었다.

"형님, 저도 한번 마셔 보면 안 됩니까?"

이화의 말에 옆에 있던 채홍리가 조심스럽게 숨을 들이켰다. 그는 남장을 하고 제신을 따라 나선 이화가 탁주까지 먹어 보고 싶다고 하니, 상당히 당돌한 아가씨라고 생각하는 듯한 표정이었다.

"너에게는 아직 이르다."

약간 엄하게 느껴지는 제신의 대답이었다.

"하지만 저도 관례를 치렀으니 이제 어른이 아닙니까?"

이화의 주장에 제신은 상투와 갓을 쓴 이화를 바라보며 약간 곤란한 표정을 지었다. 말간 표정으로 자신을 바라보는 이화의 시선에 제신은 다시 엄격한 표정을 지었다. 이화가 여인임을 아는 사람은 제신과 채홍리뿐이었다. 그래서 사정을 모르는 상인들과 주모가 한마디씩 거들기 시작했다.

"아이고, 나리. 여기 도령께도 한 사발 드리세요. 목이 마를 때 이렇게 시원한 것이 또 어디 있겠습니까?"

"암요, 암요. 자고로 술은 어른한테 배우는 것이니 한 잔 따라 주세요."

사람들의 부추김에도 제신은 단호했다. 게다가 온몸으로 거부를 표시하는 그의 자세에 이화는 자신이 너무 들떠서 무리한 부탁을 한 것 같다고 생각했다. 하지만 이화는 정말로 궁금했다. 그리고 남복까지 했으니 그에 맞추어 행동을 해 보고 싶었던 것이다.

"익숙지 않은 길에 술까지 마셔 다른 사람들을 피곤하게 할 수는 없다."

제신의 표정으로 보아 전혀 말이 먹힐 것 같지가 않았다.

"아이고, 나리도. 참으로 이 도령을 아끼시는가 봅니다."

주모의 말에 제신은 잠시 침묵했다. 그리고는 주모에게 평범한 말투로 설명했다.

"아직 이 아이가 한 번도 제대로 술을 마셔 본 적이 없어서 말린 것이네."

제신의 말에 옆에 있던 채홍리도 얼른 고개를 끄덕였다.

"호호호, 그러셨군요? 하긴 아직 수염도 없이 해사한 얼굴이 여인처럼 참으로 고우시네요."

주모의 말에 모두 함께 웃었지만 제신만은 웃지 않았다. 이화는 더는 그의 심기를 건드리면 안 될 것 같아서 조용히 국밥을 먹었다. 약간 굳은 제신의 표정이 신경 쓰이긴 했지만, 배가 고팠기에 이화는 국밥을 정말로 맛있게 먹었다.

"인호는 나를 따라오너라."

모두 식사를 마치고 한가롭게 담소를 나누는 와중에 제신이 이화를 호출했다. 훌쩍 일어나서 주막 마당 바깥으로 나간 제신을 따라 이화가 혼날 생각에 잔뜩 움츠리고 따라나섰다.

이화는 제신이 자신을 아가씨라 부를 때에는 그를 무섭다고 생각한 적이 한 번도 없었다. 하지만 신기하게도 그를 형님으로 부르고 이 길에 따라나서니, 정말로 동생이 된 것같이 그렇게 행동하게 되었다.

"저기, 형님. 제가 잘못했습니다."

사람들과 조금 멀어져 두 사람만 남게 되자, 이화가 얼른 사과했다. 혹시나 다른 사람들이 그들의 대화를 들을 것을 저어해 두 사람은 여전히 형님과 아우 행세를 하고 있었다.

오후 내내 그와 냉랭한 상태로 가고 싶지 않았다. 이것저것 그에게 물어보고 그가 알려 주는 것이 무척 좋았기 때문이었다. 그러니 얼른 사과하는 게 뒤탈이 없을 것이었다.

"그건 이제 괜찮다. 어서 측간에 다녀와라. 내가 여기서 지켜보마."

이화는 그의 배려에 진정 놀라고 말았다. 사실 도성을 떠나 가장 불편한 것이 바로 용변을 해결하는 일이었다. 사내들이야 쉽게 인적이 없는 곳에서 간단한 일은 해결을 했지만, 이화는 그럴 수가 없었기에 중간에 때를 보아 한 번 밖에 측간에 들릴 수밖에 없었다. 그때는 대충 큰일이라고 변명을 했지만, 매번 그렇게 둘러대기에도 곤란하기에 이화는 난감해하고 있었던 것이다.

"어서. 서둘러."

그가 자연스럽게 이화를 데리고 나와서 변명하지 않아도 되었기에 이화는 그의 배려에 감탄했다. 사실 측간은 항상 인가에서 멀리 떨어져 있었기에 혼자 가는 것도 마뜩지 않았던 차였다.

"고, 고맙습니다."

이화는 그의 배려에 감사하며 얼른 측간으로 향했다. 하지만 들어가기에 앞서 이화는 그에게 약간 수줍게 부탁을 했다.

"저기, 죄송하지만 다섯 보 이상 떨어져 있으셔야 합니다."

발그레한 이화의 표정에 그 의미를 알아차린 제신이 고개를 끄덕였다.

이화가 볼일을 마치고 밖으로 나오니 여전히 제신은 아까 서 있던 그 자리에서 이화를 기다리고 있었다. 다정하고 듬직한 그의 뒷모습에 이화의 심장이 다시 한껏 설레었다.

"으흠."

민망한 이화가 낮게 헛기침을 하자 제신이 뒤를 돌아보았다. 그는 별말 없이 앞장서서 주막을 향해 걸어갔다. 자연스럽게 그 뒤를 따르며 이화는 붉어진 볼과 거칠게 뛰고 있는 심장을 가라앉히기 위해 무던히 노력했다.

오후 내내, 이화 일행은 부지런히 발을 채어 저녁 유정시(오후 6시) 무렵 다른 주막에 도착할 수 있었다. 점심을 먹었던 주막보다 훨씬 규모가 크고 머무는 사람들도 많았다. 저녁 국밥을 한 끼 먹으면 하룻밤 무료로 주막에서 숙박할 수 있었다. 그러나 작은 방에 여러 사람이 모여 자야 했기에, 일단 먼저 방에 자리를 잡는 것이 중요했다.

"이렇게 많은 사람들이 한방에 모여서 자는 겁니까?"

이화는 생전 처음 겪는 상황에 살짝 당황하여 제신에게 작은 목소리로 소곤거렸다. 저녁을 먹은 사내들은 노름판을 벌이기도 했고, 계속 탁주를 마시며 소란하게 떠드는 자도 있었다. 하지만 이화는 그런 상황에 낄 수 없었기에 일찌감치 방으로 들어왔고, 더불어 제신도 함께였다.

"이맘때는 날이 좋아서 움직이는 사람도 많고, 이곳이 개성과 한양의 딱 중간 지점이라서 다들 쉬어 가는 곳이라 더욱 복잡하지."

이화는 몸이 피곤하여 얼른 눕고 싶은데 옆에 제신이 있으니 그럴 수도 없어서, 이야기를 듣긴 듣는데 그 와중에도 그만 꾸벅꾸벅 고개가 앞으로 숙여졌다.

"많이 피곤한가?"

밥도 충분히 먹었고, 하루 종일 걸어 피곤한데 따듯한 방 아랫목에 앉아 있으니 졸릴 만도 했다. 이화는 자신이 걷는 것에는 자신이 있다고 했지만 역시 도성 내에서 걷는 일과 도성 밖은 상황이 천지 차이였던 것이다. 어찌나 발이 부었는지 버선이 꽉 낄 정도였다. 이화는 제신의 질문에 고개를 끄덕이며, 저도 모르게 발을 주무르고 있었다.

"네, 생각보다 많이 피곤하네요."

이화는 순순히 인정했다. 이제 겨우 술정시(오후 8시)가 지난 참이지만 이화는 밀려오는 수마를 견디기가 힘들었다.

"그럼 일단 안쪽에 누워라. 내가 옆에 있으마."

제신의 제안에 이화는 무척 기뻐하며 고릿한 냄새가 폴폴 나는, 언제 빨았는지 가늠도 되지 않는 이불을 깔고 자리에 누웠다. 다행히 이화 일행이 사람이 많아서 이 방에 다른 외부인은 들어오지 않을 것이라는 제신의 말이 있었다.

자리에 눕자마자 이화는 곯아떨어졌다. 혼자라면 상상할 수 없는 일이었겠지만 이화는 옆에서 벽처럼 자신을 보호하고 있는 그를 굳게 믿었다. 그리고 달콤한 잠에 빠져 얼마나 시간이 흘렀는지 몰랐다.

'어?'

잠결에 이화는 약간 이상한 감각에 정신이 들었다. 생각보다 그리 시간이 지나지는 않은 듯 방 안에는 아직도 불이 켜져 있었다.

그리고 안에는 그녀와 제신뿐이었다. 희미한 눈으로 주변을 둘러보니 그가 자신의 발쪽에 앉아 이화의 발을 주물러 주고 있었다.

"음, 이게 어찌된 일입니까?"

깜짝 놀란 이화의 질문에 제신이 조용히 말을 이었다.

"발에 물집이 많이 잡혀서 이 상태 그대로 두면 내일은 걷기에 무리가 있을 거야."

제신은 이화가 잠든 사이 대야에 따뜻한 물을 받아 이화의 버선을 벗기고 발을 닦아 준 모양이었다. 그리고 퉁퉁 부어오른 이화의 발을 주물러 주었다.

"괘, 괜찮습니다."

이화는 어쩐지 부끄러워 사양했다. 그에게 알몸을 보인 것도 이미 수차례였지만, 이렇게 옷을 다 갖추어 입고 발을 내보이는 것이 어쩐지 더욱 민망했던 탓이다. 기실, 지아비가 아닌 사내에게 발을 보여 준다는 것은 상상할 수 없는 일이다.

하지만 지금은 다들 그녀가 이제 막 관례를 치른 열여섯 사내인 인호로 알고 있기에 이런 일도 가능할 것이었다.

"발이 상처투성이가 되었다. 어찌 이렇게 될 때까지 아무 말도 하지 않은 것이냐?"

약간 나무라는 듯한 제신의 목소리에 이화는 풀이 죽었다.

"그런데 사실 발이 아픈 줄도 몰랐습니다. 모든 것이 너무 신기하고, 형님과 함께 나들이 가는 기분이 들어서요."

이화는 정말로 발이 아프다는 걸 몰랐다. 하지만 지금 발을 보니 이화 스스로도 미련하다고 느낄 만큼, 발의 상태는 그리 좋지 않았다. 하지만 정말로 그녀는 발이 아픈 것은 상관이 없었다.

"이 발로 계속 걷는 것은 무리일 것 같은데…… 아무래도……."

나직하게 중얼거린 제신의 말에 이화는 벌떡 자리에서 일어나 그의 손을 붙잡았다.

"싫습니다. 제발 저를 돌려보내지 마십시오."

지금은 도성에서 그리 먼 거리가 아니라 재물을 주고 말을 구하면, 반나절이면 도성에 돌아갈 수 있을 것이다. 그래서 이화는 그가 자신을 돌려보낼까 봐 겁이 났다. 아무리 발이 아파도 제신을 따라 개성에 가고 싶었다. 간절한 이화의 눈빛을 마주하던 제신이 슬그머니 시선을 피했다.

"제발요."

이화는 애가 달아 애원했다. 정말로 혼자 돌아가고 싶지 않았다. 발에서 피가 나는 한이 있어도 어떻게든 그를 따라가고 싶었다.

"어찌, 이렇게 고집을……."

제신의 말은 중간에 막혔다.

"제겐 평생 다시없는 경험입니다. 금강산 구경은 못 하더라도 개성은 보고 싶어요."

실제로 여인이 자신이 살던 곳을 벗어나 먼 거리를 이동하는 것은 매우 드문 경우였다. 오죽하면 혼인할 때, 친정에서 시댁으로 가는 것이 가장 먼 길이라고 했을까? 그런 만큼 이화는 어렵게 얻은 기회를 놓치고 싶지 않았다.

그리고 더욱 중요한 것은, 제신과 계속 함께 있고 싶었다. 결국 이화의 간절한 표정에 진 것은 제신이었다.

"알았네. 그럼 내일은 말을 빌리도록 하지."

제신의 허락에 이화는 뛸 듯이 기뻐하며 연신 감사 인사를 했다.

"정말로 고맙습니다. 형님."

제신은 그런 이화의 어깨를 살짝 밀었다. 이불 위로 넘어가려는 이화를 제신이 단단히 고정하고는 안정된 자세로 자리에 눕혀 주었다.

"그럼 일단 더 자도록 해. 그래야 기운을 차려서 내일 움직일 것 아니야?"

제신의 퉁명스럽지만 다정한 말에 이화는 기꺼이 눈을 감았다. 그리고 바로 꿈도 꾸지 않고 깊은 잠에 빠져들었다.

밤새 그녀 곁을 지킨 제신은 거의 뜬눈으로 지새우다시피 했다. 하지만 그는 힘든 줄도 몰랐다. 그녀를 사람들의 시야에서 막기 위해 모로 누운 채 밤새 희미한 달빛 아래에 잠든 이화를 지켜보았지만, 제신의 마음은 흐뭇하기만 했다.

10. 개성

이튿날 아침, 제신의 명에 따라 채홍리가 말을 구해 왔다. 급하게 구하다 보니 구할 수 있는 말은 한 필이었다. 이화 홀로 말을 탈 수는 없었기에 결국 제신과 이화는 함께 말을 타고 가기로 했다. 채홍리와 다른 사람들은 여전히 걸어서 가야 했기에, 그들은 일찍 조반을 먹고 주막을 나서기로 했다.

"나리, 그럼 저희는 먼저 출발하겠습니다."

채홍리와 다른 사람들이 인사를 하고 나서는 모습을 배웅하고, 제신은 말에게도 충분히 먹이를 먹였다. 주막에서는 말에게 먹일 먹이도 쉽게 구할 수 있었다. 먹이를 충분히 먹고 물까지 마신 말은 기운이 나는 모양이었다. 발을 구르는 모습이 어서 출발하자는 것만 같았다.

"그런데 이 말에 저희 두 사람이 함께 타도 괜찮을까요?"

말을 타 본 적이 없는 이화는 약간 걱정이 되었다. 채홍리가 빌려 온 말은 작은 말이었기에 제신의 덩치가 워낙 커서, 제신 혼자 타도 말이 힘들 것 같았기 때문이었다.

"말은 적어도 50관(187.5kg) 정도의 무게는 쉽게 태울 수 있다."

"아, 정말로요? 하지만 이 아이는 너무 작아 보이는데요."

여전한 이화의 걱정에 제신은 씩 웃었다.

"걱정하지 마. 네 몸무게는 기껏해야 12관(45kg) 정도면 충분할 것 같은데, 말에게 그리 부담이 되지는 않을 거야."

제신의 확신에 가득한 말에 이화는 고개를 갸웃했다.

"제 몸무게를 어찌 그리 확신할 수 있습니까?"

이화의 질문에 제신이 눈매가 살짝 접혔다. 마치 웃음을 참고 있는 듯한 표정이었다.

"장사를 하는 이들은 매번 저울을 이용할 수 없으니, 어느 정도는 들어서 무게를 가늠할 수 있지."

제신의 대답에 이화의 얼굴이 확 붉어졌다. 주변에 사람들이 없는 것이 천만다행이었다. 그의 말대로 제신이 이화를 번쩍 안아 들고 옮겼던 경우가 종종 있었던 것이다.

얼마 전에도 그가 번쩍 자신을 안아 올려 벽에 밀어붙이는 바람에 깜짝 놀랐던 일이 있었다. 이화는 벽에 등을 기댄 채 다리를 벌리고 거의 서 있는 상태로 그를 받아들였는데, 아직도 그때를 떠올리면 부끄러워 얼굴이 붉어질 지경이었다.

"으흠. 어, 어서 우리도 출발하시죠."

민망해하는 이화의 말에 제신은 아무런 말도 하지 않았다. 하지만 이화가 어떤 생각을 떠올렸는지 이미 안다는 듯한 그의 표정에 이화는 저도 모르게 살짝 그를 흘기고 말았다.

그리고 가끔은 그는 어찌 그렇게 다양한 체위와 방법을 알고 있는 건지 조금 궁금할 때도 있었다. 다만 사내들 사이에 이와 관련되어 얼마나 많은 이야기가 오고 갈 수 있는지, 이화가 몰랐을 뿐이었다.

"으차."

제신이 먼저 이화를 말에 태웠다. 말은 얌전하게 서 있었지만 이화는 갑자기 높아진 시야에 다소 놀랐다. 그리고 훌쩍 제신이 이화의 뒤로 뛰어올랐다. 그리고 그가 말의 고삐를 잡으니 그의 품 안에 쏙 들어가 안긴 형국이 되었다. 이화는 거칠게 뛰는 자신의 심장 고동을 느끼며 이것이 놀라서 그런 것이라 애써 생각했다.

"이랴!"

제신이 고삐를 채니 말은 경쾌하게 출발했다. 초가을의 신선한 아침 바람이 기분 좋게 얼굴을 스쳤다. 처음 타 본 말이 약간 무섭기도 했지만 걸을 때와는 전혀 다른 새로운 느낌이었다. 높은 시야에서 보는 세상은 더욱 넓고 신기해 보였다.

"조금 속도를 높여 보면 안 될까요?"

신이 난 이화의 제안에 제신은 군말 없이 속도를 높였다.

"하하하, 와 엄청 빠르다."

이화는 생전 처음 느껴보는 해방감에 상쾌하게 웃었다. 자신을
뒤에서 듬직하게 안아 주는 그가 있어서 이화는 하나도 두렵지 않
았다. 그리고 규방의 아가씨로 살 때는 경험할 수 없었던 전혀 새
로운 세계가 좋았다. 혼자라면 두려웠겠지만 제신과 함께였기에
이화는 충분히 지금 상황을 즐길 수 있었다.

그렇게 약 일각 정도를 달리다가 제신은 천천히 말의 속도를 줄
였다. 그리 빠른 속도로 달린 것은 아니었지만 두 사람을 태운 상
태라 말에게 무리가 갈 수도 있었고, 이제 조그만 마을로 길이 접
어들었기 때문이었다.

"저 마을에서 잠시 쉬었다 가자."

이화는 군말 없이 고개를 끄덕였다. 익숙하지 않은 승마에 엉덩
이도 아프고, 다리도 아팠던 것이다. 그래서 제신의 제안이 반갑
기 그지없었다. 마을로 들어서서 우선 주막이 있는 곳을 찾았다.
아무리 작은 마을이라도 곳곳에는 주막이 있었기에 이내 작은 주
막을 찾을 수 있었다.

주막에 도착하여 역시 제신이 훌쩍 말에서 먼저 뛰어내렸다. 그
리고 제신이 이화를 내려주었다.

"끄응."

저도 모르게 이화의 입에서 신음이 흘러나왔다. 땅에 발을 디디니, 다리가 후들거리는 기분이었다. 제신을 따라 주막의 안마당으로 들어서자, 주모가 얼른 나와 그들을 반겼다. 일단 평상에 자리 잡았고, 목이 말랐던 이화는 단숨에 주모가 가져다준 물을 들이켰다.

"괜찮으냐?"

제신이 연신 이화의 상태를 살피며 다정한 형님처럼 물었다.

"조금 다리가 후들거립니다."

이화의 대답에 제신이 그럴 거라는 표정으로 그녀를 바라보았다. 이화는 어쩐지 최근에 자신을 바라보는 그의 눈빛이 무척 따스하다고 느끼게 되었다. 지금도 그는 그윽한 눈빛으로, 약간은 이화가 괜찮은지 염려하는 빛이 섞인 듯 바라보고 있었다.

그의 시선에 어쩐지 부끄러워진 이화는 시선을 내려 주모가 가져다준 국밥을 먹기 시작했다.

"다른 사람들은 어디쯤 왔을까요?"

괜히 어색해진 침묵을 깨려 이화가 질문을 했다. 채홍리 일행은 대략 한 시진 정도 먼저 출발했고, 이화와 제신은 말을 타고 대략 반 시진 정도를 왔다. 말로 움직이면 어느 정도나 걷는 것 대비 빠른지 알 수가 없었다.

"아마 우리보다 대략 30리 밖에 있지 않을까 싶은데……."

한 시간에 대략 10리 내외로 걸을 수 있지만 짐까지 있으니 그
보다는 느릴 것이었다. 반면 이화와 제신은 말로 반 시진을 움직
였으니 쉽게 50리 정도는 이동한 셈이었다.

"우린 거의 개성의 나성(개성 외곽에 쌓은 성) 근처에 다 도착했
어. 아마 그들은 저녁 무렵에나 당도할 거야."

"역시 말은 상당히 빠르네요. 다들 말이 한 필씩 있다면 여기저
기 빠르게 다닐 수 있겠습니다."

하지만 말을 소유하는 일은 만만치 않는 일이니 오직 일부 양반
이나 무관 그리고 아주 부유한 이들만 활용할 수 있었다. 이동할
때조차 양반과 평민은 이렇게 모든 것에서 차이가 나고 있었다.

"장사하는 이들이 어찌 모두 말을 소유하겠어? 하지만 언젠가
는 다들 편하게 이동할 수 있는 날이 오지 않을까?"

제신의 말에 이화 역시 동의했다. 그의 말처럼 나중에는 여인들
도 쉽게 외출도 하고, 평민들도 쉽게 말을 타고 이동할 수 있는 날
이 왔으면 했다.

"정말 그랬으면 좋겠습니다. 그러면 우리는 이제 점심을 먹고
바로 개성 도성 안으로 들어가는 겁니까?"

"이제 반 시진 정도 말을 타고 천천히 걸어도 도착할 수 있는 거
니, 미리 가서 개성 도성 안을 조금 둘러보도록 하지."

제신의 말에 이화의 두 눈이 기대로 크게 뜨였다. 제신은 말을
빌려 시간이 절약되어 반나절가량 여유가 생겼다고 했다. 이렇게

만들어진 짬을 이용하는 것이니 본래 예정했던 일정에는 크게 무리가 없다고 했다. 이화는 처음으로 마주할 개성을 상상하니 기대로 가슴이 크게 부풀어 올랐다.

"그곳은 어떤 곳일까요?"

호기심을 잔뜩 품은 이화의 질문에 제신이 친절하게 설명해 주었다. 본래 이전 왕조의 수도였던 개성은 조선 왕조에서는 다소 소외받을 수밖에 없었다. 그러다 보니 고려 왕조 때 활발했던 상업 전통을 이어받아서 많은 개성 사람들은 대상인으로 활동을 한다고 했다.

"게다가 지리적으로도 한양과 가깝고, 청나라와도 물길로도 가까우니 무역도 쉽지."

그의 설명은 이화의 귀에 쏙쏙 들어왔다.

"아무래도 개성 사대부들의 후예들이 학문보다는 상업에 종사해서, 다른 지역 상인들보다 지식을 갖추고 있지. 그래서 상술이 아주 뛰어나니 그만큼 성공한 게다."

"아, 맞아요. 개성부기라고 특징 있는 복식부기도 발명했다고 하셨지요?"

이화는 예전에 그가 설명해 주었던 것을 떠올리며 맞장구를 쳤다. 말로만 들었던 개성상인들이 있는 곳을 직접 볼 수 있다니, 정말로 기대가 되었다.

"맞아. 그들이 예전부터 다른 나라들과 거래해 왔던 역사도 있고 해서, 나도 이번에는 청나라와 무역할 수 있는 길을 알아볼 참이야."

제신의 계획이 무엇이었는지 알고 나니 이화는 그를 다시 바라보게 되었다. 사실 제신 역시 상당한 지식을 갖추고 있어서 그가 설명한 개성상인의 모습에 잘 어울렸다.

제신은 돌아가신 객주 어르신이 남겨 주신 것으로만 만족하지 않고 끊임없이 새로운 거래 품목을 개발하고 있었다. 이번에는 더욱 규모를 확장하여 청과 거래를 하겠다는 야심 찬 계획을 세우고 있는 줄은 미처 몰랐다.

"저는 형님이 이리 큰 꿈을 꾸고 계신지 몰랐습니다."

이화의 말에 제신이 약간 생각에 잠긴 표정으로 침묵했다. 이화의 말에 자신에 대해서 곰곰이 돌아보는 듯한 분위기였다. 잠시 침묵을 지키던 제신이 마침내 입을 열었다.

"최근에 깨닫게 된 것인데, 세상에는 생각보다 다양한 길이 있더군."

어쩐지 쓸쓸하게 들리는 그의 목소리에 이화는 갸웃했다. 생각해 보니 낙화원에 오기 전에 그에게 어떤 사연이 있었는지 아무도 모르고 있었다. 그때에는 자신도 그의 휘도 모르고 그저 흑운이라는 이명만을 알고 있었다. 그와 함께 보냈던 그 폭풍 같았던 첫날밤, 그는 아주 조금 자신의 아픔을 보여 주었었다.

"그래서 지금이 더 행복하십니까?"

이화의 갑작스런 질문에 제신이 약간 깜짝 놀란 표정으로 그녀를 바라보았다. 지금까지 누구도 제신에게 그런 질문을 하지 않았던 것이다. 두 사람의 눈빛이 허공에서 쨍 하고 부딪혔다. 이화는 눈을 돌리지 않았고, 제신 역시 그러했다. 잠시 이 세상에 오직 두 사람만이 남은 듯한 순간이었다. 서로의 눈동자 속에 비치는 것은 오직 앞에 있는 상대방뿐이었다.

"그런 것 같군."

제신이 마치 몰랐던 사실을 지금 깨달은 것처럼 대답했다. 여전히 그의 시선은 이화에게 고정되어 있었다. 이화는 그의 긍정적인 대답에 기분이 좋아졌다. 그리고 그에게 말로는 표현을 못 했지만 자신도 그가 곁에 있어서 무척 행복하다고 생각했다. 그래서 이화는 자기도 모르게 배시시 웃고 말았다.

"아무래도 자네 덕분인 것 같아."

제신의 낮은 목소리에 이화는 순간 숨을 헉 하고 들이켰다. 깜짝 놀라 두 눈을 크게 뜬 이화의 얼굴을 제신은 여전히 진지한 표정으로 바라보고 있었다. 이화는 어떤 기대가 자신 안에서 스멀스멀 피어오르는 기분이었다.

그가 자신 때문에 행복하다고 해 주었다. 어쩌면 조금은 이제 자신에게 애정을 느끼는 것은 아닐까? 그녀가 막 입을 벌리려는 순간,

"자, 이제 다시 출발하지."

제신이 얼른 주제를 바꾸었다. 그리고 두 사람은 다시 말에 올랐다. 이번에는 제신이 한쪽으로 고삐를 잡고 다른 한 손으로는 이화의 허리를 단단하게 고정시켜 잡아 주었다.

"저기, 형님?"

이화가 약간 놀란 표정으로 그를 뒤돌아보았다.

"말 위에서 균형을 잡으려 힘을 쓰니까, 더욱 몸에 힘이 들어가 근육이 아픈 것이다."

그의 설명에 이화는 고개를 끄덕였다. 그러나 이화는 자신의 뒤에 있는 그의 따뜻한 온기와 자신을 굳건하게 안아 주는 그의 팔 덕분에 안도감을 느꼈다. 그래서 자신도 모르게 그의 가슴에 편하게 기대어 있었다. 어쩐지 애달픈 마음이 되어 버린 이화는 이 가는 길이 영원히 끝나지 않기를 소망하고 말았다.

반 시진을 말을 타고 걸어 드디어 멀리 개성의 성곽이 보이기 시작하자, 이화의 가슴이 기대로 부풀어 올랐다. 나성이라 불리는 성곽은 도성 내 주요 시가지를 모두 둘러싸고 있었다.

"성곽이 보입니다!"

이화의 들뜬 목소리에 제신 역시 새삼스레 개성의 성곽을 바라보았다. 둘레 길이가 40리에 달하는 나성은 송악산 마루에서 시작하여, 남으로는 용수산, 서로는 지네산, 동으로는 부흥산의 높은 산봉우리를 이용하여 쌓은 것이다.

"그런데 어찌 드나드는 문들이, 조금 수가 많아 보입니다."

이화의 질문에 제신이 기억을 더듬어 자신이 알고 있던 이야기를 해 주었다.

"성문이 총 스물다섯 개나 된다고 하더군."

"네에, 스물다섯 개나요?"

나성에 성문이 많은 것이 한양의 도성과 다른 점이었다. 하지만 나성에도 역시 주요한 4대문이 있었다.

"우리는 남쪽에 있는 회빈문을 통해서 들어간다."

회빈문을 통해서 조금 더 들어가면 개성의 내성(內城)에 다다르고, 역시 남대문을 통과해서 안으로 내성 안쪽 저잣거리로 들어갈 수 있었다. 태조 3년(1394년)에 처음 지었다는 개성의 남대문은 한양의 남대문보다 더욱 이른 시기에 건설된 것이었다.

"지붕의 모양이 참으로 아름답습니다."

이제 이화는 정말로 도령 인호가 된 듯, 제신에게 존댓말을 쓰는 것이 부쩍 자연스러웠다.

"특히 날아가듯 가볍게 머리를 쳐든 추녀가 아주 일품입니다."

모든 것을 신기하게 바라보는 이화 덕분에, 제신 역시 이 남대문을 이미 수차례 드나들었음에도 불구하고 새삼 뛰어난 아름다움에 도취되었다. 남대문의 지붕은 용마루, 박공마루, 추녀마루 그리고 지붕면이 아주 아름다운 곡선을 이루고 있었는데, 그전에는 그저 내성으로 들어가는 문으로만 여겨 제신은 그것을 미처 발견하지 못했던 것이다.

"네 눈에 보이는 것은 모두가 아름답고 신기한가 보구나."

낮은 제신의 목소리가 이화의 귓가에 울렸다. 순간 다시 이화는 쿵쿵 뛰는 자신의 심장 소리를 들었다. 이화는 자신이 이렇게 흥분한 것이 개성 때문인지 아니면 제신 때문인지 헷갈릴 지경이었다. 아니, 둘 다 이유였을 것이다. 제신과 함께이기 때문에 모든 것이 더욱 아름다웠다.

"으흠, 저희는 이제 어디로 가나요?"

괜히 민망해진 이화가 흥분을 다소 가라앉히고 물었다.

"개성에는 여기저기 볼 것이 많은데 어디에 가고 싶으냐?"

제신 역시 이제는 마치 정말로 어린 동생을 데리고 여행을 다니는 것처럼 자연스럽게 대답했다. 깍듯하게 아가씨라고 부를 때보다 두 사람은 조금 더 가까워진 기분이었다.

"음, 저는 별로 아는 게 없습니다만 예전의 궁궐터였다던 만월대는 압니다."

"좋은 선택이다. 아주 풍광이 멋진 곳이니, 바로 그곳으로 가지."

제신이 시원하게 대답하고는 말의 고삐를 채었다. 말은 지친 기색도 없이 두 사람을 태우고 제신이 이끄는 방향으로 달렸다. 송악산 남쪽 구릉지에 위치한 만월대는 예전 왕조의 성터였지만 이제는 흔적만 남아 있었다. 하지만 아직도 개성 사람들이 자랑스럽게 여기는 장소 중 하나였다.

만월대에 도착하여 말을 세우고 두 사람은 천천히 걸어서 성터로 올라갔다. 다른 궁궐과 달리 만월대는 구릉지에 높은 축대를 쌓고 건물을 세운 듯했다. 한양에 있는 궁궐들이 평평한 지역 위에 넓게 자리를 잡아 지은 것과는 달랐다.

"왜 이리 높게 축대를 세워 지었을까요?"

이화가 헉헉거리며 계단을 올라가며 물었다.

"풍수 때문이다. 지기를 손상시키지 않고 있는 자연경관과 어우러지게 지으려는 뜻이라고 하더군."

이화는 그의 설명을 들으며 예전의 왕조의 쓸쓸한 성터를 둘러보았다. 거의 500년에 가깝게 이어지던 왕조가 무너지니 과거의 영화도 모두 사라지고, 그 자리에는 굴러다니는 돌과 건물이 있던 흔적만 남아 있었다. 공민왕 시절, 홍건적으로 침입으로 불에 탄 후, 몇 백 년째 그대로 방치되어 있었던 것이다.

"산천은 유구한데 인걸은 간데없고……."

이화는 불현듯 예전에 읽었던 시조 한 구절을 읊조렸다. 글로만 읽을 때와는 달리, 실제로 그 광경을 목도하니 시인이 느꼈을 그 안타까운 정조가 손에 잡힐 듯이 그려졌다. 모든 것이 글로만 세상을 보던 때와 실제는 이렇게 달랐다.

왜 제신이 거래를 할 때 직접 물건을 꼼꼼히 살피는지 이유를 제대로 이해할 수 있었다. 세상은 이렇게 제 두 눈으로 보고 손으로 느껴야만 제대로 경험할 수 있는 것이었다.

"어즈버, 태평연월이 꿈이련가 하노라."

제신이 나직하게 이화가 읊던 시조의 마지막 구를 중얼거렸다. 이화는 깜짝 놀라 그를 바라보니 그 역시 이화의 비슷한 감상을 느끼는 듯 아련한 눈빛으로 남은 성터를 바라보고 있었다. 어딘지 우수에 찬 듯한 그의 눈빛이 예전의 기억을 떠오르게 했다.

낙화원에서 그를 볼 때마다 느꼈던 이질감, 그의 눈 속에 진득하게 섞여 있던 알 수 없는 감정. 그에게도 지나간 영화처럼 아련한 기억이 있는 것일까?

"형님!"

그를 조용히 바라보던 이화가 그를 부르자 마치 꿈에서 깨어나듯 제신이 이화를 바라보았다. 그리고 제신이 빙긋 미소를 보이자 이화는 다소 마음을 놓았다. 꼭 어딘가 떠나온 고향을 그리는 듯한 그의 모습에 이화는 약간 불안했던 것이다.

3년 전, 낙화원을 훌쩍 떠날 때처럼 갑자기 또 자신의 곁에서 사라져 버릴까 봐 이화는 두려워졌다. 저도 모르게 이화가 그의 손을 꼭 잡았다. 한양을 떠날 때 제 손에 깍지를 끼며 옆에 있으라던 그때를 떠올렸다. 제신이 이화의 손을 힘차게 마주 잡았다. 불안해하는 이화의 마음을 알아차린 듯, 계속 곁에 있겠다는 대답처럼 그의 손은 따뜻했다.

잠시 두 사람은 서로의 눈을 바라보며 침묵했지만 이화는 어쩐지 달콤한 기분이 되었다. 말하지 않아도 제신이 자신의 마음을 읽은 것처럼 다정했기 때문이었다. 언젠가는 그도 자신을 여인으로서 아껴 주는 날이 오지 않을까 하고 이화는 점점 기대하게 되었다.

이화의 마음속에서 그에 대한 감정은 시간이 지날수록 더욱 단단해지고 애틋해졌다. 책임을 지는 것이 아닌, 그저 여인으로서 그의 애정을 오롯이 받고 싶었다. 그의 넓고 따뜻한 가슴에 자신을 정말로 은애하는 안사람으로 받아 주기를 기원했다. 그래서 사이좋게 한세월을 보내고 백년해로하는 그런 부부가 되고 싶었다.

간절한 이화의 눈빛을 읽은 듯, 그 역시 진지하게 그녀를 바라보았다. 그리고 마치 무엇인가에 이끌린 듯 그의 얼굴이 이화 쪽으로 기울어졌다. 이화는 이내 눈을 감았다. 제신이 자신에게 입맞춤하려는 것을 본능적으로 알았기 때문이다.

"이런!"

하지만 이내 제신은 낭패라는 듯, 낮은 신음을 내뱉었다. 이화 역시 전혀 예상치 못했던 상황에 당황하여 눈을 번쩍 뜨고 말았다. 이화가 남복을 하고 있어 갓을 쓰고 있었다는 것을 미처 생각 못 했던 것이다.

갓이 부딪혀 두 사람은 입맞춤할 수 없는 상황이었다. 처음에는 다소 황당해하던 두 사람은 자신들의 모습에 어이가 없어 마침내 웃고 말았다.

"호호호, 형님!"

"허허허."

두 사람의 웃음소리가 아무도 없는 만월대를 채웠다. 민망했지만 조금은 두 사람의 마음이 가까워진 듯하여 이화는 마음이 따뜻해졌다. 이후 두 사람은 숭양서원, 선죽교까지 둘러보고 미리 묵기로 약조해 두었던 객주에 당도했다. 시간은 이미 유초시(오후 5시)였다.

"나리, 도착하셨습니까?"

제신을 반기는 여종의 목소리였다. 객주 안이 조용한 것으로 보아, 아직도 채홍리 일행은 당도하지 않은 모양이었다.

"아직 홍리 일행은 도착하지 않았는가?"

제신의 질문에 여종은 얼른 대답했다.

"평소대로 오신다면 아마도 유정시(오후 6시)는 지나야 하지 않을까 합니다. 나리는 우선 방으로 모시겠습니다."

여종의 뒤를 따라 두 사람은 아담하지만 깔끔하게 정리된 방으로 들어갔다.

"소세할 물을 가져오겠습니다."

여종은 그리 말하고 바깥으로 물러났다. 손님이 오면 얼굴과 손발을 씻을 수 있도록 따뜻한 물을 방 안으로 가져다주는 것이 예의였기 때문이었다.

"휴우."

이화는 저도 모르게 한숨을 길게 내쉬었다. 오후 내내 제신을 따라 개성 시내를 보느라 정신이 없었고, 이제 쉴 수 있는 공간에 들어서니 온몸의 피로가 한꺼번에 밀려드는 기분이었다. 이렇게 힘든 장삿길을 그는 적어도 한 달에 한 번, 혹은 두 번도 다녀온다고 했다. 오히려 이번 개성은 한양에서 매우 가까운 편이라 손쉬운 편에 들어간다는 제신의 말이었다.

"나리. 물을 안으로 들이겠습니다."

이내 여종 두 명이 따뜻한 물을 가득 채운 대야를 각자 하나씩 들고 들어왔다. 더불어 물을 닦아낼 수 있는 하얀 목면도 옆에 내려 두었다.

"되었으니 나가도 좋다."

제신의 명에 여종들은 바로 물러났다. 이화는 얼른 갓끈을 풀고 세수를 할 생각에 급하게 손을 움직이기 시작했다. 옆에서 제신도 갓끈을 풀고 있었다. 그는 손쉽게 갓을 풀어 옆에 내려 두었다. 그리고 손을 닦기 시작했다. 하지만 이화는 익숙지가 않아서 그보다 조금 시간이 걸렸다.

"헉!"

갑자기 제신이 이화의 허리를 확 자신 쪽으로 잡아당겼다. 다시 그의 품 안에 꼼짝없이 갇힌 이화였다. 제신은 항상 그녀가 제 품 안에 꼭 맞는다며 자주 이렇게 끌어안고는 했다. 하지만 상황이 상황인지라, 깜짝 놀란 이화가 그를 불렀다.

"형님?"

당황해서 두 눈을 크게 뜬 이화의 얼굴을 바라보는 그의 입가에 불한당 같은 야릇한 미소가 떠올랐다. 이화는 어쩐지 꼼짝없이 그에게 잡힌 먹이가 된 기분이었다. 이화를 제 품에 단단히 틀어 안은 그가 이화의 갓끈을 조금씩 잡아당겼다.

"꿀꺽!"

저도 모르게 긴장한 나머지 이화가 침을 크게 삼켰다. 뜨거운 눈빛으로 자신을 바라보며 갓끈을 당기는 제신 때문에 이화의 심장은 마치 바깥으로 튀어나올 것처럼 거칠게 뛰고 있었다. 더불어 이화의 숨소리는 조금씩 거칠어졌다. 그런 이화를 여유롭게 응시하며 제신은 감질이 날 정도로 천천히 갓끈을 잡아당기고 있었다.

"혀, 형님?"

잔뜩 긴장된 목소리로 이화가 그를 부르자, 제신은 씩 하고 음흉하게 웃었다. 순간, 이화는 그가 무엇을 하려는지 깨달았다. 그는 이화의 갓끈을 모두 풀어 자신이 벗어 놓았던 갓 위에 그것을 조심스레 올려 두었다.

나란히 포개지는 두 사람의 갓을 보니 어쩐지 이화는 부끄러워졌다. 그리고 제신이 다시 이화에게 시선을 맞추자 이화는 살며시 눈을 감았다. 곧 깃털처럼 부드러운 그의 입술이 그녀의 입술에 닿았다.

쪽.

살짝 닿았다가 떨어진 입술이 아쉬워 이화가 눈을 떴다. 제신이 자신을 바라보며 즐거운 듯 웃고 있었다. 그리고 이내 다시 얼굴을 내려, 그녀의 귓가에 나직하게 속삭였다.

"역시 저는 아가씨가 여인인 것이 좋겠습니다."

귓불에 느껴지는 그의 뜨거운 숨결과 내용에 이화는 얼굴을 확 붉혔다. 실제로 그를 따라 남복을 하고 나선 것은 좋았지만, 이화도 항상 그의 앞에서는 여인이고 싶었으니 말이다.

"흡!"

이내 다시 그의 뜨거운 입술이 그녀의 도톰한 앵두 같은 입술을 머금었다. 안온하면서도 저릿한 감각에 이화는 하염없이 빠져들었다. 그의 숨결이 느껴지고 자신의 입술에 닿은 그의 입술이 짜릿했다. 이내 입안으로 들어온 그의 혀가 이화의 작고 말캉한 혀를 낚아채었다. 이화 역시 무아지경으로 그의 혀에 자신을 혀를 얽고 빨았다.

"하아……."

코로 낮은 신음을 쏟아내며 그녀는 그와의 입맞춤에 빠져들었다. 어쩐지 더 달콤하고 짜릿한 기분이었다. 다소는 그와 마음이 통해서라고 여겼다. 어느새 두 사람은 여기가 어딘지 망각하고 더욱 입맞춤에 몰입했다. 어느새 이화는 그의 넓은 품에 폭 안겨 스스로 그의 입술을 열심히 받아들이고 있었다.

"하아……."

닿아도, 닿아도 좋았다. 그의 뜨거운 입술을 마주하고 그의 품에 안겨 있으니 이화는 누구보다 행복했다. 이화는 제신을 은애하는 이 마음을 어찌할 수가 없었던 것이다. 제신이 이화를 제 품 안에 가두어 두려는 것처럼 강하게 포옹을 했다.

이화 역시 그의 목에 팔을 두르고 생명줄을 붙잡는 듯 매달렸다. 뜨거운 입술과 뜨거운 혀, 질척거리는 젖은 물소리, 그리고 두 사람의 거친 호흡. 이화는 입맞춤만으로도 황홀해져 정신이 몽롱해졌다.

"앗!"

느른하게 그가 이화의 허리 부근을 쓰다듬자 이화는 경련했다. 그리고 곧 자신의 허리춤으로 파고드는 그의 손길에 이화는 작은 신음을 내뱉었다. 제신이 재빠르게 이화의 허리끈을 풀고, 바지 안쪽으로 손을 넣었던 것이다.

"으응."

입술은 여전히 그의 입술에 잡혀 있었고, 그의 커다란 손이 이화를 꼼짝 못 하게 포박하고 있어 도망칠 수도 없었다. 그러나 이미 그와 입맞춤할 때부터 저릿하던 아랫도리였다. 제신의 손이 부지런히 속옷 사이를 헤치고 마침내 그녀의 비부에 닿았다.

"하읏."

이화는 저도 모르게 야한 신음을 내뱉으며 그에게 매달렸다. 이미 촉촉하게 젖은 그녀의 비부를 그의 굵은 손가락이 희롱하기 시작했다. 저릿한 이화의 꽃잎은 그의 손길을 기다렸다는 듯이 그가 자극할 때마다 새콤하고 달콤한 감각을 선사했다.

"하지…… 마, 안…… 돼."

이화는 그에게 매달려 도리질을 쳤다. 곧 채홍리의 일행이 당도할 때였고, 두 사람의 모습은 지금 사내들인데, 이상한 신음 소리가 방 바깥으로 흘러나가면 모두가 곤란해질 것이 분명했기 때문이었다. 정말로 제신이 남색에 빠졌다는 소문이 날지도 몰랐다.

"하앗."

그러나 제신은 그녀의 저항이 마음에 들지 않는 듯 그녀의 입술을 강하게 빨았다. 그러자 이화의 신음은 그의 입속으로 사라졌고, 동시에 그가 한껏 존재를 드러낸 붉은 진주를 자극하자 이화는 격렬하게 몸을 떨었다. 전혀 어울리지 않는 상황임에도 이화의 몸은 너무나 빠르게 달아오르고 있었다.

"하아. 하아……."

낮은 신음을 내뱉으며 이화는 그에게 매달렸다. 그의 손길에 이화의 안에서 엄청난 쾌감의 물결이 그녀를 채우기 시작했다. 허리 부근에서 시작된 유열은 점점 퍼져 이내 이화를 삼켜 버릴 것이 분명했다.

"앗……."

하지만 갑자기 그 직전에 그가 손을 떼자 이화는 저도 모르게 불만족스런 소리를 내고 말았다. 이화의 얼굴에 쏟아지는 제신의 뜨거운 눈빛에 이화는 다시 얼굴이 붉어졌다. 그가 급하게 자신의 허리끈을 풀고 바지를 아래로 내렸다. 두 사람 모두 바지가 몸에 거의 절반은 걸쳐져 있는 상태였다.

"아웃."

그가 이화의 허리를 살짝 들어 올렸다가 이미 한껏 커져서 그 위용을 자랑하고 있는 그의 불기둥 위로 내렸다. 깜짝 놀라 이화의 두 눈이 크게 뜨였다. 이미 비슷한 상황을 겪어 어떤 일이 일어날지 예상은 하지만, 한참 크기가 커져 있는 그의 것을 보면 항상 약간 긴장이 되는 이화다.

하지만 이미 젖어서 한껏 풀어진 그녀의 꽃잎 안으로 그의 뜨거운 몽둥이는 쉽게 안으로 쑥 들어왔다.

"아웃."

늠름하게 위용을 자랑하는 그의 분신을 이화의 꽃잎이 버겁게, 하지만 동시에 탐욕스럽게 머금었다. 자세 때문에 이화는 깊게 그를 품을 수밖에 없었고, 그 충격에 낮은 신음을 내뱉었다. 그의 눈빛 역시 뜨거웠고 마치 삼켜 버릴 듯한 소유욕을 뿜어내는 그의 눈빛에 이화의 온몸은 더욱 달아올랐다.

"제신."

이화가 애절하게 그의 이름을 나직하게 부르자 그는 거칠게 그녀의 안을 자극하기 시작했다. 아직 교합에 익숙지 않아 이런 자세에서 능숙하게 움직이지 못하는 이화의 엉덩이를 부여잡고 마치 방아를 찧듯이 그녀를 자신 쪽으로 눌러 내렸고 동시에 그는 아래에서 강하게 허리를 추어올렸다.

찌꺽, 쩍. 찌꺽, 쩍.

두 사람의 성기가 맞물려 내는 물소리와 그녀의 엉덩이가 그의 허벅지에 부딪혀 내는 음란한 소리에 이화는 점점 혼미해졌다. 거친 그의 분신이 사정없이 이화의 깊은 안쪽을 찌르고, 마음껏 분탕질을 쳤다. 그의 뜨거운 것이 한껏 물기를 머금은 그녀의 내벽을 자극하자 이화는 고양이처럼 가르랑거렸다.

그에게 완전히 사로잡혀 버린 이화는 그저 그가 이끄는 대로 그의 허리 위에서 몸부림쳤고, 어느새 스스로 자신의 허리를 요염하게 흔들고 있었다. 제한된 시간과 장소, 그리고 둘 다 남복이라 마치 금단의 관계를 맺고 있는 듯해서 두 사람 모두 평소보다 빠르게 달아올랐다.

"하앙……."

이화가 절정에 숨이 넘어갈 것 같아 신음이 커지자 제신의 입술이 그녀의 입술을 머금었다. 그와의 입맞춤에 무아지경으로 빠져들며 이화는 그의 목에 두 팔을 더욱 감고 애절하게 매달렸다. 몸 안을 쿵쿵 울리는 그의 분신, 그리고 자신의 비부 역시 미칠 듯이 그것에 달라붙어 조이고 있었다.

"헉."

"웃."

이화는 너무나 강렬한 쾌감에 단말마의 신음을 내뱉으며 온몸을 경련했다. 그 역시 자신의 몽둥이를 쥐어짤 듯이 조여 대는 그녀의 안쪽에 자신을 풀어내며 낮게 신음했다. 몸 안에 퍼지는 뜨거운 기운을 느끼며, 온몸에 힘이 빠진 이화는 그에게 그저 매달렸다.

"하아. 하아."

이화는 그에게 안겨 거친 숨을 고르고 있었고, 그런 이화를 제신은 자신의 넓은 가슴에 사랑스럽다는 듯이 꼭 안아 주었다. 폭풍과도 같은 짧고 진한 쾌감이 지나가고 잠시 그렇게 두 사람은 호흡을 고르고 있었다.

같은 속도로 뛰는 심장 고동을 느끼며, 두 사람의 호흡이 비슷하게 안정되어 가는 상황에 이화는 심장이 저릿했다. 마치 정말로 하나가 된 듯한 기분이었다.

"나리!"

순간 바깥에서 들려온 홍리의 목소리에 이화가 화들짝 놀라 몸을 움찔했다. 그리고 한껏 달아오른 얼굴을 숨길 수도 없고, 여전히 그의 몽둥이를 제 안에 품고 있어서 섣불리 움직일 수도 없는 이화는 당혹스러워 드러난 모든 피부가 타는 듯이 붉게 물들었다.

그래서 무의식중에 이화는 그의 넓은 가슴에 제 달아오른 얼굴을 숨겼다. 그리고 금방이라도 방문이 열릴까 봐 불안해진 이화는 저도 모르게 아랫도리를 조이고 말았다. 제신도 예상치 못한 이화의 움직임에 약간 놀랐는지 몸을 크게 꿈틀했다.

그러자 잔불처럼 남아 있던 쾌감이 다시 발끝까지 짜릿하게 퍼져 이화는 급히 제 입을 그의 넓은 가슴에 박았다.

"지금 소세 중이네. 자네들도 잠시 쉬었다가 이따 저녁을 같이 하지."

다행히 제신은 그 와중에도 평범한 목소리로 대답을 했다. 홍리가 조용히 뒤로 물러났다. 그의 기척이 사라지자, 긴장해서 호흡까지 멈추고 있던 이화가 겨우 숨을 내쉬었다. 이화는 자신이 두 손으로 그의 가슴께 옷을 그러잡고 있었다는 것을 이제야 깨달았다.

"이제 괜찮습니다."

그가 나직하게 그녀의 귓가에 속삭이며, 그녀의 등을 부드럽게 쓰다듬으며 안심시켰다. 그리고 제신은 이화의 이마에 부드럽게 입맞춤을 해 주고는 그녀를 풀어 주었다.

"하웃……."

제신이 빠져나갈 때 이화는 다시 낮은 신음을 내뱉고 말았다. 제신이 그런 그녀를 보고 기분 좋게 미소를 지었다. 이화와 제신의 바지는 허벅지까지 내려와 흐트러져 있었지만 다른 부분은 멀쩡했다.

그 모습에 이화는 더욱 부끄러워 어찌할 바를 몰랐다. 그리고 이렇게 그에게 속수무책으로 안긴 자신이 한심하기도 하고, 하지만 또 그것이 싫지 않기도 해서 이화는 정신이 없었다.

결국 난감해하던 이화는 대충 몸을 수습하고는, 민망함을 감추려 곧바로 대야에 있던 물로 급히 얼굴을 씻기 시작했다. 제신은 부지런히 얼굴을 닦는 이화를 그윽한 눈빛으로 바라보다 본인도 소세를 시작했다. 개성에서의 첫날밤이 그렇게 지나가고 있었다.

11. 정혼자

이튿날, 본래 이곳에 온 목적인 거래를 위해서 아침 일찍 조반을 마친 제신과 홍리는 거래 당사자를 만나러 객주를 나섰고, 이화도 역시 함께 따라나섰다. 같이 온 상인들은 각자 본인들의 장사를 하고 다시 객주에서 만나기로 했다.

오늘 제신의 목적은 이곳에 있는 삼상과 인삼을 거래하는 것이었다. 본래 거래는 객주에서 이루어지지만, 제신은 직접 인삼밭을 둘러보고 인삼의 상태를 확인하기를 원했던 것이다.

"인삼밭은 왜 둘러보시려는 것입니까? 지금은 수확 시기도 아니지 않습니까?"

이화는 제신과 홍리를 따라 부지런히 발을 놀리며 물었다. 인삼

수확은 10월이 되어야 했다. 즉, 파종도 비슷한 시기에 하고, 수확도 그즈음에 하는 것이다. 그래서 수확하는 시점에 와서 상품을 보는 것은 이해가 되었지만 지금은 그보다 이른 시기였기 때문이다.

"인삼은 토양과 지세, 그리고 재배하는 사람의 정성이 모두 어우러져야 한다. 재배한 인삼의 모양은 그럴듯하게 꾸밀 수가 있지만, 실제 인삼밭을 보면 정말로 좋은 상태로 키워진 것인지 아닌지 바로 확인할 수 있지."

제신의 설명에 이화는 역시 하고 고개를 끄덕였다. 제신은 상당히 꼼꼼하게 거래하는 제품의 상태를 확인하는 것으로 유명했는데, 또 그래서 그만큼 신뢰를 얻었다. 그래서 그는 되도록이면 차인(일을 대신 봐 주는 사람)을 보내지 않고 자신이 직접 확인한다고 했다.

개성은 지세와 토양이 훌륭하여 인삼 재배에 적당하다고 했다. 예전 고려 왕조 시절부터 인삼을 거래하던 상인들이 많아서 외국에도 명성이 높았고, 지금도 특유의 방식으로 인삼을 재배하여 품질도 우수하다고 했다.

"나리. 조금 서두르셔야겠습니다."

홍리의 채근에 이화와 제신은 발걸음을 채었다. 개성 외곽에 자리한 인삼 재배 밭은 경사가 완만한 구릉에 펼쳐져 있었다. 햇빛을 기피하는 인삼의 성질 때문에 인삼밭의 풍경은 여느 밭과는 달랐다. 다른 식물들이 밝은 햇빛을 받아서 성장하는 것과는 달리, 인삼은 직사광선과 폭우를 막기 위해서 그 위에 이엉을 덮어 두었기 때문(일복가설)이었다.

"일복가설이 잘 되어 있군."

제신의 말에 이화 역시 피복물을 덮어 놓은 상태가 깔끔하고 관리가 잘 되어 있다는 느낌을 받았다. 깊은 산속에서 자라난 산삼을 인위적으로 재배하는 것이니 그것과 비슷한 상태를 유지해 주는 것이 중요한 것이다.

대략 반 시진 가량을 제신과 홍리는 꼼꼼하게 둘러보았다. 바람의 방향과 배수 상태도 확인하고, 토질의 상태까지 확인했다. 이화는 눈을 반짝거리며 두 사람의 행동을 꼼꼼하게 관찰했다. 여느 때보다 진지한 표정의 두 사람이었다.

"이제 돌아가지."

제신은 상당한 흡족한 표정으로 말했다. 오전에 해야 할 일을 마친 세 사람은 경쾌한 걸음으로 객주를 향해 걸어갔다. 돌아오는 길에 홍리는 거래를 할 삼상을 만나 세부 사항을 조율하러 먼저 떠났고, 이화와 제신은 다소 여유롭게 개성의 시전 거리를 둘러보게 되었다.

아무래도 청과 무역이 활발하다 보니, 개성의 시전에는 한양 도성에는 그리 흔하지 않지만 상당히 거래가 잘 되는 제품들도 있다고 했다. 개성 시전은 한양의 육의전에 비등할 만큼 커다란 시장이었다.

"이 직물은 무엇일까요? 옷감이 상당히 질겨 보입니다."

이리저리 상점들을 둘러보던 이화가 한 직물을 가리키며 물었다. 개성상인들이 포목의 상권을 독점하였기에 시전에는 색깔이 다채로운 비단부터, 면직물, 삼베 등 여러 가지 직물들이 많았다. 이화가 그중에서도 특이한 직물을 발견한 것이었다.

"송고직(松高織)이라 하지. 무척 질기고 물이 잘 빠지지 않아 청나라 상인들이 무척 선호하는 직물이고, 개성의 특산품 중 하나이다."

제신의 설명에 이화는 지역마다 특이한 특산품들이 있고 이를 잘 개발하여 거래를 하면 상당한 이문을 얻을 수 있겠다는 것을 몸소 깨닫게 되었다. 객주로 돌아와 맛있게 점심을 먹던 이화가 두 눈을 초롱초롱하게 뜨고 그를 바라보았다. 제신은 이화가 또 어떤 제안을 할지 약간 우려된다는 표정으로 그녀를 응시했다.

"형님, 혹시 벽란도에도 잠시 가볼 수 있겠습니까?"

예성강 입구에 자리한 벽란도는 일종의 무역항이었다. 개성과 거리가 가깝고, 수심이 깊은 데다 물살이 빨라 배들이 드나들기에 적절하기도 하였다. 수많은 물산이 오고 가는 곳으로, 항상 이곳에는 여러 외국의 상인들, 오고 가는 사람들 그리고 외교를 위해 왕래하는 사신들과 나라의 세금을 관리하는 관원들까지 드나들어 번잡한 곳이었다.

"너의 호기심은 정말로 끝이 없구나."

제신은 호기심에 눈이 반짝거리는 이화를 보고 그렇게 말을 이었다. 이화는 최대한 이 기회를 놓치고 싶지 않았다. 게다가 이화가 궁금해 하거나 잘 모르는 부분은 제신이 친절하게 설명해 주니 그야말로 천재일우의 좋은 기회였기 때문이었다. 이화는 자신도 사내였다면 제신을 따라 이렇게 일을 해 보고 싶을 정도였다.

"네. 정말로 이렇게 제 두 눈으로 장사가 이루어지는 것을 보니 신기합니다."

이화의 기운찬 대답에 제신의 눈매가 다시 살짝 접혔다. 예정엔 없던 일이었지만 제신은 이화의 부탁을 들어주었다. 제신은 이번에는 일정을 조금 여유롭게 잡았기에 그리 부담이 되는 일은 아니라고 했다.

가끔은 꽉 짜인 계획보다, 다소는 마음의 여유를 두어야 보이지 않았던 것도 보이는 법이라는 그의 말에 이화는 고개를 끄덕였다. 동시에 그와 함께 또 새로운 곳을 볼 생각에 마음이 한껏 부풀어 올랐다.

벽란도에는 역시 사람이 많았다. 이곳에는 청나라 상인뿐만 아니라, 왜, 저 멀리 페르시아, 아라비아 상인들까지 있었다. 다소 조선인들과는 다른 인상의 상인들을 보니 이곳이 정말로 무역이 활발한 곳이라는 느낌이 왔다.

부지런히 배에 짐을 싣는 사람들, 그리고 또 다른 한쪽에서 하역이 활발하게 진행되고 있었다. 게다가 세금을 관장하는 관원들까지 얽혀 벽란도는 그야말로 북새통이었다.

"에구, 형님."

주변을 살피느라 정신이 없던 이화가 사람들의 틈에 섞여 이리저리 밀려 그를 놓치고 말았다. 그를 애타게 부르자 제신이 이내 그녀를 자신 쪽으로 잡아끌었다.

"녀석, 집중하지 않으면 금세 길을 잃기 쉽다."

엄한 제신의 말에 이화는 새초롬히 고개를 끄덕였다. 이제는 각자가 가장한 현재의 신분에 상당히 익숙해져서, 제신의 꾸중에 이화는 정말로 그의 남동생이 된 듯한 기분이었다. 그리고 어쩐지 제신은 자신을 아가씨라고 부를 때보다, 지금의 상황을 상당히 즐기고 있는 듯한 기분이었다.

"물럿거라."

갑자기 들려온 큰 목소리에 이화와 제신은 길옆으로 물러섰다. 아무래도 청에서 돌아오는 사신의 일행인 듯싶었다.

사신들의 행차에는 관원들만 있는 것은 아니었다. 그들을 수행하는 한 무리의 역관들이 있었다. 그리고 으레 역관들은 무역하는 것이 당연했기에 수많은 상품들을 옮기는 짐꾼들도 있었다. 게다가 이들을 수발하는 이들까지, 그래서 사신의 행차에는 인원이 많았다.

이화 역시 예전에 한양에 온 사신들의 행차를 멀리서 구경한 적은 있었으나 이렇게 가까이 보는 것은 처음이었다. 사신의 대표인 듯한 관리가 사인교에 타고 있었고 그 뒤에 젊은 관리들이 걸어서 따르고 있었다.

그중 유독 훤칠한 관리가 눈에 띄었는데, 외모가 출중하고 신장이 훌쩍 컸기 때문이었다. 주변에 여인들이 그를 보며 소곤거리는 소리가 들려왔다.

"아이고, 저 양반 아주 잘생기셨네."

"그러게 말이여. 나이도 그리 많아 보이지는 않은데 말이여."

여인들의 소곤거림에 이화 역시 그에게 시선을 옮겼다. 이화 역시 동의하며 별생각 없이 그를 주시하고 있었는데, 우연치 않게 그의 시선이 이화 쪽을 향했다. 옆에 있던 제신은 급히 고개를 숙였지만 이화는 순간 제신의 몸이 긴장한 듯 약간 경직된 것을 눈치챘다. 그리고 관리 역시 뭔가 깜짝 놀란 표정을 지었다.

"형님?"

이화가 그를 불렀지만 그는 별 미동이 없었다. 그리고 관리의 시선이 옆에 있던 이화에게도 닿았지만 이화의 신경은 모두 제신에게 쏠려 있어서 미처 그것을 알지 못했다. 사신의 행렬은 그대로 지나갔다. 다시 벽란도 항구의 소음들로 주변은 시끌벅적했다.

"돌아가자."

가타부타 별다른 말 없이 돌아가자는 제신의 말에 이화는 약간 아쉬워하며 그를 따랐다. 벽란도까지 온 것이 본래 예정에 없던 일이니, 이쯤에서 돌아가도 그리 섭섭할 일은 아니었다. 빠른 그의 걸음을 쫓느라 이화는 바삐 움직였다.

벌써 시간이 유시(오후 5시-7시)를 넘어 술시(7시-9시)에 가까워오고 있었다. 어수선하고 번잡했던 벽란도의 항구도 이제 해가 기울고 어두워지니 사람들의 통행도 줄고, 다들 바삐 하루 일과를 마무리하는 모양새였다.

그런데 아까 돌아가자는 말을 한 이후 내내 제신의 심기는 어쩐지 조금 불편해 보였다. 별말 없이 걷는 제신을 따라 이화는 조용히 따라 걸었다. 뭔가 깊은 생각에 빠져 있는 듯한 그를 방해하지 않으려 조심했다.

어두운 달빛 아래 예성강의 입구가 어스름하게 나타났다. 규칙적으로 들려오는 물소리와 비릿한 물 내음에 이화는 또 다른 세상을 보는 기분이었다. 강 위에는 아직도 일부 배들이 떠 있었는데 그들도 이제는 바로 벽란도 항으로 들어와 하루를 마무리해야 하는 상황일 것이다.

그렇게 분주한 배들을 뒤로 하고 막 걸음을 옮기던 두 사람은 갑자기 어수선한 주변 환경에 휘말리고 말았다. 조그만 배에서 내린 일군의 남자들이 급하게 움직이다가 걷고 있던 이화와 부딪혔던 것이다.

"아이쿠."

이화는 사내들의 기세와 힘에 밀려 거의 쓰러질 뻔했고, 그런 그녀를 제신이 얼른 부축해 주었다.

"사과는 하지 않는 게요?"

제신의 음성이 조용한 항의 공기를 날카롭게 갈랐다. 사내들이 미안하다는 말조차 하지 않고 그들을 지나쳐 가려 했기 때문이었다. 계속 심기가 좋지 않았던 제신이었고 평소에도 이런 무례를 단순히 보아 넘기지도 않는 그였기에 어쩌면 당연한 행동이었다.

"비켜."

하지만 사내들은 무척 무서운 표정으로 짧게 중얼거렸다. 사내들은 대여섯, 모두 덩치가 우락부락하고 인상들도 강해서 그저 서 있는 것만으로도 엄청난 박력이 느껴졌다. 하지만 이쪽은 겨우 제신과 이화 둘뿐이었고, 게다가 이화는 남장만 하고 있을 뿐 전혀 도움이 되지 않았다. 하지만 그럼에도 제신은 조금도 두려워하지 않는 표정과 자세로 그들을 바라보았다.

"아무리 갈 길이 바빠도 무례를 범했으면 사과는 하고 가시오."

제신의 음성에 사내들이 험악한 표정이 더욱 무시무시하게 변했다. 그리고 제신이 쉽게 물러나지 않을 것을 알았는지 사내들은 자신들의 힘을 믿고 제신에게 점점 다가오기 시작했다.

걱정이 되어 이화의 얼굴이 파랗게 질렸다. 그들이 제신과 이화 쪽으로 다가오자 제신은 얼른 이화를 제 등 뒤로 숨겼다. 그리고 날카로운 시선으로 그들을 주시했다.

"오호라, 혼자서 해 보시겠다?"

그들은 자신들의 수를 믿고 자신만만했다. 이화 역시 그들과 맞서기보다는 그냥 도망치는 것이 좋지 않을까 하고 생각했다.

"이얍!"

사내들은 그런 비명 같은 고함을 내지르며 그들에게 다가왔다. 하지만 순간 제신은 몸을 한껏 긴장하더니 재빠르게 품 안에서 낙죽장도(烙竹長刀)*를 꺼내서 그들과 대적했다.

휙, 휙.

몇 번의 움직임에 무뢰배들은 손에 하나씩 상처를 얻었다. 군더더기 없는 동작에 전광석화와 같이 빠른 신묘한 솜씨였다. 그들은 예상치 못한 제신의 움직임과 검에 움찔했다.

그제야 이화는 한껏 몸을 긴장하고 검을 들고 있는 그가 예전에 무사였다는 것을 떠올렸다. 한 번도 이런 그의 모습을 본 적은 없었고, 최근에 객주로서의 그의 모습만을 보다 보니 그 사실을 까맣게 잊고 있었다.

"물러나라."

짧은 말이었지만 제신의 기백과 재빠른 검 솜씨에 놀란 이들은 주춤주춤 뒤로 물러났다. 그리고 곧 소란을 눈치채었는지 주변에 있던 관원들이 몰려들었다.

"멈추어라."

......

* 손잡이와 칼집이 대나무로 만들어진 칼이다. 불에 달군 인두로 대나무 거죽 위에 사상이나 신념을 새겨 넣는데, 주로 선비들이 호신용으로 가지고 다니던 길이가 대략 두 뼘 남짓한 칼이다.

관원의 목소리에 사내들도 제신도 움직임을 멈추었다. 관복을 차려입은 관리와 포졸 몇 명이 모여들었다.

"무슨 일이오?"

관리의 질문이 제신을 향했다. 복장과 그리고 단 둘뿐인 제신의 무리와 우락부락한 사내들, 그리고 검에 베어 손등을 부여잡고 있는 사내들을 보고는 관리는 대충 상황을 짐작한 듯했다.

"별일 아닙니다. 저들이 제 동생을 치고 지나가기에 사과를 요청했으나 쪽수를 믿고 제게 덤벼들었습니다."

그 옆에 파랗게 질려 있는 이화와 침착한 표정의 제신을 일견하고, 관리는 다시 사내들을 바라보았다.

"이 말이 맞느냐?"

사내들은 생각보다 일이 커져 난감했는지 얼른 고개를 끄덕였다. 당장 관아로 끌려갈 듯한 상황이었다.

"다들 호패를 확인하겠다."

관리의 말에 사내들이 눈에 띄게 동요하는 모양새였다. 호패는 나이가 16세 이상의 남자라면 모두가 패용하는 신분을 증명하는 패이다. 순간 이화 역시 긴장하고 말았다. 이화에게도 호패는 없었고, 사건에 얽힌 양쪽이 모두 관아로 끌려가면 이화 역시 난감해질 것이 분명했다.

"나으리. 저희가 크게 상처를 입은 것도 아니고, 저들이 제 동생에게 사과를 한다면 그리 큰일이 아닙니다."

제신의 설명에 얼른 사내들은 사과를 했다. 절대로 사과 같은 것은 안 할 듯한 분위기였고, 제신 역시 절대 용서해 줄 것 같지 않은 모양새였다. 하지만 의외로 제신의 제안에 상황은 깔끔하게 정리되었다. 사내들의 사과에 이화 역시 빨리 상황을 끝내려 얼른 그것을 받아들였다.

"괜찮네."

이화의 대답에 관리는 잠시 상황을 보다가 복잡하게 엮이는 것이 그랬는지 그들을 보내 주었다. 그러자 사내들은 뒤로 돌아 꽁지가 빠질 정도로 뛰어서 사라졌다. 한껏 긴장했던 이화는 긴장이 풀린 나머지 다리가 후들거리는 기분이었다.

"조심하는 것이 좋겠소. 이 시간이 되면 잠상(潛商)들이 부정한 거래를 하다가 종종 인명 사고가 발생하기도 하니 말이오."

관리의 말에 제신은 고개를 끄덕였다. 개성의 인삼은 나라에서 관리하여 거래를 할 수 있는 양이 정해져 있는데, 가끔 큰 수익을 얻고자 상인들이 몰래 청나라나 다른 나라의 상인들과 밀거래를 하곤 했다. 그들을 잠상이라고 불렀는데 당연히 부정한 일을 하다 보니 문제가 발생하지 않도록, 비밀 노출을 막기 위해서 위협이 되는 이들을 살상하기도 했던 것이다.

제신에게 그 이야기를 들어 알고 있었던 이화는 잠상이라는 말에 놀라 더욱 크게 심장이 두근거리는 기분이었다.

"그럼 어서 돌아가시오."

그리 말하고 관리와 포졸들이 항을 떠나자 주변에는 인적이 없이 오직 제신과 이화뿐이었다. 긴장이 풀린 이화는 저도 모르게 다리에서 힘이 빠져 휘청거리고 말았다.

"괜찮은 것이냐?"

제신이 얼른 그녀를 부축하자 이화는 고개를 끄덕였다. 다리에 힘이 풀린 것은 무서워서가 아니었다. 제신이 안전하다는 것을 알아 안심이 되었기 때문이었다.

"네. 괘, 괜찮습니다."

이화의 말에도 제신은 걱정되는 듯 계속 그녀를 살폈다.

"어서 객주로 돌아가자."

이화는 후들거리는 다리를 간신히 놀려 그를 따라 객주로 걸음을 옮겼다. 하지만 후들거리는 다리로 걸으려니 영 속도가 나지 않았다. 그런 이화가 걱정되었는지 주변에 인적이 없는 것을 확인하고 제신이 나직한 목소리로 물었다.

"많이 놀라셨습니까?"

제신의 다정한 질문에 이화는 고개를 저었다.

"아니야. 너무 긴장했다가 안심이 되니까 몸에 진이 빠진 거야."

이화의 대답이 예상 밖이었는지 제신은 약간 멍한 표정이 되었다. 가끔 이렇게 보여지는 제신의 저런 표정을 이화는 좋아했다. 그건 오직 자신만이 볼 수 있는 제신의 얼굴이라고 여겼기 때문이었다.

"그런데 당신은 정말 검을 쓰는 무사였구나."

새삼스럽다는 이화의 말에 제신은 그저 고개만 끄덕였다.

"최근에는 그리 검을 쓸 일이 없었습니다. 그래도 아직 실력이 녹슬지 않아서 천만 다행이었습니다."

제신은 이화의 안위를 지킬 수 있어서 다행이라고 여기는 것 같았다. 그리고 놀라서인지 식은땀을 흘리는 이화의 이마를 부드럽게 닦아 주었다.

"이런 일을 겪게 해 드려서 죄송합니다."

이화는 그의 손을 잡았다. 깜짝 놀라 그녀를 바라보는 그의 얼굴을 보며 이화는 아주 작게 속삭였다.

"아니야, 정말로 멋있었어."

그건 이화의 진심이었다. 엄청난 힘과 속도를 자랑하는 그의 솜씨를 보고 이화는 단단히 반했던 것이다. 지금 제신을 바라보는 이화의 눈빛에는 감출 수 없는 사모의 감정이 그대로 드러나 별빛처럼 찬란하게 반짝거리고 있었다.

그러나 다음 순간 이화는 제신의 또 다른 모습에 놀라고 말았다. 항상 희로애락(喜怒哀樂)의 표현이 거의 없다고 생각했던 제신의 얼굴이 순식간에 달아올랐던 것이다.

"흐흠, 그러셨습니까?"

민망한지 헛기침을 하며 시선을 이리저리 헤매는 그를 보며 이

화는 웃었다. 그가 상당히 귀여워 보였던 탓이다. 최근 이화는 그
와 보내는 시간이 늘어날수록 조금씩 그의 다른 모습을 발견해 내
는 것이 즐거웠다. 특히나 이번에 다소 민망해하면서도, 한편 자
랑스러워하는 기색이 역력한 제신의 표정은 유독 사랑스러웠다.

"언제 형님께 무술도 좀 배워야겠습니다."

이화의 농담에 제신은 재빠르게 대답을 했다.

"그건 절대 안 돼."

제신이 너무나 정색을 하는 통에 이화는 뭐라 다음 말을 잇지
못했다. 하지만 두 사람은 잠시 얼굴을 마주 보다 즐겁게 웃었다.
이화는 앞으로 평생 그와 함께 개성에 왔던 이 순간을 잊지 못할
것이라 확신했다. 새로운 세상을 만나게 해 준 제신과 또 그만큼
행복했던 자신의 모습을 말이다.

그렇게 객주로 돌아가는 길에 두 사람은 마침 선죽교를 지났다.
조선 왕조 건국시 태종 이방원이 개국에 반대하던 고려의 충신 정
몽주를 참살한 곳이었다. 하지만 그럼에도 사람들은 정몽주의 절
개를 기려 그를 공양하는 서원까지 건립했다. 개성인들에게 선죽
교는 그들의 기개를 상징하는 곳일 것이다.

선죽교는 화강암으로 만든 전형적인 널다리였고 그리 길이도
길지 않은 다리였다. 술시초(오후 7시)라 사위는 어두웠다. 조용히
앞서 걷던 제신이 무슨 생각이 들었는지 다리 위에 서서 그 아래

로 흐르는 강물을 하염없이 바라보았다.

이화 역시 그의 옆에 서서 강물을 바라보았다. 아직 희미한 초
승달이 희미하게 강물을 비추고 있을 뿐 주변은 적막했다. 이 시
간이면 이제 대부분의 사람들은 집에 돌아가 저녁을 먹고 한참 쉬
고 있을 시간이었기 때문이다.

"그런데 무슨 일이 있어?"

아무래도 자꾸만 신경이 쓰인 이화가 결국은 그에게 질문을 했
다. 오후 내내 제신의 심기가 편해 보이지 않았고, 그래서 항에서
도 사내들의 무례에 조금 과하게 반응했던 것 같다고 느꼈기 때문
이었다.

"아가씨, 혹시 예전 정혼자를 기억하십니까?"

뜬금없는 그의 질문에 이화는 두 눈을 크게 떴다. 이미 오래전
그녀는 정혼자에 대한 기억을 머릿속에서 지웠다. 그의 질문에
'아, 정혼자가 있었지.' 하고 생각했을 뿐이다. 하지만 제신의 질
문에 이화는 머릿속을 헤집어 아주 오래된 휘 하나를 간신히 떠올
렸다.

"음……. 유 대감댁 장자라 했었지, 아마. 휘가 뭐였더라? 아,
맞다. 상우, 유상우라 했었어."

이화의 대답에 제신이 그녀를 바라보았다. 여전히 그의 눈빛은
설명할 수 없는 감정으로 진득했다.

"아까 벽란도에서 사신 일행에 섞여 있던 훤칠한 관원을 기억

하십니까?"

이화는 왜 갑자기 자신의 정혼자 이야기에서 관원 이야기를 넘어가는지 알 수가 없어 약간 고개를 갸웃했다. 제신의 질문에 이화는 그저 자신이 느꼈던 인상을 솔직하게 이야기했다.

"음, 아주 잘난 사내더군. 우리 인호도 과거에 급제하면 그렇게 멋진 관원이 되어 나랏일을 할 수 있을까?"

이화의 말에 제신은 약간 어두운 표정으로 그녀를 응시했다.

"그 사람이 바로 유상우입니다."

뜻하지 않은 진실에 이화가 깜짝 놀랐다. 정혼이 성사되었어도 이화가 정혼자인 그의 얼굴을 본 적은 없었기 때문이었다. 휘만 알고 있었던 정혼자가 이제야 형체를 갖춘 한 사람의 사내 모습으로 이화의 머릿속에 그려졌다.

"그래? 아버님께서 정말로 훌륭한 정혼처를 정하셨었구나."

이화의 가벼운 대답에 제신의 눈빛이 약간 불길하게 반짝거렸다. 하지만 이화에게 떠오른 생각은 정말로 그것이 전부였다. 그러나 그것보다 어찌 제신이 제 예전 정혼자의 얼굴까지 알고 있는지 궁금해졌다.

"그런데 그것을 당신은 어찌 알았어?"

순간 제신의 눈빛에 약간 곤란한 빛이 스쳐 지나갔다. 그러나 이내 그는 평범하게 대답을 해주었다.

"한양에서 장사를 하다 보면 많은 소식과 사람을 알게 됩니다.

최근 조정에서 누가 힘이 있는지, 정치의 흐름 정도는 알고 있어야 하지요."

제신의 설명에 이화는 그럴 거라고 생각했다. 재물이 흐르는 곳에는 권력이 있었고, 조정의 정치 풍향을 잘 읽고 있어야 상인들도 화를 면할 수 있으니 말이다. 역관들이 부를 축적할 때에도 누구에게 줄을 대느냐가 중요했다. 현재 빈으로 강등되신 세자 마마의 모후 가문도, 강등 이후로는 그 위세가 예전만은 못하다 했으니 말이다.

"아쉽지는 않으십니까?"

다시 예상치 못한 제신의 질문에 이화가 두 눈을 동그랗게 뜨고 제신을 바라보았다.

"뭐가?"

"만약 원래대로 혼인을 했으면……. 아가씨는 지금쯤 귀한 댁의 안방마님이 되어 있을 테니 말입니다."

그제야 이화는 제신이 왜 계속 기분이 가라앉아 있었는지 깨달았다. 그는 묻고 있었다. 저렇게 잘난 정혼자였던 이를 두고 이제는 평민인 자신과 혼인을 해도 괜찮은지 말이다. 어두운 주변과는 달리 이화의 마음은 한껏 밝아졌다.

혹시 이것은 투기? 그렇다면 그도 자신을 그저 책임을 지는 상대가 아니라 조금은 마음을 품고 있다는 뜻일까?

"아니, 하나도 아쉽지 않아."

이화는 단호하게 대답했다. 유상우는 휘만 알고 있는 아버지가 정해 주신 정혼자일 뿐이었다. 그리고 이미 그 정혼은 파혼이 되어, 이화와는 더 이상의 인연이 없는 사람이었다. 그 역시 제 휘를 기억이나 하고 있을지 이화는 가늠할 수 없었다. 하지만 제신은 이화에게 지금 가장 소중한 사람이었다. 무엇보다도 이화 스스로 은애하는 유일한 사내였다.

"내가 선택한 것은 제신, 당신인걸."

이화의 말에 제신이 깜짝 놀란 듯 숨을 들이켰다. 확신에 찬 이화의 말에 그는 아무런 말도 없이 뜨거운 눈빛으로 이화를 바라보았다.

"나는 이제 당신과 혼인할 거야. 이미 그렇게 하기로 했잖아?"

이화의 말에, 그는 대답 대신 와락 이화를 끌어당겨 제 품에 안았다. 덩치가 이화보다 훨씬 큰 그였지만 이화는 오히려 제신이 자신에게 매달리고 있는 느낌이었다. 이화의 갓이 약간 구겨지고 있었지만 이화도 제신도 그것에는 신경을 쓰지 않았다.

이화는 그의 가슴에 안겨 거칠게 뛰고 있는 그의 심장 고동을 그대로 느꼈다. 아무런 대답은 하지 않았지만, 이화는 자신을 강하게 끌어안은 제신의 포옹이 그의 마음이라고 생각했다. 어쩌면 이렇게 두 사람은 평범한 부부가 될 수도 있지 않을까? 은애하지는 않아도 제신은 분명 자신을 아끼고 있었다.

이화가 계속 그를 한결 같은 마음으로 은애하면 언젠가는 그도 자신을 조금은 어여삐 여겨 주지 않을까? 이화는 그렇게 생각하기로 했다. 긍정적인 것이 이화의 장점이었기 때문이다.

"우리 계속 이렇게 있다가는 정말로 남색으로 소문이 나겠어."

부러 가볍게 농담처럼 중얼거린 이화의 말에 제신이 그제야 이화의 상태를 깨달은 사람처럼 얼른 그녀를 풀어 주었다. 찌그러진 갓을 손으로 만져 주며 제신은 아무런 말이 없었다. 하지만 이화는 그의 눈빛에 더욱 많은 감정이 실려 있다고 생각했다.

이화는 다만 그의 두 손을 제 작은 손으로 꼭 잡았다. 항상 먼저 손을 잡은 것은 제신이었다. 사랑을 나눌 때면 그의 커다란 그의 손이 작은 이화의 손을 가두었었다. 이화는 그것이 좋았고 그럴 때마다 마음이 더욱 설레었었다.

하지만 이번에는 이화가 먼저 손을 내밀었다. 그가 자신의 손을 놓지 않는 한, 이화는 절대로 이 손을 놓지 않을 작정이었다. 이제 그가 자신을 은애하는지 안 하는지 그것은 마음 쓰지 않기로 했다. 이화가 그를 은애하니, 그의 곁에 계속 있을 작정이었다. 이제는 이화는 자신의 마음을 굳이 감추고 싶지 않았다.

"당신이 이 손을 놓지 않는 한, 절대로 내가 먼저 손을 놓지는 않을 거야."

이화의 말에 제신의 눈빛이 촉촉하게 젖어 들었다. 그리고 그는 처음 출발할 때처럼 그녀의 작은 손에 깍지를 끼었다. 입맞춤보다, 몸을 섞는 것보다도 이렇게 손깍지를 낀 것이 더욱 두 사람의 마음을 하나로 엮어 주는 것만 같았다.

"저기……."

뭔가 중요한 말을 하려던 그가 갑자기 입을 다물었다. 다리 주변이 소란스러워졌고, 술에 취한 듯한 무리들이 다가오고 있었기 때문이다. 아무리 봐도 지금은 중요한 말을 할 상황은 아니었다.

"어서 객주로 돌아가자."

다시 평범한 형님 같은 말투로 돌아온 제신을 따라 객주로 걸음을 옮기면서 이화는 그가 무슨 말을 하려고 했을지 계속 생각했다. 하지만 곧 때가 되면 그가 말해 줄 것이라 믿기로 했다.

조금씩 조금씩, 두 사람의 마음이 엮이면 언젠가는 이화의 은애하는 마음이 그에게 닿을지도 몰랐다. 그렇게 긍정적으로 생각하며 이화는 걸음을 옮겼다.

12. 슬픔

    개성에서 한양으로 돌아오자마자 본격적인 혼인식 준비가 시작되었다. 이미 상당히 많은 혼수품들이 제신과 청산댁의 주도로 준비되어 있었다. 이제는 신랑이 신부 집에 사주단자를 보내고, 신부 집에서는 혼인식을 치를 날짜를 정하는 일만 남아 있었다. 즉, 신부 측에서 혼인식 날짜와 함께 밤을 보내는 납폐일을 적어 보내야 했다.

    보통은 혼인식을 여자 집에서 하고, 여인들은 그대로 친정에 머물고 사내들이 본가와 처가를 오가며 보내는 것이 예사였다. 그리고 첫 아이를 낳고 1, 2년을 보낸 후 신행 혹은 우귀(于歸)라는 형태로 시가로 오는 것이 보편적이었다.

하지만 이화의 경우에는 이미 거의 모든 결정은 제신의 주도로 이루어졌다. 두 사람의 혼인은 모든 것이 시작부터 평범한 혼인과는 달랐기 때문이었다. 이화의 유혹으로 미리 첫날밤을 보낸 것이며, 이미 그의 집 안채에 살고 있는 것까지. 모든 것이 순서가 뒤죽박죽이었다.

그뿐만 아니라 지금 이화의 어머니 김씨는 이화의 혼인에 거의 신경을 쓸 여력이 없었다. 어쩔 수 없이 혼인을 허락하긴 했지만 결코 환영하지 않았고, 무엇보다 현재는 어머니의 건강이 좋지 않았다. 아마도 어머니는 건강이 좋았다면 결코 제신의 도움을 받아들이지 않았을 것이었다.

"안방마님께 사주단자를 보냈습니다."

한양으로 돌아오고 며칠이 지난 밤, 제신이 이화에게 말했다. 이미 밤이 늦은 시간, 안채에는 이화와 제신뿐이었다. 이제 날이 10월 초순이 되어, 아침저녁으로는 쌀쌀했는데, 군불을 기분 좋을 정도로만 때서 방 안의 공기는 따스하고 쾌적했다.

"어머님은 어떠셔?"

이화의 질문에 제신의 얼굴이 어두워졌다.

"아무래도 건강이 점점 더 안 좋아지시는 것 같아 걱정입니다."

제신이 급하게 작고 말끔한 기와집을 얻어 어머니와 인호를 살게 하고, 여종 한 명을 구해서 돌보게 하고 있었다. 청산댁도 가끔 가서 상황을 살펴보고 있지만, 최근 어머니는 급격히 기력을 잃고 있어서 이화의 속이 바짝 바짝 타들어 갔다.

여전히 어머니는 이화를 볼 때마다 차가운 표정이었다. 이화의 얼굴을 보면 노여워하시기에 이화는 점점 어머니를 찾는 것이 힘들기만 했다. 그래서 오늘도 제신만 홀로 발걸음했던 것이다.

"나 때문인 걸까?"

이화의 떨리는 목소리에 제신이 그녀를 얼른 제 품에 안아 주었다.

"아닙니다. 본래 안방마님께서 허약한 체질이 아니셨습니까? 대감마님께서 유배를 떠나시고 거기서 갑자기 돌아가셨으니, 마님의 심신이 많이 괴로우셨을 겁니다. 또 그 어려운 상황에서 어린 인호 도련님까지 건사하시느라 더욱 힘드셨겠지요."

제신이 다정하게 이화를 위로했다. 다정하면서도 진중한 제신의 위로에 이화는 조금 마음이 놓였다. 어머니도 제신의 됨됨이를 자세히 알게 되면 분명 제신의 진가를 알아볼 수 있을 것이다. 하지만 아직도 마음으로는 제신을 사위로 받아들이는 것이 어려우신 것이다.

평생을 당상관의 안사람으로, 반가의 안방마님으로만 살아오신 분이니 그 생각을 한 번에 바꾸는 것은 쉽지 않은 일이라고, 이화도 이성적으로는 그리 생각했다.

그래도 이화는 자신이 저지른 일 때문에 어머니가 더욱 상심하신 것 같아 마음이 무거웠다. 그때 이화는 제신과 혼인할 것이라고는 전혀 생각지 않았다.

어쩌면 이화는 거의 자포자기 심정이었는지도 몰랐다. 씩씩하게 살아가고 있다고 여겼지만 여인의 정절을 그렇게 스스로 포기한 것은, 아가씨로서 살아왔던 과거의 이화를 죽이는 행위였는지도 몰랐다.

"너무 걱정하지 마십시오."

제신만이 따뜻하게 이화를 위로했다. 지금도 그는 별 말이 없었지만 이화가 느끼는 복잡한 심사를 다 이해한 듯했다. 그가 부드럽게 그녀의 등을 쓰다듬어 주자, 이화는 무척 편안한 기분이 되었다. 대화가 없어도 최근에 이렇게 두 사람은 서로의 마음을 배려하며 더욱 애틋한 관계가 되었다.

"언젠가는 어머님도 당신을 사위로 인정해 주시겠지?"

이화의 간절한 물음에 제신의 눈빛이 약간 짙어졌다. 뭔가 복잡한 빛이 스쳤지만 제신은 부드럽게 웃어 주었다.

"아가씨가 저를 지아비로 인정해 주시는 것으로 충분합니다."

이화가 그의 말에 그의 가슴에 묻었던 얼굴을 들고 그의 눈을 똑바로 바라보며 진지하게 물었다.

"정말로 당신도 괜찮은 거지? 내가 당신의 지어미가 되어도?"

이화는 간절하게 묻고 있었다. 그저 책임을 지는 것이 아닌, 그도 자신을 아내로 원하고 있는 건지 알고 싶었다. 선죽교에서 그가 하지 못한 말이 무엇이었는지 그녀는 듣고 싶었다.

"당연하지요."

그녀가 뭐라 더 이상 묻기도 전에 이화의 질문은 그의 뜨거운 입술에 삼켜졌다. 항상 뜨겁게 자신을 원하는 그를 느낄 때마다 이화는 그에게 사랑받고 있는 기분이었다. 아니 그렇게 믿고 싶었다.

"하아, 하아……."

이화는 달콤하면서도 야한 신음을 흘렸다. 그의 뜨거운 혀에 농락당하며 그녀는 가쁜 숨을 뱉었다. 자신을 굳게 품어 주는 그의 품이, 자신을 뜨겁게 헤집는 그의 열망이 좋았다.

"항상 아가씨만 보면 이리 욕정하는 저를 보면 모르시겠습니까?"

그가 속삭인 말에 이화는 온몸에 오소소 소름이 돋았다. 그가 자신을 원한다. 항상 뜨겁게, 마치 세상이 끝나기라도 할 것처럼 그는 그렇게 이화를 원했다.

하지만, 그것은 애정이 아니라 처음으로 경험하는 성적인 욕망 때문일지도 몰랐다. 제신은 자신의 수컷으로서의 욕망을 자극하고 개화시킨 것이 이화라고 했었다. 여인에게 첫 정이 애틋하듯 그도 그럴 수 있었던 것이다.

"하아, 제신!"

가녀린 이화의 음성에 제신의 두 눈에 뜨거운 욕망의 불꽃이 활활 타올랐다. 곧 그의 손길에 이화는 순식간에 나신이 되었고, 핥

듯이 그녀의 알몸을 바라보는 눈빛에 이화 역시 젖어 들었다. 부끄럽지만 그의 눈앞에 나신을 드러내면 그의 눈빛이 항상 정염으로 활활 타올랐다.

"하아……."

긴장으로 저도 모르게 이화가 한숨을 내뱉었다. 이미 이화의 유실은 빳빳하게 몸을 세우고 있었고 이내 그의 뜨거운 입술이 그것을 머금었다. 동시에 그의 커다란 손은 이화의 곡선을 샅샅이 훑어 내렸고 그럴 때마다 이화는 부드러운 이불 위에서 몸부림쳤다.

"제신!"

그녀가 애원하듯 그의 휘를 부르자 그는 기꺼이 그 부름에 응답했다. 그가 갑자기 그녀의 두 다리를 확 벌리자 이화의 눈이 크게 뜨였다. 아직 밝은 불빛 아래, 자신의 비부가 아무것도 감출 것 없이 그의 눈앞에 드러났던 것이다. 몸을 섞은 것은 여러 차례였지만 이렇게 적나라하게 그에게 드러내는 것은 다른 문제였다.

"감추지 마세요."

그의 부드럽지만 단호한 목소리에 이화는 그대로 따를 수밖에 없었다. 제신은 마치 아름다운 꽃을 감상하듯이 이글거리는 눈빛으로 그녀의 꽃잎을 바라보았다. 그럴수록 이화는 초조하면서도 한편으로는 온몸이 미열로 달아오르는 기분이었다.

마치 거미줄에 걸린 나비처럼 이화는 꼼짝 없이 그의 시선에 잡혀 있었다. 그리고 그의 혀가 무릎 부근에서 시작해서 예민한 허벅지 안쪽을 훑고 자신의 꽃잎에 닿는 것을 그저 받아들일 수밖에 없었다.

"하흑!"

달콤하면서도 정신을 놓아 버릴 것만 같은 쾌감에 이화는 비명을 질렀다. 그에게 완벽하게 삼켜진 기분이었다. 가장 부끄러운 부분을 그는 세상에서 가장 달콤한 것인 듯 베어 물고 혀로 훑고 희롱했다. 교합과는 또 다른 쾌감에 이화는 하얀 이불 위에서 몸부림쳤고 그것이 더욱 제신을 자극하고 있었다.

"하지…… 흑……."

너무 과도한 감각에 이화가 애원했다. 계속 이런 자극이 주어지면 이화는 이성을 잃고 그저 그에게 매달리는 암컷이 되어 버릴 것만 같았다. 게다가 이렇게 부끄러운 자세로 희롱당하며 쾌감을 느끼는 자신이 부끄러웠다. 하지만 제신은 이화의 온몸을 집요하게 개화시켰고 이화는 탐욕스럽게 그를 받아들였던 것이다.

"그……만, 안 돼!"

실금을 할 것 같은 엄청난 감각에 이화는 교성을 내뱉었다. 하지만 그는 이화의 허벅지를 부여잡고 더욱 집요하게 그녀의 비부를 자극하고 있었다. 이화의 눈앞은 이제 그저 하얗고 반짝이는 빛뿐이었다.

츄릅.

그가 강하게 그녀의 꽃잎을 빨아들이자 이화는 정신을 잃을 정도로 느끼고 말았다. 동시에 그녀는 자신의 비부에서 엄청난 액체를 뿜어낸 것을 깨달았다.

"아가씨?"

거의 정신을 잃은 듯한 그녀의 귓가에 제신의 낮은 목소리가 들렸다.

"흐흑!"

이화는 자신이 엄청난 실수를 했다는 생각에 아이처럼 그의 어깨에 얼굴을 박고 흐느끼고 말았다. 항상 그의 앞에서 흐트러지는 모습을 보였지만 오늘은 너무 부끄러워 이화는 쥐구멍에라도 숨고 싶은 기분이었다.

"괜찮습니다."

제신이 위로했지만 이화는 어찌할 바를 몰랐다.

"흑, 나 아이처럼……."

울먹이는 이화가 못 견디게 사랑스러운 듯 제신의 눈매가 살짝 접혔다. 그리고 그녀를 강하게 뒤로 밀어붙여 이불 위에 누이고 곧바로 그는 그녀 안으로 들어왔다. 이미 부드럽게 풀려 촉촉하게 젖은 이화의 꽃잎은 제신의 분신을 부드럽게 안아 주는 느낌이었다.

"헉!"

깜짝 놀란 이화의 얼굴에 소낙비처럼 입맞춤을 하며 제신은 연신 허리를 움직였다. 이화는 제 안에 느껴지는 그를 느끼며 다시 쾌감에 떨었다. 그녀는 제신의 것이었고, 제신 역시 그녀의 것이었다. 이 순간만큼은 누구도 둘 사이에 끼어들 수 없었다.

"극도의 쾌감에……. 웃……. 도달하면 여인들도 그렇다 합니다."

이화가 무의식적으로 그를 조이자 그 역시 낮은 교성을 내뱉으며 이화를 안심시켰다.

"저, 정말이야?"

이화가 아이처럼 그에게 매달리는 눈빛으로 물었다. 모든 일에 대범하면서도 호기심이 많은 이화지만 몸을 섞는 일에는 여전히 부끄러움이 많았다. 그리고 그런 순진한 이화의 모습이 사랑스러웠다. 이때만큼은 제신은 완벽한 우위에 있었다. 한 점 티끌 없는 순결한 몸을 제 맘대로 희롱하며, 오직 자신만이 이화를 안을 수 있다는 사실이 기뻤다.

"저를 믿으세요."

제신은 마치 자신을 쥐어짜듯이 조이는 그녀의 안쪽을 마음껏 유린했다. 이제는 이화도 제법 교합에 익숙해져 다소 거친 제신의 움직임도 잘 받아내었다. 점점 개화해 가는 이화의 아름다운 모습은 제신에게 더욱 큰 자극이 되어, 가끔은 조절할 수 없을 정도로 그녀를 탐하게 되는 것이 문제였다.

"하아……"

이화는 거의 정신이 없는 듯, 그에게 매달렸다. 이화의 안쪽이 그의 분신으로 비벼질 때마다 이화는 하얀 나신을 움찔거렸다. 이화는 그에게 안기는 것의 기쁨을 알게 되었다. 처음에 아팠던 것은 다 거짓말이었던 것처럼, 그의 뜨거운 불기둥이 안을 헤집고 박아 대고 비벼 댈 때마다 쾌감에 떨었다.

"아아……. 앗……. 하아."

그의 뜨거운 분신을 느끼며, 그가 자신을 자극할 때마다 이화는 자신의 아랫도리가 탐욕스럽게 그를 조이는 것을 깨달았다. 그가 강하게 안으로 들어왔다 물러날 때, 아쉬운 듯 자신의 내벽이 그의 것을 놓아주지 않으려 했던 것이다.

"하아. 이화."

그가 낮게 탄식하듯 이화의 휘를 불렀다. 이화는 정신이 없는 와중에도 그 역시 자신을 안으며 달콤한 감각을 느끼고 있다는 것을 알았다. 처음에는 요리조리 이화를 희롱하던 그도 어느 순간이 지나면 무아지경으로 허리를 움직였기 때문이다.

그녀의 온몸을 제 것처럼 쓰다듬던 손짓도 멈추고, 그 역시 이제는 어떤 생각도 할 수 없다는 듯 파정을 위해서 거칠게 허리를 움직였다.

"하아!"

"웃."

결국 그녀는 절정에 달해서 먼저 정신이 혼미해졌다. 온몸을 한껏 경직시켰다가 응축되었던 열을 몰아내듯이 그녀는 탈력했다.

더불어 그녀의 꽃잎이 미친 듯이 그의 분신을 조이자 그 역시 몸을 잠깐 경직하였다가 파정했다. 두 사람이 거의 동시에 절정에 다다른 것이다.

"하아, 하아."

거친 숨을 몰아쉬는 이화는 제신에게 꼭 안겨 있었다. 제신은 절대로 놓아주지 않겠다는 표정으로 이화를 제 품에 끌어안고 있었다. 피로로 꾸벅꾸벅 조는 이화의 눈꺼풀에 제신이 사랑스럽다는 듯이 입맞춤해 주었다. 이화는 배시시 아름다운 미소를 보이며 그의 품 안에서 잠이 들었다. 제신 역시 그녀를 끌어안고 평온한 잠에 빠져 들었다.

하지만 이튿날, 기다리던 납폐 대신 제신의 집에는 다른 소식이 날아왔다. 이화의 어머니를 모시던 여종이 새벽부터 급하게 제신의 집으로 달려왔던 것이다. 제신과 이화는 황망히 일어나 옷을 챙겨 입고 어머니에게 향했다.

이화는 불안하고 초조한 마음에 손이 떨려왔다. 걱정으로 온몸을 떠는 이화의 어깨를 부여잡고 제신은 걸음을 옮겼다. 어머니 김씨와 인호가 기거하는 작은 기와집은 설명할 수 없는 불온한 분위기가 가득했다.

"어머님, 소녀 이화입니다."

이화의 목소리에도 안에서는 별다른 기척이 없었다. 이화가 방문을 열고 들어서니 병색이 완연한 어머니가 누워 있었고 그 옆에는 어미를 걱정하는 인호가 있었다. 인호가 누나를 보고 반가웠는지 얼굴이 잠깐 밝아졌다가, 이내 어미를 보고는 다시 눈매가 아래로 축 처졌다.

"어머니, 저 이화예요."

이화는 너무나 상태가 좋지 않은 어머니를 보고는 기절할 듯이 놀랐다. 아무리 보고 싶지 않다고 하셨어도 무리를 해서라도 더욱 찾아뵈었어야 했는데, 이화는 자신의 무심함을 저주했다.

"어머니?"

이화의 애타는 부름에 힘없이 눈을 감고 있던 어머니가 눈을 떴다. 누구보다 아름답고 기품 있던 어머니가 이제는 완연한 병자의 모습이었다. 얼굴에 드리운 어두운 그림자, 혈색이 거의 없는 얼굴, 생명의 불꽃이 확실히 꺼져 가고 있었다.

"이……화야."

오랜만에 듣는 다정한 어머니의 목소리에 이화는 눈물을 흘리며 고개를 끄덕였다. 어머니는 손을 내밀어 이화의 손을 꼭 잡았다. 하지만 잡는 힘이 거의 없어 이화는 울컥 더욱 뜨거운 눈물을 쏟았다.

"내가 했었던……. 하아……. 모진 말들은 다 잊으려무나."

어머니는 거친 숨을 몰아쉬며 애써 말을 이었다. 이화는 걱정되어 말리고 싶었지만 어머니의 눈빛은 반드시 전해야 하는 말이 있는 것처럼 단호했다.

"어머니, 그런 말씀은 마시어요. 저는 다 잊었어요."

이화가 애타게 대답했다. 어머니는 지금까지 그것을 마음에 담아 두고 있었던 것이 분명했다. 아무리 어머니가 모진 말씀을 하셨어도 이화는 이미 그 모든 것을 잊은 지 오래였다. 제신에게 사랑을 받으며 이화의 마음이 한없이 너그러워졌고, 누가 뭐래도 어머니와 자식의 천륜은 절대 끊을 수 없는 것이기 때문이었다.

"내가 내치지 않으면……. 하아, 하아……. 언제까지 네가, 하아. 나와 인호를 돌보느냐, 콜록, 콜록……!"

"어머니!"

이화가 애가 닳아 어머니를 불렀지만 김씨는 가쁜 숨을 몰아쉬며 계속 말을 이었다.

"혼인도 하지 않고 우리 곁에 있을 것만 같았단다."

이제껏 숨겨 왔던 어머니의 진심에 이화는 헉 하고 숨을 삼켰다. 어머니는 진정 이화를 걱정하여 오히려 악역을 자처했던 것이 분명했다. 더구나 이화 스스로는 절대로 가족을 떠날 수 없다는 것을 누구보다 잘 알고 있던 어머니였기에, 일부러 모진 말로 이화를 내친 것이리라.

"미……안하다."

단 한 마디였지만 그것으로 충분했다. 그리고 어머니는 이화를 용서해 주신 것이 분명했다. 그대로 집을 뛰쳐나와 제신의 품에 안긴, 정숙치 못한 딸을 어머니는 넓은 마음으로 이해해 주신 것이다. 그리고 어머니는 이화 옆에 있는 제신을 바라보며 마지막 한마디를 했다.

"이화를…… 잘 부탁하네."

어머니의 그 말씀에는 제신을 사위로 받아들인다는 의미가 고스란히 들어 있었다. 제신 역시 그것을 알고 무겁게 고개를 끄덕였다. 어머니는 제신이 고개를 끄덕이자 애써 희미한 미소를 보였다.

그리고 어머니는 옆에 있는 인호의 얼굴을 손을 들어 간신히 쓰다듬었다. 어머니의 눈빛에는 어린 자식을 남겨 두고 떠나야 하는 아픈 마음이 그대로 드러나 있었다. 그리고 힘없이 툭 떨어져 내리는 손…….

"어머니!"

이화의 비명이 방 안을 가득 채웠다. 인호 역시 상황을 깨달은 듯 싸늘한 어미를 붙잡고 함께 울었다. 그녀의 나이 이제 겨우 마흔여덟, 이화의 어머니는 그렇게 세상을 떠나고 말았다. 이화는 남겨진 인호를 끌어안고 엉엉 울었다.

이제 세상에는 그녀와 인호 단 둘만 남겨진 것이었다. 아무리 모질게 자신을 내쳤어도, 얼굴을 보여 주지 않으셔도, 이 세상에 어머니가 살아계실 때에는 큰 힘이 되었다. 하지만 이제 어머니마저 돌아가시고 정말 이화는 외톨이가 된 기분이었다.

"어머니, 어머니!"

옆에서 인호가 이미 숨이 끊어진 제 어미를 붙잡고 애타게 불렀다. 이화는 이제 어머니조차 없이 남겨진 인호가 가엽기만 했다. 인호가 겨우 한 살에 아버님은 유배지로 떠나 제대로 아버지의 정도 느끼지 못하고 자랐다. 또한 어머니도 건강이 좋지 않아 제대로 어리광조차 부리지도 못하고 자란 인호였다. 이화가 가엾기 그지없는 인호를 제 품에 안고 애달프게 속삭였다.

"인호야, 이제 세상에 우리 둘만 남았구나."

이화는 너무 일찍 돌아가신 어머님이 불쌍하고, 이렇게 어린 나이에 부모님 없이 남겨진 인호가 가여워 울었다. 인호 역시 누이 품에 안겨 슬피 울었다. 그런 두 남매의 모습을 제신이 옆에서 조용히 지키고 있었다.

당연히 두 사람의 혼인은 미루어졌고, 제신은 정신이 없는 이화와 어린 인호를 대신하여 어머니 김씨의 장례를 맡아 주었다. 이화는 이런 상황에 그가 옆에 있어서 얼마나 든든한지 몰랐다. 그가 없었다면 어린 인호를 데리고 이화 홀로 이 모든 비극을 견뎌내기에는 무척이나 힘들었을 것이 분명했다.

"아가씨, 미음을 한 술이라도 좀 드세요."

드디어 3일간의 장례가 끝났다. 제신 덕분에 어머니를 좋은 장지에 묻어 드렸다. 그 동안은 어떻게든 정신을 챙기고 있던 이화는 집으로 돌아오자마자 지쳐 자리에 드러눕고 말았다. 어머니의 가시는 길이 너무나 쓸쓸하여 이화는 마음이 찢어지는 것만 같았다.

살아 있을 적에 아무리 위세가 대단해도 결국 죽어서는 비좁은 관, 조그만 무덤 속에 묻히는 것은 누구나 똑같았다. 하지만 그래도 떠나는 길이 외롭지 않도록 많은 사람들이 슬픔을 나누어 준다면 좋았을 것이다.

하지만 영락한 집안이라 어머니의 장례식에는 사람의 발길이 드물었다. 제신과 그의 객주 사람들, 그리고 청산댁을 제외하면 오직 이화와 인호뿐인 그런 초라한 장례였다. 그것이 자꾸만 마음에 밟혀 이화는 슬픔으로 몸을 가눌 수가 없었다.

"아니……. 생각 없어."

며칠 만에 부쩍 야윈 이화를 보는 제신의 눈빛이 어두웠다. 이화는 그동안 제대로 먹지도, 잠도 자지 못했던 것이다. 어머님이 돌아가신 것이 자신 때문이라고 자책하고 있음이 분명했다.

"아가씨."

제신이 조금 엄한 목소리를 이화를 불렀다. 이화는 제대로 울지도 않고, 슬픔을 그 안에 꾹꾹 눌러 담고만 있었기에 제신은 이화가 곧 쓰러질까 봐 걱정되었던 것이다.

"괜찮아. 잠시만 이렇게 좀 쉴게."

기운이 하나도 없는 이화였다. 그렇게 베개를 베고 자리에 눕던 이화가 다시 벌떡 자리에서 일어났다. 그리고는 황망히 일어나 바깥으로 나서려 하기에 제신은 그녀를 붙잡았다.

"갑자기 어디를 가시려고 하십니까?"

제신은 이러다가 이화마저 잘못되는 것이 아닐까 싶어 심장이 떨릴 지경이었다. 혼이 나간 듯 이화가 멍하니 중얼거렸다.

"인호가 안 보여, 우리 인호 어디 있지?"

제신은 그녀를 제 품에 꽉 끌어안았다. 그 와중에도 어린 동생을 챙기는 이화가 안쓰러워 제신은 심장 한쪽이 아릿했다.

"인호 도련님은 걱정하지 마세요. 청산댁이 잘 돌보고 있습니다. 아까 한 술 뜨고 잠이 드는 것을 제가 확인하고 왔습니다."

제신의 말에 이화가 그의 얼굴을 멍하니 바라보았다. 슬픔에 잠겨 초점이 거의 없는 눈동자였다.

"그래? 다행이네. 이제 내게 남은 가족이라고는 인호뿐이야."

넋이 나간 그 목소리에 제신이 그녀의 두 눈을 지그시 바라보며 단호한 목소리로 말했다.

"인호 도련님만이 아닙니다. 제가 여기에, 아가씨의 지아비인 제가 있습니다."

그제야 초점 없던 이화의 눈동자에 빛이 돌아왔다. 그리고 이화는 물끄러미 제신의 얼굴을 바라보았다. 한참을 아무런 말도 없이, 무엇인가를 묻는 표정으로 이화는 그를 바라보았다. 제신이 시선을 돌리지 않고 이화의 두 눈을 마주했다. 곧 이화의 두 눈이 촉촉이 젖어 들더니 뜨거운 눈물이 왈칵 쏟아져 내렸다.

"흑흑, 제신."

이제야 드디어 어머님이 돌아가신 것이 실감이 난 듯, 이화는 울음을 터뜨렸다.

"마음껏 우십시오. 저는 항상 여기에 있습니다."

그녀를 제 품에 안고 제신 역시 먹먹해졌다. 그리고 하염없이 눈물을 쏟는 그녀가 진정되어 다시 잠에 들 때까지 제신은 한시도 그녀의 곁을 떠나지 않았다. 계속 슬픈 고난에 마음이 다친 이화를 제신은 꼭 안아 주었다. 작은 새처럼 연약한 몸으로, 용감하게 세상에 맞서 고난을 이겨 온 이화였다.

이화는 마치 생명줄이라도 되는 듯이 제신의 손을 놓지 않고 있었다. 제신 역시 그 손을 놓지 않았다. 손깍지를 끼이고 작고 여린 그녀를 제 품에 안고 제신은 이화가 어서 슬픔에서 벗어나기만을 고대하였다.

슬픔 속에서도 시간은 흘러, 어느새 초겨울이 되었다. 그 해 한양에는 여느 해보다 일찍 서리가 내렸다. 이제 인호는 당연한 듯 제신을 형님이라고 부르며 자연스럽게 한 가족이 되었고, 이화 역시 조금씩 어머니를 잃은 충격에서 회복되어 갔다.

영특한 인호는 이제 겨우 겨우 네 살이었지만 벌써 천자문을 익히고 있었다. 제신이 특별히 서당 대신 훌륭한 훈장을 소개했기 때문이었다. 이화는 인호를 돌보며 그래도 많이 마음을 추슬렀다. 이제 하나밖에 없는 이 아이를 훌륭하게 키워 내야 돌아가신 부모님 앞에 면목이 설 것 같았기 때문이었다.

이화는 제신의 위로에도 불구하고 자신이 저지른 일 때문에 어머니께서 맘고생을 심하게 하셨다고 계속 자책하게 되었다. 초가집에서 살기 시작하였을 때에도 어머니는 이화가 남복을 입고 저잣거리로 나가는 것을 탐탁지 않아 하셨다. 그런데 혼인도 치르기 전에, 어머니 입장에서는 이화가 외간남자와 정을 통했으니 하늘이 무너지는 날벼락 같은 일이었을 것이다.

이화는 자신의 선택에 대하여 자랑이라 생각지는 않았지만 결코 부끄럽지는 않았다. 물론 양반가의 규수로서는 상상할 수 없는 일이었지만 이화는 제신을 은애하였고 자신의 마음에 충실했기에 후회하지 않았다. 다만, 어머니에게는 불효를 저지른 것 같아서 죄송한 마음이었다.

어머니의 상중이기도 하고, 인호까지 곁에 있다 보니 자연스레 두 사람의 거리는 조금 멀어졌다. 제신이 여러 가지 사정을 고려해 밤에 이화의 안채를 찾지 않았고, 이화가 그를 찾아 사랑채로 갈 수도 없는 노릇이었기 때문이다.

"누님, 여기 이것은 무슨 뜻이지요?"

인호가 한참 익히던 천자문을 보다가 막히는 것이 있었는지 이화에게 물었다.

"시초를 돈독하게 함은 참으로 아름다운 일이나, 결말을 온전히 마무리하도록 마땅히 경계해야 한다는 뜻이란다."

이화의 설명에 인호는 알았다는 표정으로 또 열심히 천자문을 필사하고 있었다. 평화롭다면 평화로운 오후의 한때였다. 하지만 이화와 인호가 저녁을 먹고 나서도 제신은 여전히 집에 돌아오지 않고 있었다.

"형님께서 많이 늦으시네요."

인호의 말에 이화는 고개를 끄덕였다. 이미 시간이 술정시(오후 8시)가 지났음에도 아직 제신이 귀가를 하지 않았기 때문이었다. 이화 역시 최근에 제신이 많이 분주한 것인지 계속 귀가가 늦어지는 것에 신경이 쓰였다.

"일이 많이 분주하신 게지."

말은 그렇게 했지만 이화는 사실 약간 불안했다. 최근 제신의 눈가가 눈에 띠게 거뭇한 것이 상당히 피곤해 보였기 때문이다. 게다가 채홍리까지도 무척 분주해 보였다.

그리고 며칠 전에는 제신이 상당히 술에 취해서 돌아왔다. 거래 시 가끔 술을 한두 잔 정도는 마신다 했지만 제신은 절대 술을 취할 정도로 마시는 법은 없었다. 하지만 그에게 무슨 고민이라도 있는 건지, 이화는 속이 홀로 바짝바짝 타는 기분이었다.

"인호 도련님은 이제 주무셔야 할 시간입니다."

최근에는 인호를 마치 친손자처럼 돌보고 있는 청산댁의 부름에 인호는 안채를 나갔다. 홀로 남겨진 이화는 계속 제신을 기다리고 있었다. 그의 얼굴을 보고 혹시 무슨 문제가 있는 것은 아닌지 물어보고 싶었다. 그러나 그보다는 그냥 제신의 얼굴을 보고 싶은 마음이 더욱 컸다.

이화가 슬픔에 잠겨 있을 때, 그는 아무런 말도 하지 않고 그저 이화를 그의 품 안에 안아 주었다. 가끔은 그의 품에서 눈물을 흘리기도 했지만 점점 시간이 지날수록 이화는 제신의 다정한 위로에 기운을 차릴 수가 있었다.

그저 곁에 있어 주는 것, 그것이 이화에게 큰 위안이 되었기 때문이다. 그래서 그녀도 할 수 있다면, 그에게 다소나마 위안이 되어 주고픈 마음뿐이었다.

삐그덕. 저벅, 저벅, 저벅.

이런 저런 생각에 잠겨 있던 이화는 안채 협문이 열리는 삐그덕거리는 소리와 이어서 들려오는 발자국 소리에 정신을 차렸다. 이 시간에 그 문을 열 사람은 제신뿐이었기에 이화는 급히 안방 문을 열고 안마당으로 나갔다.

아주 오래 전 그때처럼 제신이 있었다. 그때는 피를 흘리며 별채 담벼락에 기대어 있었다. 하지만 지금은 술에 취한 듯, 그는 안채 툇마루에 앉아 있었다.

"제신?"

이화의 부름에 제신이 고개를 들었다. 약하게 나는 술 냄새에 이화는 저도 모르게 이마를 찡그렸다. 정말로 제신에게 무슨 큰일이 있는 것은 아닌지, 이화는 애가 탔다.

"무슨 일이야?"

이화의 질문에 제신은 이화를 물끄러미 바라보았다. 그리고는 아무런 말도 없이 덥석 그녀를 끌어안았다. 이화는 약간 놀랐지만 그의 품에 얌전히 안겨 있었다. 이화를 안고 있는 사람은 제신이 었지만 오히려 그가 이화에게 매달리고 있는 기분이었기 때문이다.

한동안 아무런 말도 없이 이화는 그에게 안겨 있었다. 자신이 그랬던 것처럼, 그에게 이화의 온기가 위로가 된다면 언제까지라도 그에게 안겨 있고 싶었다.

"에취!"

한참을 그렇게 안겨 있던 이화가 재채기를 하자 제신이 정신을 차린 것처럼 고개를 들었다. 그의 품에 안겨 있기는 했지만 바깥의 공기는 차가웠기 때문이었다.

"아가씨, 추우시군요?"

그리고 황망하게 그녀를 안고 안방으로 들어왔다. 안으로 들어와서도 그는 그녀를 놓지 않고 바로 보료 위에 앉아 계속 그녀를 안고만 있었다. 이화 역시 그저 침묵했다. 때로는 말보다 함께 있는 것이 더욱 위안이 되기도 하는 법이었다.

"제가 오늘 조금 취했습니다."

조금 시간이 흐른 후 그가 독백처럼 중얼거렸다. 이화는 조용히 그가 하는 말에 귀를 기울였다. 그가 어떤 말을 해도 들을 생각이었다.

"그냥 이렇게 평범하게 살고 싶은데, 걸리는 일이 생각보다 많이 있네요."

수수께끼 같은 그의 말에 이화는 대체 그에게 무슨 일이 있는지 알 수가 없어 답답했다. 최근에 거래는 나쁘지 않았고, 그는 객주로서 승승장구하고 있었다. 계속 장부를 보고 있어서 이화도 그것은 파악할 수 있었다. 그렇다면 그것 말고 무엇이 그를 이렇게 괴롭게 하고 있는 것일까?

"그냥 김제신으로만 살고 싶은데, 그게 그리 쉬운 게 아닌 것 같습니다."

이화는 그제야 그의 성이 김씨라는 것을 알았다. 생각해 보니 그전에는 흑운이라는 이명만으로 알고 있었고 그가 본명을 가르쳐 준 것이 그리 오래되지 않았다. 사실 그의 휘를 부르는 경우는 두 사람만 있는 경우였기에 그의 성이 무엇인지는 몰랐던 것이다.

"무슨 일이 있어?"

이화는 그의 품 안에서 고개를 들고 그에게 조심스럽게 물었다. 복잡한 그의 눈빛에 이화는 마음이 짠해졌다. 이화는 자세를 바꾸어 그의 갓끈을 조심스럽게 풀었다. 그것을 장침(보료 옆에 있던 긴 베개) 옆에 내려 두고 이화는 조심스럽게 그의 머리를 제 가슴에 안아 주었다.

"그냥 지금은 아무 생각도 하지 마."

이화의 다정한 말에 제신은 아무런 대답도 하지 않았다. 다만 그녀의 허리를 더욱 다부지게 끌어안았다. 이화는 그의 등을 부드럽게 쓰다듬었다. 그가 힘이 든다면…… 지금 이화가 할 수 있는 일은 아무것도 없지만, 항상 그의 곁에 이화가 있다는 것을 알아 주었으면 했다.

"하나만 기억해 줘. 무슨 일이 있어도 나는 당신 옆에 있을 거야."

이화는 나직하게 그에게 다짐했다. 제신이 더욱 강하게 그녀를 끌어안았다. 그가 그래 주었듯이 이화는 그의 곁에서 그의 슬픔을 나누고 싶었다. 그를 은애하고 마음으로 그를 지아비로 받아들였다. 그러니 그에게 어떤 일이 있어도 이화는 그의 곁에서 안사람으로 살 것이었다. 그 마음만은 그가 알아주었으면 했다.

그가 이화의 품에서 얼굴을 들었다. 그리고 이화의 진심을 확인하는 듯 이화의 두 눈을 응시했다.

"이젠 무슨 일이 있어도 저를 내치지 않으실 겁니까?"

제신의 매달리는 듯한 질문에 이화는 고개를 끄덕였다. 아직도 이화가 그를 떠나보내려고 그에게 안아 달라고 애원했었던 것을 마음에 품고 있었던 모양이다. 그때는 그럴 작정이었지만 그러기에는 이미 그를 깊이 마음에 품고 말았다. 그의 곁에서 그를 온 마음으로 은애하게 된 것이다.

"절대 그러지 않을 거야. 나는 당신을……."

이화는 중요한 고백을 하기 위해서 크게 심호흡을 했다. 그리고 그의 두 눈을 똑바로 바라보며 이제껏 숨겨 왔던 자신의 진심을 전했다.

"은애하는걸."

이화의 말이 떨어지자 제신이 두 눈을 크게 떴다. 마치 그녀의 말이 믿기지 않는 듯 그녀를 뚫어지게 응시했다. 그의 강렬한 눈빛에 이화의 얼굴이 점점 달아올랐다. 하지만 그를 은애하는 마음은 그녀의 진심이었기에 이제 더 이상은 감추고 싶지 않았다.

"당신이 나를 은애하지 않아도 나는 이제 이 마음을 감출 수가 없어. 그러니……."

그 다음 말은 제신의 뜨거운 입맞춤에 사라져 버렸다. 그가 격렬하게 이화의 입술에 입맞춤했다. 그의 뜨거운 혀가 곧장 안으로 들어와 이화의 혀를 낚아챘다. 혀가 뽑힐 것처럼 격렬한 그의 입맞춤에 이화는 몽롱해졌다. 자신의 고백에 이리 열정적으로 입맞춤하는 그도 이화를 어느 정도는 마음에 품고 있는 것은 아닐까?

이화의 생각은 거기까지였다. 제신이 마치 야수처럼 그녀를 탐했기 때문이었다. 그동안의 거리가 무색하게, 마치 내일이 없는 것처럼 그는 이화를 안기 시작했다. 그의 품에 안겨 신음하며 이화는 그가 자신을 원한다면 기꺼이 그에게 자신을 내주고 싶었다.

"이화. 이화!"

마치 주문처럼 계속 이화를 부르며 제신은 이화의 온몸에 입맞춤을 했다. 그의 손에 순식간에 나신이 되어 버린 이화의 드러난 피부에 제신의 입술이 닿지 않은 곳이 없었다. 마치 이화를 숭배하듯이 그의 뜨거운 입술은 이화의 얼굴에도, 목덜미에도, 한껏 부풀어 달아오른 이화의 가슴에도 쏟아졌다.

발끝에서부터, 그리고 허벅지 안쪽, 그리고 한껏 만개하여 제신을 애타게 기다리고 있던 이화의 꽃잎까지. 제신은 집요하면서도 달콤하게 이화를 맛보고 그녀를 쾌감으로 밀어 넣었다. 이화는 그의 집요한 애무에 시달리며 그가 몸으로 자신에게 말하고 있다고 느꼈다.

'절대 자신을 내치지 말라.'는 제신의 애절한 마음이 그대로 전달되었다. 이미 이화는 그런 생각은 버린 지 오래였고 그럴 수도 없었다. 이미 그를 자신의 지아비로, 한평생을 해로할 반려로 마음에 담았기 때문이었다. 그래서 기꺼이 이화는 제신에게 자신의 온몸을 열었다. 그가 원하는 만큼 자신을 탐하도록, 그리고 자신의 애정이 그에게 전해질 수 있도록 말이다.

"하아, 아아……."

이화의 신음이 더욱 높아졌고, 그럴수록 제신의 이화를 극단으로 몰아붙였다. 마침내 이화가 더 이상은 견딜 수 없다고 느낀 순간 제신의 강한 불기둥이 이화를 헤집기 시작했다.

"제……신……."

이화는 그의 휘를 중얼거리며 그에게 제 마음을 전하고 싶었다. 하지만 평소보다 더욱 달아오른 이화는 미처 말을 할 수가 없었다. 그에게 자신의 마음을 그대로 전하고 나니, 이화는 그에게 고스란히 자신이 느끼는 모습을 보여 주었다. 그것이 더욱 제신을 자극해서 두 사람은 극도의 희열 안에서 허우적거렸다.

바깥의 날씨는 차가웠지만 방 안은 두 사람의 열기로 후끈했다. 그렇게 두 사람은 미친 듯이 몸을 섞었고, 결국 이화가 지쳐 잠이 들었을 때까지도 제신은 그녀를 품에서 놓지 않았다.

그 밤, 소리 없이 내린 눈이 안마당에 소복이 쌓여 있었다.

13. 시린 바람

"하아!"

지쳐 잠든 이화를 바라보던 제신은 깊은 한숨을 내뱉었다. 자신을 은애한다고 말해 준 그녀, 지금 제신의 모습 그대로를 아껴 준 이화였다. 결코 떠나지 않겠다며, 제 손을 놓지 않겠다고 말해 준 사랑스러운 자신의 반려였다.

이화의 넉넉한 애정에 제신은 심장이 뻐근했다. 그래서 말로 제마음을 고백하기도 전에 그녀를 뜨겁게 안고 말았다. 항상 말보다 몸이 앞서는 제신이었다. 잠든 그녀의 이마에 입술을 대고 작은 이화의 몸을 제 품에 꼭 끌어안고 제신은 깊은 생각에 빠졌다.

'그냥 이대로 살고 싶다.'

최근 제신의 소망은 이렇게 바뀌고 말았다. 얼마 전까지만 해도 제신은 자신의 신분을 복원하기 위해서 열심히 노력했었다. 미친 듯이 재물을 벌어 현재 조정의 권력을 잡고 있는 서인들을 지원했다. 그래서 아버지의 명예와 자신의 휘를 회복하여 당당하게 살아가는 것, 그것만이 그의 목표였었다.

김제신.

한동안 그조차 잊고 지냈던 자신의 휘. 이제는 버렸다고 생각한 그 휘가 최근에 조금씩 그를 옥죄고 있는 기분이었다. 그의 아버지는 서인의 명문가였던 노론 개성 김씨 집안의 종손인 김재찬이었다.

시절이 좋았다면 제신은 과거에 무난히 장원 급제하여 관리로 승승장구했을 것이었다. 당시 성균관에서는 모두가 다음 열릴 과거에서 장원 급제할 이는 제신이라고 여기고 있었다. 그리고 제신역시 스스로에게 자신이 있었다. 하지만 환국의 풍파는 그에게서 모든 것을 빼앗아 갔다.

기사환국의 풍파에 몰려 그의 아버지는 사약을 받았고, 어머니와 당시 열 살에 불과했던 남동생과 열두 살이었던 여동생은 운명을 달리했다. 제신 역시 그러한 운명이었으나 그는 가까스로 도망쳐 간신히 살아남았다.

홀로 살아남아 복수를 꿈꾸며, 언젠가 자신의 휘와 집안의 명예를 복원하기를 기대하며 숨죽여 살았다. 그래서 그는 신분을 감추고 무사로 살아남았다. 그때 그의 나이는 약관(20세)도 안 된 겨우 열아홉이었다. 이후 3년 간, 제신은 떠돌이 무사로 매일매일 불안하게 살아야만 했다.

도피 초반에는 제 안에서 들끓는 분노 때문에 상당히 힘이 들었다. 그렇게 분노에 가득 차, 제 목숨이 아까운 줄도 모르고 마구잡이로 검을 휘두르니 흑운이라는 이명까지 얻게 된 것이다. 누군가 자신을 쫓는 것만 같아서 제대로 누워서 편안히 잠조차 자지 못한 그런 나날들이었다.

그는 절치부심하는 심정으로 한병모 대감의 집에 몸을 의탁했다. 사실 의도한 바는 아니었으나, 제신은 그 기회를 놓치지 않았다. 오히려 그는 남인들의 턱 밑에 있는 것을 선택하여 그들의 허점을 노렸다.

누구도 김재찬의 아들이었던 그가 남인의 집안에 몸을 숨기고 있을 것이라곤 예상치 못할 거라 생각했기 때문이다. 오히려 원수의 턱 밑에 숨어 그들의 동정을 살피고, 구차하지만 목숨을 부지하여 언젠가는 집안을 일으키겠다는 것이 제신의 목표였다.

이화의 아버지였던 한 대감은 인품이 훌륭하고, 남인에 속했지만 서인과도 대화가 되는 합리적인 사람으로 명성이 높았다. 제신이 가까이에서 본 한 대감은 명성대로 훌륭한 사람이었다. 시간이 지나 제신은 가끔 한 대감이 어쩌면 제신의 정체에 대하여 대충 짐작하고 있지 않았을까 생각하곤 했다.

한 대감은 정세에 누구보다 민감하면서도 무리하게 적을 만들지 않는 사람이었다. 게다가 누구보다 사람을 알아보는 눈이 뛰어났다. 그럼에도 근 2년간이나 제신이 안전하게 머물 수 있도록 배려해 주었다면, 한 대감은 정말로 인품이 훌륭한 사람이었다.

생각해 보면 제신에게 낙화원에서의 생활은 평온했다. 오랜만에 사람다운 사람으로 살게 된 기분이랄까? 그저 편안하게 잠을 자고, 삼시 세끼 밥을 먹고, 누구나 누리던 그 일상의 안온함을 오랜만에 느낀 그런 나날들이었다.

예전 기억을 더듬던 제신은 이화를 처음 본 순간을 다시 떠올리고 있었다.

"오늘은 조금 늦을 것이니 자네는 기다리지 말고 잠자리에 들게나."

한 대감은 제신에게 그리 이르고는 낙화원을 나섰다. 평소 늦은 밤의 외출이라면 항시 무사를 동행하곤 했는데, 그날 한 대감은 홀로 집을 나섰다. 시선을 꺼려야 하는 긴한 모임이 있는지, 한 대감은 평소 복장과는 달리 평범한 필부처럼 간소하게 차려입고 있었다.

한 대감을 배웅하고 나서, 제신은 한 대감의 뒤를 따를지 어떻

게 할지를 잠시 생각했다. 그래서 사랑채 마당을 홀로 서성거리고
있었던 것이다.

삐그덕.

협문이 열리는 소리에 제신은 신속하게 어두운 그림자 사이로
몸을 숨겼다. 몇 년간 도피 생활 덕분에 자연스럽게 몸에 익은 습
관이었다. 이 조용한 낙화원 안에서 어떤 위험이 있으랴 싶지만,
그는 평소처럼 어둠 속에서 날카롭게 주변을 살폈다.

안으로 들어선 이는 한 대감의 하나 뿐인 딸, 이화였다. 제신은
휘만 전해 들었을 뿐, 그녀를 직접 본 것은 처음이었다. 뭔가 기쁜
일이 있는지 초롱초롱한 눈빛으로 사랑채 안으로 들어서던 이화
는 곧 근처에 있던 장미에 시선을 빼앗겼다.

달빛 아래에서 한껏 흐드러지게 피어난 장미를 바라보던 소녀.
제신은 정말로 오랜만에 혼탁한 마음이 정화되는 기분이었다. 속
세와는 상관없이 고고하게 피어난 꽃처럼, 이화는 그 존재만으로
제신의 마음속에 남아 있던 순수한 감정에 감화를 주었던 것이다.

어쩌면 어린 나이에 죽은 자신의 여동생도 시절이 좋았다면 저
렇게 아름답게 성장할 수 있지 않았을까? 어쩌면 자신도 이렇게
휘를 감추고 짐승처럼 분노에 찬 검을 휘두르지 않고 인간답게 살
수 있지 않았을까? 이화는 제신이 잃어버린 모든 과거의 아름다운
것들을 떠올리게 했고, 그래서 동시에 괴롭게도 만들었다.

그래서 얼른 그 자리를 뜨려고 움직이다 그녀와 맞닥뜨리게 되

었다. 깜짝 놀라 커다래진 이화의 두 눈이 아침 이슬처럼 맑았다. 주변에 있던 여인들이 자신에게 보내던 끈적한 눈빛과는 전혀 다른 맑고 고운 시선이었다.

"죄송합니다."

제신의 인사에 그녀는 어색해 하면서도 우아하게 인사를 받아주었다. 그리고는 곧 제신의 정체를 가늠했는지 휘를 물었다. 짧은 한두 마디를 나눈 후, 제신은 그녀를 별채까지 데려다주었는데, 그것은 제신이 처음으로 이성에게 보여 준 다정한 행동이었다.

이후 종종 한 대감의 명으로 이화를 동행하며 그녀를 호위했지만 제신은 필요 이상의 접촉과 대화는 하지 않으려 노력했다. 그녀를 계속 보고 있으면 다소 잠잠하게 가라앉았던 제 안의 불꽃이 다시 확 살아날 것만 같았던 것이다.

동시에 제신은 이화가 자신을 다소 불편하게 여기고 있다는 것도 민감하게 알아챘다. 그녀는 제신이 무엇인가를 감추고 있다는 것을 본능적으로 느꼈던 것 같았다. 그녀의 맑은 눈빛을 마주할 때마다 제신은 자꾸만 심장이 아려 오기 시작했다. 처음에는 이화에게 그런 오해를 받는 것이 뭔가 억울하고 답답한 심정이었고, 그리고 점점 그것은 어떤 안타까움이 되어 갔다.

"웬 손수건입니까?"

홍리의 질문에 제신이 약간 민망한 듯 얼른 손수건을 감추었다. 무거운 짐을 지고 고갯마루를 넘다 보니 힘이 부쳤기에 다들 한자리에 앉아 잠시 숨을 돌리던 참이었다. 1695년, 한참 대기근이 심했던 을병년 늦가을이었다.

"별거 아니네."

제신의 대답에 홍리는 별다른 말은 하지 않았다. 하지만 홍리의 눈에 그것은 매우 낯이 익었다. 제신이 자주 그 손수건을 꺼내어 보는 모습을 자주 목격했던 탓이다. 질 좋은 비단에 수가 놓여 있는 것이 허투루 만든 것 같지는 않았다. 하지만 그 자수 솜씨가 그리 대단해 보이지는 않았기에 홍리는 제신이 그것을 왜 그리 애지중지하는지 약간 의아했다.

제신이 한 대감의 집을 나와서 객주 어르신에게 몸을 의탁하고 장사를 배우기 시작한 지도 어느새 1년이 지났다. 제신은 처음에는 혼란한 시류 속에서 잠시 신분을 숨기고자 했었다. 하지만 객주 어른 곁에서 일을 하면서 제신은 새로운 방식으로 다시 신분을 복원할 수도 있겠다고 깨닫게 되었다. 모든 일에는 재물이 필요했다. 그래서 서인들의 돈줄이 되는 것, 그것을 의도했던 것이다.

남보다 늦게 시작하였기에 제신은 누구보다 열심히 장사를 배웠다. 그래서 가끔 이렇게 직접 홍리와 그 일행을 따라 장삿길에 나서기도 했다. 장사꾼들의 실상을 잘 알아야 객주도 잘 관리할 수 있다는 어르신의 말에 제신은 동감했기 때문이었다.

"이번에도 저 쪽에서 까다로운 조건을 들고 나오는 것은 아니 겠지?"

제신의 질문에 홍리는 고개를 저었다. 예전 모시던 제신을 이렇 게 다시 객주에서 만나리라고는 그 역시 예상하지 못했던 일이다. 제신은 제 휘를 숨기고 그저 흑운이라고 불러 달라 했기에 홍리 역시 그를 그렇게 대하고 있었다.

"네, 이번에는 그렇지 않을 것입니다."

홍리의 대답에 제신은 고개만 끄덕였다. 초반에는 그저 신분을 복원할 새로운 길로서만 여겼으나, 시간이 지날수록 제신은 장사 그 자체에 재미를 붙이게 되었다. 옆에 홍리가 있는 것도 무척이 나 큰 도움이 되었다.

그리고 무엇보다 제신은 개성 출신이었고, 개성상인으로 이름 높은 고장의 사람답게 매우 빠르게 장사를 배웠다. 본래 타고난 머리가 있는 데다, 무사로서의 대범함과 결단력이 있어서 제신은 장사에 상당한 수완을 발휘하고 있었다.

"어서 다시 출발하지."

한 식경 정도 휴식을 취한 제신의 일행은 다시 길을 떠났다. 그 리고 저녁 무렵 주막에 당도하자 국밥 한 그릇에 탁배기를 마시고 는 모두 곯아떨어졌다. 제신 역시 피곤했으나 어쩐지 잠이 오지 않아 툇마루로 나왔다.

'대체 어디로 가 버린 것인지.'

제신은 홀로 달을 보며 저도 모르게 이화가 건네주었던 손수건을 쓰다듬고 말았다. 한 대감이 환국에 휘말려 유배를 떠난 것은 그도 알고 있었다. 하지만 한 대감의 가족들은 화를 입지 않았기에 다행이라고 여기고 있었던 차였다.

그러나 며칠 전, 우연치 않게 낙화원 근처를 지나가다 제신은 낙화원의 주인이 바뀐 것을 알게 되었다. 이전에도 노비들이 하나둘 떠나가 을씨년스럽던 낙화원이었다. 본래 허약하던 안방마님은 앓아 누웠고, 정혼이 파기된 이화가 홀로 집안을 꾸리고 있다는 소문을 들었다. 하지만 결국 이화는 집을 정리하고 다른 곳으로 가 버린 모양이었다.

"하아!"

저도 모르게 제신의 입에서 한숨이 새어 나왔다. 그리고 제 손에 쥐어진 붉은 흔적이 남아 있는 손수건을 바라보았다. 버리려고 수차례 시도했지만 결국에는 버리지 못한 것이었다.

이화의 별당 안채로 급히 몸을 숨겼던 그날 밤, 제신은 누군가에게 쫓기고 있었다. 당시에는 그 상대방이 누구인지조차 알 길이 없었다. 다만 자신을 공격하던 이들은 상당한 솜씨를 지닌 자들이었고, 그들에게는 오직 살(殺)이라는 한 가지 목표만이 있었다.

일 대 일 대결이라면 제신은 이길 자신이 있었다. 하지만 한꺼번에 많은 이들이 파상적으로 공격을 해 대니 그 역시 지쳤고 결국에 상처를 입고 말았다. 일단은 몸을 피해야 한다는 생각에 필사적으로 별채 담장을 넘었던 것이다.

이렇게 휘마저 버리고 몸을 숨긴 자신을 이토록 집요하게 노리는 이가 누구인지 알 수가 없으니 대비를 할 수도 없었다. 결국 한참 시간이 지나고 나서야 그 상대방의 정체를 알았을 때는 이미 그는 경술환국으로 유배를 떠나 사약을 받은 뒤였다.

아버님을 사지로 몰아넣었던 남인의 거두(巨頭)였던 윤광석, 그에게는 겨우 목숨을 부지한 제신조차 위협으로 느껴졌던 모양이었다. 다시 정세가 바뀌면 제신이 다시 복수라도 할까 봐 염려했던 것일까? 그 상황에서까지 지속되는 은원에 제신은 몸서리를 칠 수밖에 없었다.

그리고 그 밤, 제신은 검에 상처를 입었고 동시에 꽃 같은 이화에게 마음을 빼앗기고 말았다. 피를 흘리는 제신을 위해서 하얀 비단 손수건을 내준 이화 덕분에 제신은 실로 오랜만에 마음이 따듯해졌었다. 외롭고 그 누구도 의지하지 않았던 그에게 봄볕처럼 따스한 사건이었다.

물론 이화는 놀라서 그저 손에 들고 있던 것으로 지혈했을 것이다. 자신이 흘리는 피를 보고 창백하게 얼굴이 질린 이화의 모습이 마치 어제인 듯 기억에 생생했다. 제신이 그리 애써 피하던 제 마음을 깨닫게 된 순간이기도 했다.

다정하고 천진한 이화의 미소를 가끔씩 스쳐 지나가듯 볼 때마다 심장 한쪽이 아릿했다. 외출할 때마다 초롱초롱하게 반짝거리는 그녀의 눈빛을 제신은 기억하고 있었다. 호기심 가득한 눈빛으로 세상을 바라보는 이화에게는 모든 것이 아름답게만 보일 것이라고 냉소하기도 했었다.

하지만 피를 흘리는 제신을 보고 어떻게든 도와주려고 애쓰는 그녀의 모습에 마음이 흔들렸다. 이화가 자신을 불편하게 여기고 있다는 것을 알았지만, 그럼에도 이화는 곤경에 처한 자신을 내버려 두지 않았던 것이다.

그 밤 처음으로 제신의 눈에 이화가 여인으로 보였다. 이화의 정혼 소식에 왜 그리 자신이 동요했었는지, 그제야 그 사유를 깨달았다. 애써 무시해 왔던 자신의 마음의 정체를 깨닫자 제신은 상당히 동요했다.

만약 예전의 그였다면 그도 당당하게 그녀에게 혼인을 청할 수 있지는 않을까? 순간 머릿속에 떠오른 자신의 삿된 욕망에 제신은 흠칫하고 말았다.

원수를 갚고, 자신의 휘를 회복해야 한다는 목표보다 한 떨기 아름다운 이화에게 흔들리는 자신을 용서하기도 어려웠다. 더불어 계속 제신이 낙화원에 머문다면 한 대감마저 오해를 받을 것만 같았다.

결국 떠나기로 마음을 먹었을 때, 제신은 멀리서 이화의 모습을 바라보았다. 작별 인사조차 제대로 하지 못하는 제 처지가 슬펐지만 그래도 제신은 이화가 행복하기만을 바랐다.

'다시 만날 수 있을까?'

차마 전하지 못한 애달픈 애정이 켜켜이 제신의 심장에 쌓여 갔다. 그리움에 사무칠 때마다 제신은 차마 버리지 못한 그 손수건을 계속 만지작거렸다. 붉게 물든 그 손수건은 이화에 대한 제신의 아리고 애틋한 감정이었다.

"요즘 대체 밤에는 어디서 주무시는 것입니까?"

볼멘소리인 홍리의 질문에 제신은 약간 뜨끔해졌다. 제신은 새벽에 통행금지가 풀리자마자 급하게 객주로 돌아왔다. 급하게 안으로 들어서는 제신을 보자, 홍리가 인사도 하기 전에 핀잔을 준 것이다.

"게다가 어디 물에라도 빠졌다 오셨습니까?"

대답이 없는 제신을 보며, 홍리가 다시 기가 막힌다는 표정으로 물었다. 아닌 게 아니라 제신이 겉에 입은 전복은 물에 젖었다가 마른 참이라 후줄근했던 것이다. 민망한 표정으로 제신은 무심한 듯 옷자락을 매만졌다.

"별일 아니네. 잊지 말고 오후에 아가씨 댁에 항아리를 가져다

주겠나?"

제신의 명에 홍리는 그가 간밤에 어디에 있었는지 눈치채었지만 그저 고개를 끄덕였다.

낙화원을 정리하고 사라진 이화의 행방을 알 수 없어 애태우던 2년이 지나고, 남복을 하고 있던 이화를 만난 것은 제신에게는 천운과 같았다. 재회한 이화는 여전히 곱고 아름다웠다. 오히려 그녀는 스스로 삶을 일구며 더욱 생기에 넘쳐서, 규방의 화초 같았던 시절보다 훨씬 생생한 아름다움을 자랑하고 있었다.

거의 우격다짐으로 이화를 따라가 거처를 알아낸 이후, 제신은 이화의 집 근처에 있는 빈집을 청소하고 자주 그곳을 지켰다. 이화가 초가로 들어가고 난 후 계속 그녀의 자취를 살피다 시간이 늦어져 인경(통행금지)을 놓치는 때에도, 가끔 마음이 헛헛할 때에도 그는 그 빈집에 머물렀다. 조금이라도 그녀 곁에 가까이 있고 싶은 자신의 마음 때문이었다.

간밤에도 그 빈집에서 밤을 보내고 객주로 돌아오니, 홍리가 저승사자와 같은 얼굴로 그를 맞이했던 것이다. 오늘은 중요한 거래가 있는 날이었기에 제신은 아무런 말도 하지 않았다.

"숨겨둔 정인이라도 있으십니까? 그렇다면 뭐 말리지는 않겠습니다."

홍리는 눈치 빠르게 그 이후 별다른 말이 없었지만 제신의 심장이 훅 하고 뜨거워지고 말았다. 일부러 주제를 바꾸려고 제신이 빠르게 질문을 했다.

"그 삼상이 어르신에게 약조했던 거래 내용을 그대로 지킬까?"

제신의 질문에 홍리는 약간 반신반의 하는 표정이 되었다.

"그건 만나 봐야 알겠으나, 신의가 있는 사람이니 믿어 봐야
죠."

제신은 중요한 거래를 생각하면서도 또 한편으로는 자꾸만 어
제 보았던 이화의 모습이 떠올라 정신이 없었다. 물을 긷던 항아
리가 물에 빠져 이화가 온통 물에 젖어 버린 것이었다. 이화는 하
나밖에 없던 항아리를 걱정했지만 제신은 그녀가 위험할 수도 있
었다는 생각에 심장이 바닥에 떨어지는 기분이었다.

'안 돼!'

모두 제 손에서 놓아 버린 가족들을 떠올리며 제신은 이화를 제
품에 끌어안았다. 그녀마저 자신의 곁에서 사라질 것 같은 불길한
느낌에, 그는 이화를 애타게 부여잡았다. 작은 새처럼 가녀린 그
녀의 기운을 느끼며 제신은 아무런 생각도 할 수 없었다.

그리고 더욱 충격적이었던 것은 그 다음이었다. 물에 흠뻑 젖은
그녀의 자태에 제신은 조금 전 느꼈던 공포와는 다른 충격을 받았
다. 초여름에 싱그럽게 피어난 장미처럼, 요염한 그녀의 자태에
제신은 사내로서의 욕망을 느꼈던 것이다.

'이 무슨 추태인 것인지.'

제신은 계속 이화에게 향하는 마음을 떨치려는 듯이 고개를 휙

휙 저었다. 그러나 마음은 항상 생각대로 움직이지 않았다. 차가운 이성이 그것을 따라잡기도 전에 끓어오르는 뜨거운 감정은 저 멀리 앞서가 있었던 것이다.

'그저 도울 뿐이야. 이화 아가씨는 예전에 내가 모시던 아가씨라고……'

계속 주문처럼 다짐했지만, 제신의 들끓는 마음에는 전혀 소용이 없었다. 그녀와 재회했을 때 제신은 그저 정말 그녀에게 도움이 되고 싶은 마음뿐이었다. 또한 한 대감에게 약간 빚진 느낌이 있었기에 예전 주인을 돕는다고 마음을 먹었다. 게다가 이화는 항상 자신을 불편해했었기에, 그녀를 감히 넘보지 않기로 마음먹었던 것이다.

그저 그녀가 제 시선이 닿는 곳에, 그의 도움이 필요할 때 도울 수 있는 거리에 있는 것만으로도 행복했다. 하지만 제신은 점점 자신의 마음을 평온하게 유지하기가 어렵다는 것을 깨닫고 있었다.

"후우."

무거운 한숨 소리에 홍리가 흘낏 제신을 살펴보았지만 제신은 그것조차 알아채지 못하고 있었다. 자꾸만 이화를 향하는 제 심장 때문에 제신은 심란하기만 했다. 제게는 향하지 않는 이화의 마음 때문에 제신의 심장에는 항상 시린 바람이 불고 있었다.

"뭐, 벌써 돌아갔다고?"

제신의 목소리가 다소 높아졌다. 오늘은 분명 이화가 필사본을 가지고 서점에 들를 것이었기에 제신은 급한 거래를 마치고 화급하게 서점을 찾았다. 그러나 이미 그녀는 돌아갔다는 주인의 말에 다소 허탈해진 참이었다. 이화와 함께 걸을 수 있는 달콤한 한 시진이 스르르 사라져 버린 것이었다.

"그런데⋯⋯"

서점 주인이 뭔가 할 말이 있는 듯, 제신의 눈치를 살폈다. 뜨거운 한여름임에도 실망한 제신 때문에 서점 안의 공기가 북풍한설 같았기 때문이다. 말을 해야 하나 말아야 하나 고민하는 표정의 서점 주인에게 마음이 급해진 제신이 입을 열었다.

"할 말이 있으면 빨리 하게나."

제신의 말에 서점 주인이 겨우 입을 열었다.

"그것이 공교롭게도 제가 오늘 사정이 있어서 선비님께 필사본만 받고 대금을 치르지 못했습니다. 내일 드리겠다고 했더니 선비님께서 오늘이 어머님의 생신인데 어찌하나 하면서 무척 낙담하신 채 돌아가셔서 말이지요."

서점 주인의 말에 제신은 얼른 서점을 나와서 푸줏간으로 향했다. 생각해 보니 이맘때가 안방마님의 생일이었던 것 같았다. 아

무엇도 없이 빈손으로 돌아가는 이화의 마음이 어찌했을지 예상
되어 제신의 마음이 급해졌다.

'이럴 때에는 내게 좀 기대지 않고.'

제신은 한사코 자신의 도움을 받지 않고 밀어내기만 하는 이화
가 야속했다. 그래서 제신은 최근에 자신이 거의 우격다짐으로 이
화를 밀어붙이고 있는 것만 같았다. 인삼을 받지 않으면 버리겠다
는 협박 수준의 행동을 하는 자신이 한심했지만, 제신은 어찌할
수가 없었다.

처음에는 약간 불편해하던 이화가 자신을 볼 때마다 점점 더 밝
은 얼굴을 보여 주는 것도 좋았고, 그녀와 이런저런 이야기를 나
누며 인왕산 초가까지 걷는 것도 행복하기만 했다. 그래서 그녀가
저자에 나올 때마다, 제신이 부러 점포를 직접 둘러보겠다며 나서
는 것을 홍리는 이미 눈치채고 있다는 것도 알고 있었다.

하지만 그렇게라도 그녀의 얼굴을 보는 것이 좋았고, 자신의 말
에 기뻐하는 그녀를 보면 행복했다. 그리고 제신은 이화가 씩씩하
게 행동하고 있지만, 상당히 힘겨울 거라는 것이 능히 짐작되었
다.

제신 역시 제 한 몸 건사하며 홀로 살아 내기가 만만치 않게 힘
이 들었다. 그러니 지금까지 금지옥엽으로 자란 양반가의 규수인
이화는 더욱 힘이 들 것은 자명했다. 그 아름다운 미모를 남복에
감추고, 가장의 역할을 하는 이화가 가련하여 제신은 심장이 아릿

했다.

그래서 제신은 대충 필요한 것들을 챙겨서 저녁 시간에 늦지 않도록 화급하게 인왕산으로 걸음을 옮겼다. 슬슬 걸어가면 거의 한 시진이 걸리는 거리를 제신은 반 시진 만에 주파했던 것이다.

"어쩐 일이야? 자네가 여기까지 직접 걸음을 다 하고?"

제신의 방문에 놀란 이화의 얼굴을 보며 기뻐했던 것도 잠시, 제신은 이화의 뺨에 어린 눈물 자국을 알아챘다. 혹시나 어머님께 들킬까 부엌에서 숨죽여 우는 이화가 안쓰러워서 부러 제신은 모른 체했다.

그리고 가져간 것을 내미니, 이화는 수줍어하며 그것을 받아 들었다. 여전히 필사한 금액을 받으면 갚겠다는 이화의 주장에 제신은 얼른 고개를 끄덕였다. 그렇게 하는 것이 이화의 자존심을 지키는 데 필요하다면 그는 아무런 상관이 없었다. 그래서 이화가 제게 얼굴을 계속 보여 주고 그를 곁에 두게 해 준다면, 제신은 그것만으로도 충분했던 것이다.

그리고 제신은 멍하니 근처에서 이화의 초가집에서 피어오르는 연기를 바라보았다. 어스름이 퍼지는 저녁 무렵, 밥을 짓고 반찬을 준비하는 정겨운 향기가 제신의 폐부를 깊게 찔렀다.

이렇게 작은 초가삼간이라도 사랑하는 가족과 함께라면 얼마나 행복할까? 제신은 가족을 꾸려 아내와 자식과 함께 살아가는 자신을 상상하며 그 자리를 내내 지키고 있었다. 결국 오늘 밤도 돌아

가지 못하고 빈집에서 보내야겠다고 생각하고 막 자리에서 일어
서던 제신은, 초가집에서 흐느끼며 나오는 이화를 보았다.

"아가씨."

제신의 음성에 흠칫 놀라 이화의 가녀린 어깨가 애처롭게 떨렸
다.

"왜 여기서 이렇게 울고 계신 겁니까?"

제신의 질문에 이화는 그동안 참아 왔던 설움을 쏟아 내었다.
제신은 당황스러웠지만 동시에 상당히 기쁘기도 했다. 이화가 자
신에게 드러내는 그 날 것 같은 감정이, 그녀가 자신을 가깝게 여
기고 있다는 반증처럼 느껴졌기 때문이었다.

그 밤, 그녀를 위로하려 했지만 오히려 위로를 받은 것은 도리
어 제신이었다. 그동안 꽁꽁 숨겨 두었던 마음을 저도 모르게 드
러내고 말았고, 이화는 그런 제신을 따뜻하게 감싸 주었던 것이
다.

그러니 그녀가 안아 달라고 했을 때, 그는 결코 거부할 수 없었
다. 제신은 이미 자신 안에 켜켜이 쌓인 욕망이 어느 순간 자신을
태우고 그녀도 태울 것이라 예상했다. 그리고 간신히 이성으로 통
제하고 있던 그의 수컷으로서의 욕망을 이화는 손쉽게 봉인 해제
한 것이다. 물론 그가 간절히 원했기에 그것은 그저 아주 작은 도
화선이 되었을 뿐이었다.

그래서 비겁하게 그녀의 부탁을 들어주는 것처럼 가장하고 제

신은 이화를 제 것으로 만들었다. 오히려 한껏 기회를 노리고 있던 늑대에게 먹이 스스로 제 몸을 내민 것이나 다름없는 상황이었다.

제신은 그 기회를 단번에 물었다. 오히려 갈증에 시달리던 그에게 이화의 애원은 생명수와 같은 선물이었다. 제 것으로 만들어 책임을 지겠다는 핑계로 이화를 아내로 삼고 싶었던 것이다.

이화가 어떤 마음으로 자신에게 안아 달라고 했는지 제신은 능히 짐작했다. 아가씨로서의 삶을 버리고 다시 태어나겠다는 그 절망적이면서도 갸륵한 마음을 제신은 단번에 알아보았던 것이다.

그래, 그렇다면 다시 태어난 그녀를 제 것으로 만들어도 되지 않을까? 그도 예전의 자신을 버리고 평민이자 객주인 김제신으로 태어났듯이 이화도 더 이상 반가의 규수가 아니라, 평민인 자신에게 시집을 와도 되는 사람으로 태어나지 말란 법은 없지 않은가?

한번 맛본 금단의 열매는 그만큼 달콤했기에 제신은 이화를 탐하고 또 탐했다. 순결하고 맑은 이화의 온몸을 지독한 제 욕망으로 유린하며 그는 그녀를 제 안에 가두고 싶었다. 그녀만 곁에 있다면, 그가 자신을 사랑해 준다면 그것으로 충분하다고 생각했던 것이다.

❖

'이화!'

제신은 잠든 그녀의 휘를 살며시 불러 보았다. 자신을 은애한다고 고백해 준 그녀, 이미 오래 전부터 이화는 제신의 마음을 온통 붙들고 있었다. 가끔 제신은 제 안에서 거세게 불타오르는 그녀에 대한 자신의 징그러울 정도로 강렬한 정염에 몸서리쳤다. 다정하게 자신을 안아 주는 그녀에게서 위안을 얻었고, 진정한 그녀의 지아비가 되고 싶었다.

하지만 벽란도에서 관리가 된 유상우를 스쳐 지나갈 때, 제신은 처음으로 제 안에 투기라는 감정이 솟아나는 것을 느꼈다. 이화의 정혼자였던 유상우, 경술환국이 아니었다면 이화는 그의 안사람이 되었을 것이었다. 그것을 떠올리니 제신은 한동안 신경 쓰고 있지 않았던 자신의 신분을 다시 생각하게 되었다.

만약 그가 다시 예전의 신분을 회복한다면, 그도 당당하게 이화에게 더욱 자랑스러운 지아비가 될 수 있지 않을까?

하지만 제신은 그럼에도 불구하고 자신을 선택하고 제 손을 놓지 않겠다는 이화의 말에 감동했다. 사실 예전에는 오직 자신에게는 하나의 길만이 있다고 생각했었다. 과거에 급제한 후 출사하여 당상관이 되는 일, 양반가의 자제들에게는 그것이 유일한 목표였다.

하지만 또다시 제신을 둘러싸고 발생하는 정치적인 상황에 그는 지치고 말았다. 양반이 아닌 지금 그대로의 제신을 은애하는 이화의 말에 그는 마지막까지 제 안에 남아 있던 미련을 버릴 수 있었다.

예상치 못한 풍파로 제신은 지금은 평민으로 가장하고 상인이 되었지만 이화에게 했던 말대로 이 삶 역시 나쁘지 않았다. 거래를 통해서 조선의 물산이 돌게 하는 일. 그것은 민초들의 삶을 움직이는 혈액과 같은 일이었고, 제신은 그 나름의 재미를 알아 가고 있었다. 게다가 이화가 제 곁에 있어 주니 제신은 정말로 몇 년 만에 행복하다는 감정을 느꼈다.

그러니 그까짓 신분 따위 이제는 더 이상 집착하지 않을 것이다. 그에 대한 집착 때문에 이화와 자신을 위험에 몰아넣고 싶은 생각은 없었다. 그냥 지금 이대로, 서로를 아끼며 새로이 찾아낸 객주로서의 새 삶을 이제는 오롯이 받아들일 작정이었다.

그러기 위해서는 제신이 정리해야 할 일이 몇 가지 남아 있었다. 완벽하게 객주 김제신으로 살기 위해서, 오롯이 이화의 지아비로 새롭게 살아가기 위해서는 말이다. 이제 제신은 예전의 신분 따위 아무런 미련도 없었다. 이화 역시 그런 것에 얽매이지 않고 지금의 제신을 있는 그대로 은애하고 있으니, 그녀와 함께라면 새로운 삶을 힘차게 걸어 나갈 수 있을 것이다.

하지만 상황은 그리 녹록치 않았다. 제신은 최근 자신의 정체를 계속 파고드는 누군가의 존재를 느끼고 있었다. 정체를 감추고 서인들의 돈줄이 되었고, 그는 결코 자신의 정체를 드러낸 적이 없었다. 하지만 최근에 서인들은 노론과 소론으로 다시 분리되었고, 돈줄이 마른 소론은 최근 노론 측에 돈을 대고 있는 누가 누구인지 찾고 있었던 것이다.

"또?"

이튿날, 사랑채에서 채홍리와 다시 마주 앉은 제신은 홍리의 보고에 고개를 저었다. 노론의 유력한 대신을 만나던 그의 수하가 미행을 당한 것 같다는 보고였다. 다행이 그런 일이 발생할 경우 어떻게 행동할 것인지 사전에 약속되어 있었다.

"아무래도 최근에는 무척 집요하게 저희의 뒤를 밟고 있는 듯합니다."

홍리의 말에 제신 역시 고개를 끄덕였다. 홍리는 제신의 과거를 알고 있는 유일한 사람이었다. 홍리는 중인 출신으로 예전부터 제신의 집안과 친분이 있던 중인 가문의 자제였다. 같은 연배라 어려서부터 친구처럼 지냈고 제신의 처지가 바뀌었어도 여전히 그의 곁을 지키고 있었다.

"그 주체가 누구인지 실마리가 있는가?"

제신의 질문에 채홍리는 약간 망설이는 표정을 지었다. 그러나 이내 결심한 듯이 입을 열었다.

"사간원 쪽입니다."

"설마?"

제신의 질문에 홍리는 조용히 고개를 끄덕였다. 제신은 벽란도에서 스친 유상우가 자신을 알아보았다고 이미 짐작하고 있었던 바다. 실은 이화의 정혼자인 유상우는 이미 제신이 성균관에서 알게 된 이였다.

유상우는 당파색이 옅어서 모두와 잘 지냈는데, 제신도 그의 능력을 높이 사서 상당히 가깝게 지낸 편이었다. 그런 그가 급제했다는 소식을 들었을 때 제신은 멀리서나마 진정 축하를 했었다.

"최근에는 이화 아씨에 대해서도 추적하고 있다고 합니다."

홍리의 말에 제신을 고개를 끄덕였다. 정의감이 넘치는 유상우라면 그럴 수도 있으리라. 파혼이 될 때에도 유상우는 파혼에 반대했었다고 했다. 아무리 세상이 바뀌었다 해도 정혼은 이미 혼인과 다름이 없으니 이화를 안사람으로 맞겠다고 주장했던 것이다.

게다가 유상우는 한 병모 대감은 죄인으로 유배를 당했지만, 그의 식솔들은 죄를 받지 않았고 여전히 양반 신분을 유지하고 있으니, 하등 문제가 될 것이 없다고 말했다. 하지만 몰락한 남인과 엮이는 것을 저어했던 그의 어머니의 고집에 결국은 파혼되었던 것이다.

하지만 유상우는 아직도 혼인을 하지 않고 있었다. 그러면 분명 이화의 행방에 신경을 쓰고 있었을 것이다. 그러다 벽란도에서 스친 제신을 보았고 그의 자취를 따르다 보니 이화에게까지 이르렀음이 틀림없었다.

"조금 더 조심하고, 소론 측에도 조금 더 신경을 쓰도록 하지."

제신의 말에 홍리는 조용히 물러났다. 제신은 위태로운 줄타기와 같은 지금 상황을 어떻게 타개해 나갈 것인지 생각에 잠겼다. 물론 가장 중요한 것은 이화였다. 어떤 일이 있어도 그녀를 지키고 자신도 살아남아야 하니 말이다.

14. 어두운 그림자

생각지도 않은 서신이 이화에게 당도한 것은 날이 한창 추운 동지 무렵이었다. 밤이 길어져서 유시초(오후 5시)에서 겨우 한 식경이 지난 무렵임에도 벌써 사위가 어둑어둑해졌다. 여전히 귀가가 늦은 제신을 기다리고 있던 이화였는데, 제신은 도착하지 않고 예상치 못한 서신이 전해진 것이었다.

"누구지?"

서신의 겉봉투에는 힘 있고 호방한 글씨체로 '이화 낭자 친전'이라고 쓰여 있었다. 정확하게 자신의 휘를 알고 서신을 보낼 이가 떠오르지 않아 이화는 다소 당황스러웠다. 왠지 불길한 마음에 이화는 서신을 열고 싶지 않았다. 하지만 계속 읽지 않을 수도 없는 노릇이었기에 이화는 서신을 읽기 시작했다.

"이게, 대체?"

이화의 목소리가 파르르 떨렸다. 서신을 보낸 이는 유상우였다. 예전 자신의 정혼자였던 그. 어찌 자신의 거처를 알고 서신을 보냈는지는 알 수 없었지만 유상우가 서신에서 전한 내용은 충격적이었다.

【이화 낭자 친전.

생각지도 못한 저의 서신에 무척 당황스러울 것이라 사료됩니다. 저는 낭자의 예전 정혼자였던 유상우입니다. 돌아가신 선친께 제 취는 들으셨으리라 생각됩니다. 우선, 정혼도 혼인과 같은 위중한 약속임에도 지키지 못한 것을 안타깝게 여기며 낭자께 용서를 구합니다.

이제는 남이나 다름없는 처지이지만, 그래도 차마 그대로 묻어 둘 수 없는 중대한 일이 있어서 낭자께 실례를 무릅쓰고 서신을 띄우게 되었습니다.

제가 여러 사유로 흑운의 자취를 따르다 보니 뜻밖에도 낭자의 행방도 함께 알게 되었습니다. 혹시 낭자께서는 곧 혼인을 올릴 흑운에 대하여 어느 정도나 알고 계신지요? 사실 제가 뜻하지 않게 지난 9월 벽란도에 흑운을 보게 되었습니다. 당시에 저는 그가 누구인지는 알지 못했지만 그 얼굴이 제가 알고 있던 이와 상당히 닮아 있어서 무척 놀랐습니다.

하지만 제가 알고 있는 사내는 이 세상에 살아 있을 리 없는 이였기에, 그와 닮은 흑운을 상당히 괴이하다고 여겼습니다. 그래서 백방으로 수소문하여 흑운이 현재 한양에서 상당히 규모가 큰 객주를 운영하고 있다는 것을 알게 되었습니다.

그리고 뜻밖에도 그가 낭자와 혼인을 준비하고 있다는 소식에 깜짝 놀라고 말았습니다. 아무래도 흑운은 자신의 정체를 숨기고 있는 것이 분명해 보여서 입니다. 낭자께서 혼인 전에 그 정체를 파악해 보시기를 간곡히 당부 드립니다.

아직 여러 가지 내용을 확인할 필요가 있습니다만 한 가지 확실한 것은 흑운은 평민이 아닙니다. 어쩌면 흑운은 자신의 진짜 신분을 숨기고 있으며, 모종의 불미한 일에 연루되어 있을지도 모른다는 것입니다.

낭자께 의심만 한가득 제기하게 된 것 같아 매우 송구하오나 낭자께서 잘 살펴 주시기를 바랍니다.】

마지막 구절을 읽으며 이화는 온몸을 부들부들 떨었다. 유상우의 서신에는 과거의 정혼자였던 이화를 걱정하는 마음이 가득했다. 아주 짧은 인연뿐이었던 이화의 앞날을 걱정하는 내용이었다.

유상우의 친절은 고마웠지만 이화는 불길한 기분을 억누를 수가 없었다. 그것은 이화 역시 제신의 과거에 대해서, 그가 무엇인가를 이야기하지 않고 있다고 여길 때가 종종 있었기 때문이었다. 그리고 그 진실을 알게 되면 지금과는 다른 상황이 될 것이라는 강한 예감이 이화에게 있었기 때문이다.

하지만 이화는 제신을 은애한다. 그의 과거가 어떤 것이든 이화에게는 전혀 중요치 않았다. 이화 역시 과거의 자신과는 전혀 다른 사람으로 살고 있었고, 과거보다 중요한 것은 현재라고 믿기 때문이다.

그러나 사간원*에 있는 유상우가 제신의 정체를 의심하고 있다는 것이 두려웠다. 이화가 아버님께 들은 바로는 유상우는 강직한 성품으로 유명했고, 불의를 참지 않는 이라고 했었다. 그렇다면 제신의 과거가 결코 평범하지 않으며, 무엇인가 감추어야만 하는 큰 비밀을 품고 있다는 뜻이기 때문이었다.

이화는 두려웠다. 제신에게 진실을 물었다가 어떤 말을 듣게 될지, 알고 싶지 않았다.

게다가 이화의 마음을 더욱 무겁게 하는 것은 또 있었다. 아무래도 이화는 자신에게 제신과의 생명이 깃들었다고 느끼고 있었다. 개성에도 다녀오고 어머님의 장례로 분주하여 정신이 없어서 신경을 쓰지 못했는데, 달거리가 두 달 정도 없었던 것이다.

만약 그녀의 몸 안에 제신의 아이가 있다면? 아직 의원에게 진맥을 받은 것은 아니었지만, 이화는 그럴 것이라 확신하고 있었

---

* 언론삼사(言論三司)의 하나로, 주요 직무는 ① 간쟁, ② 논박이었다. ①은 왕에 대한 언론으로서, 왕의 언행이나 시정에 잘못이 있을 때 이를 바로잡기 위한 언론이고, ②는 일반 정치에 대한 언론으로 논박의 대상은 그릇된 정치일 수도 있고 부당, 부적한 인사일 수도 있다. 즉, 사간원의 제도상의 직무는 왕과 정치에 대한 언론이었던 것이다.

다. 이화는 개성을 다녀오고 난 후, 그녀가 제신을 은애한다는 마음을 더 이상은 감추지 않겠다고 다짐했던 그 이후에 회임을 한 것은 아닐까 생각했다.

그렇다면 제신은 제 아이의 아비가 된다. 이제 그녀와 제신은 절대로 떨어질 수 없는 연결 고리로 묶이게 된다는 의미였다. 은애하는 자신의 정인이자, 아이의 아비가 될 제신을 이화는 절대로 떠날 수 없었다.

하지만 이화는 유상우의 서신에서 받은 불길한 느낌을 지울 수가 없었다. 만약 제신과 자신이 서로 엮여서는 안 되는 사이라면? 그래도 이화는 제신의 곁에 머물 수가 있을까? 탈출구가 없는 근심에 이화가 안절부절못하고 있던 차에 제신이 오늘은 돌아올 수 없다는 연락이 당도했다.

'대체, 어디에서 무엇을 하는 거야?'

이화의 불안감은 멈추지 않았다. 제신의 얼굴을 보고 싶었다. 하지만 대체 그는 무슨 일이 그리 분주한 것인지 최근에는 얼굴을 보기가 상당히 힘들어졌다. 정말로 그에게는 알려져서는 안 될 커다란 비밀이 있는 것일까? 그것을 해결하느라 이리 분주한 것일까?

끝없는 질문만 이어졌고 뾰족한 답이 없어 이화는 불안하기만 했다. 저도 모르게 자신의 배를 끌어안고, 이화는 몸을 웅크리고 자리에 누웠다. 이렇게 홀로 남겨지게 될 것 같아 이화는 밤새 전전긍긍했다.

새벽녘, 문득 잠이 들었던 이화는 자신의 이마를 부드럽게 쓸어주는 제신의 손길에 눈을 번쩍 떴다. 자면서 식은땀을 흘린 모양이었다. 어느새 귀가한 제신이 이화의 곁에 있었다.

"제신?"

이화의 목소리에 제신이 미소를 지었다. 여전한 그의 미소에 이화는 가슴이 떨렸다. 하지만 어쩐지 그의 눈빛이 애잔한 것 같아서 걱정되었다. 게다가 많이 힘이 든 것인지 제신의 눈가가 거뭇했다.

"무슨 일이 있어?"

이화의 질문에 제신은 고개를 저었다.

"그저 거래도 많고 연말이고 하다 보니 조금 분주합니다."

괜찮다는 그의 말에도 이화는 불안하기만 했다. 그래서 저도 모르게 그의 손을 꼭 붙잡고 묻고 말았다.

"제신, 당신 혹시 내게 숨기고 있는 것이 있어?"

갑작스런 이화의 질문에 제신의 짙은 눈썹이 약간 위로 올라갔다. 그리고 평소와 다름없는 조용한 목소리로 물었다.

"갑자기 그게 무슨 말씀이십니까?"

"그게, 서신을 받았어."

이화의 대답에 제신의 눈빛이 강렬하게 반짝거렸다. 그리고 계속 말하라는 듯 이화를 바라보았다. 이화는 저도 모르게 너무 긴장해서 마른침을 크게 삼켰다.

"예전 정혼자였던 유상우가 보낸 거야."

이화의 대답에도 제신의 얼굴은 마치 예상했다는 것처럼 고요했다. 마침내 올 것이 오고 말았다는 듯한 태도였다. 그것이 이화를 더욱 불안하게 했다. 제신의 태도가 유상우가 말했던 의심을 더욱 강하게 만들었기 때문이었다.

제신을 믿지 못해서 그런 것이 아니었다. 그가 품은 진실이 두 사람을 갈라놓게 만들까 봐, 이화는 그것이 두려웠다.

"그가 아무래도 당신이 본인이 예전에 알던 사람 같다고 했어. 하지만 그 사람은 살아 있을 리가 없다고……."

이화는 제 입으로 그 이야기를 꺼내 놓고 보니 엄청난 무게에 차마 말을 끝맺지 못했다. 살아 있을 리 없는 사람이라니, 대체 제신은 어떤 비밀을 품고 있는 것일까?

"맞습니다. 저는 살아 있으면 안 되는 사람이죠."

제신의 말에 이화는 깜짝 놀라 그의 손을 더욱 강하게 움켜쥐었다.

"그게 대체 무슨 말이야, 살아 있으면 안 되는 사람이라니?"

이화의 떨리는 목소리와 절박한 표정에 제신은 힘차게 이화를 안아 주었다. 자신을 밀어내지 않고 그녀를 힘차게 품 안에 안아 주었기에 이화는 다소 마음이 놓였다. 그가 자신을 밀어내는 것은 아니라고 느꼈기 때문이었다.

"제 아버님은 10년 전 기사환국 때 사약을 받고 돌아가신 예조 판서 김재찬입니다."

"헉!"

이화는 제신의 엄청난 고백에 커다랗게 숨을 들이켰다. 제신이 언급한 그 휘는 이화도 알고 있었기 때문이다.

"네, 맞습니다. 저는 그분의 장남입니다. 본래대로라면 그때 저도 함께 죽었어야 하는 운명이었죠."

제신이 길게 말하지 않아도 이화는 단번에 그가 숨기고 있다는 진실을 깨달았다. 그는 서인이었고, 환국이라는 풍파에 휘말려 가족과 함께 죽어야 할 운명을 피하기 위해서 신분을 감추고 이화의 집에 무사로 들어왔던 것이다. 그러니 그의 과거에 대해 알려진 것이 없을 수밖에 없었다.

"그, 그럼?"

"네, 맞습니다. 이제까지 제 본래 신분과 휘를 숨기고 그저 평민 인 흑운으로 위장하고 살았습니다. 언젠가는 제 신분을 복원하겠다는 꿈을 꾸며 서인에게 재물을 지원하며 이렇게 숨어 살았지요."

제신의 설명에 이화는 심장이 거칠게 뛰어서 어찌할 바를 몰랐다. 그가 서인이고 자신이 남인의 자식이라는 것은 중요하지 않았다. 지난 3년을 오롯이 스스로 살아 내었던 이화에게는 그런 정치

색으로 그와 자신을 나누고 싶지 않았다. 그는 객주인 흑운이었고 자신은 그저 이화일 뿐이었다.

하지만 그 환국을 피해서 신분을 숨겼다면 그는 여전히 죄인이라는 의미였다. 다시 경술환국으로 서인들이 조정의 주류를 차지했지만 이화가 알기로는 아직 일부 서인들은 복권되지 않았다. 당시 예조판서로서 강하게 폐비에 반대했던 제신의 아버지인 김재찬도 마찬가지였다.

"서, 설마. 그, 그럼 유상우가 당신이 누구인지 정체를 파악한 거야?"

이화는 떨리는 목소리로 물었다. 사간원에 있는 유상우, 그의 업무는 논박이었다. 즉, 잘못된 일이나 인사 혹은 사람에 대해서까지 정치적으로 잘못이 있다면 논박하는 것이 그의 임무다. 그런 유상우가 제신이 신분을 숨기고 살고 있다는 것을 알았다면?

"네, 저와 그는 함께 성균관에서 동문수학한 사이입니다. 그러니 제 얼굴을 알아보았다면 제가 누구인지 쉽게 파악할 수 있었겠지요."

제신의 조용한 설명에 이화는 경악했다. 그렇다면 아니라고, 오해라고 변명할 수도 없었다. 유상우가 이화에게 서신을 보낸 것은 그로서는 엄청난 호의였을 수도 있겠다 싶었다. 유상우는 거의 모든 것을 알고 있으면서도 이화에게 진실을 알아보라고 넌지시 귀띔만 해 준 것이었다.

"환국 때 저의 집안은 풍비박산되었고, 어머님과 남동생, 그리고 아가씨와 나이가 같았던 제 여동생은 죽었습니다."

제신의 말에 이화는 숨을 죽였다. '그래도 살아진다.'고 이화를 위로하던 제신의 목소리가 다시 생생하게 들리는 기분이었다. 그는 그렇게 이런 엄청난 진실을 품고 홀로 그 모진 세월을 버텨 낸 것이었다. 이화에게는 어머니와 인호가 있었다. 하지만 그는 아무도 의지할 사람도 없이, 누구에게 마음 한 자락도 주지 않고 그 긴 시간을 그렇게 홀로 버틴 것이었다.

"용서하십시오. 아가씨."

제신의 말에 이화는 흠칫 놀라며 고개를 들었다. 자신의 시선을 피하는 제신 때문에 이화는 애가 달았다.

"용서라니, 그, 그게 무슨 말이야?"

이화는 두려웠다. 용서해 달라는 말로 제신이 자신을 밀어내는 것만 같았기 때문이었다.

"저는 평민보다 못한 죄인입니다. 그런 제가 신분을 감추고 아가씨를 범했고 감히 아가씨를 제 안사람으로 맞이하려고 했습니다."

제신이 더 이상 아픈 말을 하지 못하도록 그녀는 그에게 소리쳤다.

"그런 말 하지 마! 내가 당신을 원했던 거야. 내가 먼저 당신을 은애한 거라고!"

이화의 비명 같은 외침에 제신이 놀란 표정으로 이화의 얼굴을 바라보았다.

"아가씨는……."

"모두 상관없어. 당신이 서인이든, 죄인이든 다 상관없다고. 제발 용서라느니 그런 말 하지 마. 그런 말로 나를 밀어내지 마!"

울먹이며 진심을 말하는 이화를 바라보며 제신의 눈빛이 촉촉하게 젖어 들었다. 제신에게도 신분 따위 이제 아무런 상관이 없었다. 그저 이화와 행복하게 살 수 있다면 그깟 양반의 신분 따위 회복하지 않아도 하등 아쉽지 않았다.

"아가씨!"

이화는 그 모든 진실에도 상관없이 제신을 받아들여 주었다. 생각해 보면 그녀와 그 사이에 남인이든 서인이든 그런 정치적인 색깔은 중요치 않았다. 이화나 제신 모두 예전의 삶에서 벗어나 스스로의 삶을 걸어가고 있었기 때문이다.

제신은 이화를 힘껏 끌어안았다. 이 세상에 홀로 남겨졌다고 생각했다. 신분을 숨기고 살얼음판 같은 불안 속에서 행복이라는 것은 모르고 살아왔다. 하지만 이화 덕분에 제신은 조금씩 행복이라는 것이 무엇인지 알게 되었고, 그저 가장한 신분이라고 여겼던 객주로서 자신의 삶을 사랑하게 되었다.

"나는 당신을 놓을 수가 없어. 당신은 내가 선택한 나의 지아비야."

이화의 울음 섞인 고백에 제신은 가슴이 뻐근해졌다. 오직 제신 그대로를 오롯이 아껴 주는 이화였다. 자신의 말대로 이 엄청난 진실 앞에서도 이화는 제신의 손을 놓지 않았다. 제신을 은애한다 며 오롯이 소중한 그 마음을 아낌없이 주고 있었다.

"이화!"

가슴이 벅차올라 제신은 그저 이화의 휘만을 불렀다. 부둥켜안 은 두 사람, 앞으로 거친 비바람이 몰아쳐도 이렇게 서로의 손을 놓지 않는다면 희망이 있지 않을까? 제신은 그렇게 생각하고 싶었 다. 겨우 찾아낸 이 행복을 놓치고 싶지 않았다. 어떻게든 방법을 찾아내어 이화와 함께 따듯한 가정을 꾸리고 그렇게 평범한 필부 로 살고 싶었다.

아무리 시린 바람이 불어와도, 자신을 은애하는 이화만 있다면 제신은 모든 것을 감당할 준비가 되어 있었다. 제신은 그렇게 굳 은 다짐을 했다. 어떤 모진 바람이 불어도 반드시 방법을 찾아낼 것이었다.

차가운 세밑의 어느 밤, 다시 제신과 홍리는 또 다른 위기 상황 을 맞고 있었다. 이미 삼경이 넘은 시간, 사랑채에는 오직 제신과 홍리뿐이었다.

"그런?"

제신의 목소리가 다소 높았다.

"네, 지난 번 개성을 다녀왔을 때 벽란도에서 무뢰배들과 엮인 적이 있지 않았습니까? 그들이 며칠 전에 다른 불미스러운 일로 관아에 잡혔는데, 공교롭게도 이들이 잠상이었다고 합니다."

제신은 스멀스멀 자신을 감싸는 불온한 느낌을 애써 떨쳐 버리려 했다. 자신은 나라 법에 어긋나는 상행위를 하지 않았다. 그것은 예전 객주 어르신이 항상 강조했던 것이며, 제신 역시 상도의를 지키고자 무한한 노력을 기울였다.

"그런데 아무래도 소론 측에서 나리를 그 잠상과 엮으려 하는 것 같습니다."

"허."

제신이 낮은 한숨을 내뱉었다. 살아남기 위해서 치열하게 싸우는 이 와중에 진실은 중요치 않았다. 본래 경술환국 역시 고변으로 시작되어 역고변으로 상황이 바뀌었다. 중요한 것은 경쟁자를 쳐낼 수 있는 빌미였고, 그 빌미를 잡기 위해선 진실을 왜곡하는 것쯤은 일도 아니었다.

게다가 이번 경우에는 불법 인삼 거래가 이루어지는 그 시기에 제신은 분명 개성에 있었다. 또한 그 시간에 무뢰배와 엮인 나머지, 관아에서 관리와 포졸들까지 출동했으니 그것을 핑계로 제신에게 누명을 씌우는 것은 그리 어려운 일이 아닐 것이다.

"아주 고약하게 엮었군."

제신의 낮은 중얼거림에 홍리 역시 같은 생각이라는 듯 고개를 끄덕였다. 하지만 제신은 이렇게 쉽게 그들에게 당하고 싶지 않았다. 예전이라면 몰라도 지금 제신에게는 반드시 지키고 싶은 것이 있었기 때문이었다.

"일단 김 대감에게 연통을 하고, 소론 측에 있는 오 대감에게 연락을 하도록 하게. 그리고 사간원 쪽도 마찬가지다."

제신이 빠른 말투로 할 일을 전달하자, 홍리는 곧 사라졌다. 일단 지금까지 제신과 연결되었던 김 대감을 계속 제 편으로 두는 것이 중요했다. 김 대감은 그리 중요한 직책을 맡고 있지는 않았으나 모든 노론의 지저분한 일과 재물과 관련된 일들이 그의 손에서 처리되고 있었다.

그야말로 노론들의 모든 치부와 또 그와 관련된 이권도 모두 김 대감의 손 안에 있었다. 만약 그가 누군가를 제거하려고 마음먹는다면 그것은 식은 죽 먹기처럼 쉬운 일이다. 그러기에 더욱 더 그와 긴밀한 관계를 유지해야만 했다.

더불어 그동안 제신은 은밀하게 소론에도 연결 고리를 만들어 두었다. 예전에는 서인은 하나의 뿌리였지만 현재 왕세자와 그 생모에 대한 입장 차이 때문에, 지금은 오히려 몰락한 남인보다 노론과 소론간의 경쟁이 더욱 치열했기 때문이었다. 절대로 위험하게 한 곳에만 투자하지 않는 것은 상인의 기본적인 자세였다. 그래서 제신 역시 은밀하게 양 쪽과 관계를 맺고 있었던 차다.

필요하다면, 제신은 가장 효율적인 방법을 찾아낼 생각이었다.

이제 제신에게는 서인이나 노론, 소론은 더 이상 중요하지 않았다. 최대한 자신이 가진 재물과 정보를 바탕으로 살아남는 것, 그것만이 중요했다. 제신에게는 이제 이름만 남아 있는 제 신분 따위 하나도 중요치 않았기 때문이었다.

하지만 제신의 마음과는 달리 상황은 점점 악화되고 있었다. 이 나라에서 왕명을 거역하고, 죽어야 할 죄인이 살아 있다는 것은 간단한 일이 아니었다. 사간원에서 제신을 의심하기 시작했고, 제신의 객주에서 흘러간 재물의 향방을 조사하고 있었다. 그렇다면 곧 제신에게서 재물을 받았던 서인들의 면면이 밝혀지게 될 것이다.

제신의 재물은 이제까지 계속 강성 노론 쪽으로 흘러갔었다. 노론은 이전 기사환국으로 수많은 피해를 보았었기에 강등된 세자의 생모와 남인 측에 강경한 자세를 취하고 있었다. 제신 역시 그 풍파에 휘말려 가족을 잃었기에 노론 쪽에 심정적으로 더욱 가깝기도 했었다.

노론은 남인들이 세력을 빠르게 키우고 특히 세자의 생모가 영향력을 가지게 된 것은 그녀의 집안이 지니고 있던 재물이 있었기 때문이라고 믿었다. 즉, 역관으로 무역을 통해서 엄청난 부를 축재한 중인 가문이 그 부를 토대로 하여, 역관의 딸을 왕비의 자리에까지 올랐다고 폄훼했던 것이다.

하지만, 모든 일에는 재물과 사람이 필요했고 사람을 움직이게 만드는 데에는 재물이 그만큼 주효했다. 따라서 노론 역시 기존 남인들의 물주 역할을 했던 역관 장씨 가문에 준하는 사람이 필요했고, 현재까지 그 역할을 제신이 해 오고 있었다.

제신은 어떻게 이 난국을 타개해 나갈지 고민했다. 그 동안 자신의 본래 신분을 밝히지 않은 것이 그나마 다행이었다. 제신은 아예 그 신분을 버리고 평민으로 다시 태어날 예정이었다. 즉, 완벽한 신분 세탁을 노리는 것이다.

다만, 걸리는 부분은 유상우였다. 제신의 얼굴을 알고 있고 이미 이화에게 서신까지 보낸 그는 현재 제신에게 가장 위험한 인물이었다. 유상우가 삿된 마음을 먹어서 그렇다기보다는 강직한 그의 성품이 문제였다. 사간원의 직책에 충실한 그는 아무리 제신에게 개인적인 연민이 있더라도 본인이 해야 할 일과 정의를 먼저 우선순위에 둘 사람이었기 때문이다.

하지만 제신은 어떻게든 방법을 강구해 낼 것이다. 그래야만 자신과 이화를 지킬 수 있으니 말이다. 상우가 이화에게 서신을 보낸 것은 예상치 못한 상황이었지만 도리어 덕분에 그동안 체기처럼 제신 안에 감추고 있던 불편한 진실을 이화에게 고백할 수 있었다. 그리고 뜻밖에도 이화는 제신의 진실을 고스란히 안아 주었다.

"이화!"

그녀의 휘만 불러도 제신의 심장은 뜨거워졌다. 자신의 손을 놓지 않은 이화를 위해서라도, 제신은 새로운 길을 나아갈 힘을 얻었다. 이화 역시 기존의 사고에 얽매이지 않고 새로운 삶을 기꺼이 받아들이고 있었다. 그렇다면 그렇게 두 사람은 기존의 신분제도에서 벗어나 두 사람의 삶을 개척해 나갈 수 있으리라.

"아가씨, 요즘 어찌 이리 제대로 식사를 못 하시는 겁니까?"

걱정스러워 하는 청산댁의 음성에 이화는 번뜩 정신을 차렸다. 동지도 지나 해가 바뀌어 추위가 한발 수그러든다는 소한이 되어도 한양의 날씨는 매섭기가 북풍한설과 같았다. 겨울이라 할지라도 3일 정도 춥고 나면 4일 정도는 날이 조금 누그러지는 것이 예사였는데 올해는 그렇지가 않았다.

"음, 입맛이 조금 없어서요."

이화의 대답에 옆에 있던 인호 역시 걱정스러운 표정으로 누이를 바라보았다. 이화는 제신에 대한 걱정으로 최근에 급격하게 체중이 줄었다. 게다가 이렇게 날이 추운데도 항상 분주한 제신이 마음에 걸려 자신만 따뜻한 방 안에서 편안히 있는 것이 미안할 지경이었다.

"다른 것을 준비해 볼까요?"

청산댁의 말에 이화는 고개를 저었다.

"몇 해 전 을병대기근(1695년, 17세기에는 전 세계적인 소빙기 도래로 인한 기상 이변으로 자주 대기근이 발생했다.) 때에는 기아로 많은 이들이 죽었나가기도 했는데 음식 투정을 할 수 있나요?"

이화의 대답에 청산댁은 고개를 끄덕였다. 4년 전의 기근 때에는 청산댁 역시 거의 굶어 죽을 뻔했다. 그녀가 젊었을 시절에 닥친 경신대기근(1670년)에도 가까스로 살아남았는데, 전국을 덮친 흉작과 냉해에 어르신들이 임진왜란 때보다 더욱 심하다고 한탄을 했었다.

하지만 젊었을 때와 달리 을병대기근은 청산댁도 견디기가 어려웠다. 제신이 거두어 주지 않았다면 아마 청산댁도 그때 목숨을 잃었을지도 몰랐다. 그 기억이 또렷한 청산댁은 양반가의 규수로 자랐을 이화가 그런 어려움을 기억하고 매사에 검소한 것을 귀히 여겼다.

더불어 가녀린 첫인상과는 달리 이화는 상당히 고집도 있었고, 기개가 있었다. 제신을 따라 남장을 하고 개성까지 따라 나선 모습을 보고 일견 놀랐지만 이런 성품이 제신과 잘 어울린다고 생각하고 있었다.

하지만 최근에는 이화에게 무슨 근심이 그리 많은지 어머님을 잃었을 때만큼 안색이 파리했다.

"저녁에는 조금 소화하기 쉬운 음식으로 차려 보겠습니다."

청산댁의 친절한 제안에 이화는 부드럽게 고개를 끄덕였다. 청산댁이 상을 물리고 나니 안에는 오직 그녀와 인호뿐이었다. 초가집에 있을 때에는 창백하고 기운이 없어 보이던 인호의 얼굴에 최근에는 토실토실하게 살이 올라 있었다. 다행히 어미를 잃은 슬픔을 씩씩하게 이겨 내고 있어서 이화는 그것이 고마웠다.

"요즘 천자문은 잘 익히고 있느냐?"

이화의 질문에 인호는 고개를 끄덕였다. 영특한 인호는 하루가 다르게 성장하고 있었다.

"네, 벌써 100여자를 더 익혔습니다."

인호의 대답에 오랜만에 이화의 얼굴에 화색이 돌았다. 이화는 저도 모르게 인호를 제 품에 끌어안았다. 인호의 따듯한 체온이 이화에게 안정감을 주었다. 인호 역시 자세한 상황은 몰라도, 이화의 근심을 알았는지 누나의 품에 조용히 안겨 있었다.

언제까지 이렇게 안온하게 있을 수 있을까? 이화는 거친 먹구름이 몰려오는 기분에 몸을 움츠렸다. 자신이 제신에게 도움이 될 만한 일은 없을까? 이화는 오직 그것만을 계속 생각했다. 풍파로 집안이 풍비박산 나고, 을병기근 때 귀양 가 계시던 아버님을 잃고, 얼마 전 어머님까지 보낸 이화는 은애하는 소중한 사람을 지키는 일이 얼마나 귀한 일인지 알고 있었다.

누구보다 은애하는 지아비인 제신도, 하나뿐인 동생 인호도, 그리고 어쩌면 제가 품고 있는 아이까지도 이화는 누구도 잃고 싶지 않았다. 근심 때문에 의원을 불러 진맥조차 할 겨를이 없었고, 누구에게도 알리지 못하고 있었다.

'하지만 잘 견디어 주겠지?'

이화는 그렇게 빌고 또 빌었다. 차가운 날씨에 눈이 내려 사위가 흰색으로 가라앉았다. 질식할 것만 같은 하얀색 풍경 속에서 이화는 어떻게 하면 좋은 방법이 있을지 생각하고 또 생각했다. 하지만 충격적인 일이 다시 이화를 덮친 것은 한창 날이 추운 대한 무렵이었다.

"뭐라고, 옥에?"

홍리가 전해 온 소식에 이화는 거의 실신할 지경이었다. 며칠간 제신이 돌아오지 않아서 마음을 끓이던 그녀에게 청천벽력 같은 소식이 전해진 것이었다.

"네, 진시정(오전 8시) 무렵에 관아에서 포졸들이 들이닥쳐 객주 어르신을 끌고 갔습니다."

최근에 일이 분주하여 집보다 객주에 머무는 때가 잦았던 제신이었다. 그래도 며칠에 한 번씩은 반드시 집에 들러 이화에게 얼굴을 보여 주었기에 그가 오는 때만을 기다리고 있었던 차였다.

"대체 무슨 죄목인데, 아니 죄가 있을 리가 없어."

이화의 비명 같은 외침에 홍리 역시 안타까운 표정을 지었다.

"그게, 불법으로 인삼을 청나라와 거래했다는 죄목입니다."

잠상이라니, 제신이 그럴 리가 없었다. 누구보다 상도의를 지키는 일에 충실한 그가 그런 불법적인 일을 할 리가 없었다.

"그럴 리가 없잖아?"

아직 범죄가 확정된 것은 아니지만, 관아에 잡혀간 사람들은 그 진상을 파악하기 위해서 고신(고문)을 받는 경우는 허다했다. 수많은 사람들이 오히려 형이 확정되기도 전에 잔인한 고신 때문에 죽어나갔다. 그렇기에 이화는 제신이 옥에 갇혔다는 사실에 심장이 얼어붙는 기분이었다.

"지난 번 개성에 갔을 때 벽란도 항구에서 불미스런 일이 있지 않으셨습니까?"

홍리의 말에 이화의 얼굴이 새하얗게 질리고 말았다. 그때 어쩐지 수상쩍었던 그들의 행동, 설마 그것 때문에 제신이 오해를 받은 것일까? 자신이 그를 벽란도로 이끌지 않았다면 그들과 엮일 일도, 유상우를 만나지도 않았을지도 몰랐다.

"그건, 오해야."

이화는 자신의 호기심이 제신을 사지로 몰아넣은 듯해 정신이 없었다. 다급한 이화의 외침에 홍리는 어두운 표정으로 말을 이었다.

"지금은 진실이 중요한 것이 아닙니다. 자금줄이 마른 소론에서 어르신의 재물을 탐내고 있지요. 더구나 노론 역시 마찬가지입니다. 어떤 핑계를 대든 어르신을 잠상으로 엮는 것이 그 목표니 헤어 나오기가 더욱 어려울 수밖에요."

홍리의 설명에 이화는 할 말을 잃었다. 오해라면 진실을 밝히면 되지만 지금은 그것이 중요한 것이 아니었다. 그저 제신에게 올가미를 걸 상황이 필요했고 그가 거기에 말려들었으니 덫에 제대로 걸린 것이었다.

한편 이화는 제신의 감추었던 신분 때문에 잡힌 것은 아니라는 사실에 다소 안심했다. 지금과 같은 상황이라면 재물 혹은 그에 준하는 것을 내주면 해결할 수도 있지 않을까?

"지금 제, 흑운을 만날 수 있어?"

이화의 간절한 음성에 홍리는 고개를 저었다.

"면회는 되지 않습니다. 가족 이외에는……."

홍리의 말에 이화는 아득해지는 기분이었다. 어머님의 장례로 혼인이 연기되어 이화와 제신은 혼례를 치르지 못했다. 그 말은 지금 이화는 공식적으로는 그의 안사람이 아닌 남이라는 뜻이었다. 가족이란, 그와 부부가 되었다는 것은 이런 어려운 순간에 함께 있을 수 있다는 권리였다. 하지만 지금 이화에게는 그럴 권리가 없었다.

"아씨, 이럴수록 더욱 강건한 마음을 잡수셔야 합니다. 아씨께서 버텨 주셔야 어르신도 버틸 수 있습니다."

자신을 아씨라 부르는 홍리의 말에 이화는 고개를 끄덕였다. 누가 뭐래도 이화의 지아비는 제신이었고, 자신은 그의 지어미였다. 혼인은 형식일 뿐 이미 이화는 마음으로 그를 오롯이 제 지아비로 받아들였다. 버티어야 한다면 끝까지 버틸 것이다. 제신은 분명 어떻게든 방법을 찾아낼 것이라 믿을 수밖에 없었다.

"내 자네에게 긴한 질문이 있네."

이화에게서 풍겨 나오는 절실하면서도 진중한 분위기에 홍리는 자세를 바로 했다.

"자네도 알고 있는 거지?"

이화의 질문에 홍리는 고개를 끄덕였다. 이화의 질문의 의미가 제신의 정체를 알고 있느냐는 것으로 이해했기 때문이었다.

"그럼 지금은 그 일은 수면 위로 올라온 것은 아니지?"

다시 홍리는 고개를 끄덕였다.

"하지만 노론, 소론 역시 어르신의 정체를 이제는 조금씩 의심하고 있습니다."

그렇다면 지금 가장 위험한 존재는 유상우라는 의미였다. 유상우만이 제신의 확실한 정체를 의심하고 있기 때문이었다. 하지만 역시 그도 제신의 얼굴을 보았을 뿐, 정확한 정체에 대해서는 현재는 심증만 있을 터였다. 그래서 유상우는 이화에게 제신의 정체를 알아보는 것이 좋겠다고 넌지시 암시만 했을 뿐이었다.

"흑운이 그동안 노론 측과 가까웠지만 분명 다른 쪽에도 선이 있었겠지?"

확정적인 이화의 질문에 홍리는 약간 놀란 표정으로 고개를 끄덕였다. 홍리는 이화가 그것을 어찌 예상했는지 놀랍다는 듯이,

다소 감탄한 눈빛으로 그녀를 마주했다.

"그는 상인이야. 절대로 한 바구니에만 달걀을 담아 두었을 리가 없지."

이화의 말에 홍리는 고개를 끄덕였다. 그동안 이화가 제신에게 장사를 배운다고 했을 때에는 그저 남다른 아가씨의 취미 정도로만 생각했었다. 하지만 어쩌면 홍리는 그녀를 과소평가했는지도 몰랐다.

하긴 남인 한병모 대감의 장녀이자, 그 거센 풍파 속에서도 자신의 어미와 동생을 건사한 강단이 있는 그녀였다. 정치와 세상 돌아가는 이치를 여염집의 아낙들보다는 훨씬 가까이서 보고 자랐을 것이었다.

"흑운이 생각하고 있던 계책이 있다면 내게도 알려 줘."

홍리는 약간 망설였다. 하지만 홍리는 이화가 절대로 제신을 배신할 리가 없으니 이제는 함께 배를 탄 가족으로 여기기로 했다. 제신이 최근에 과거의 신분을 회복하는 일에 연연하지 않고 도리어 완벽하게 객주로 변신하기를 바랐던 사유도 충분이 알고 있었기에 홍리는 마음을 굳혔다.

"그것은……."

홍리의 말을 한 마디 한 마디 마음속에 새기며 이화는 집중했다. 두려웠지만 이렇게 넋을 놓고 있을 수는 없었다. 그녀에게 제신은 은애하는 지아비였고 또 자신의 아이의 아비였다. 그를 지키는 것은 자신을 지키는 일이었고 이화는 절대로 그것을 포기할 생각이 없었다.

"알겠어. 나도 나름대로 생각을 좀 해 볼게."

홍리는 인사를 하고 물러났다. 나중에 그녀가 어떤 생각을 했는지 반드시 알려 줄 것이라 믿으며, 홍리 역시 자신이 해야 할 일을 하기로 했다. 한양에는 평소보다 많은 눈까지 내려 온 도성이 꽁꽁 얼어붙었다. 이화의 마음도 걱정과 근심으로 꽁꽁 얼어붙어 있었다.

15. 어명

이화가 준비를 찾은 것은 바로 그 다음 날이었다. 예상치 못한 방문이었기에 준비가 다소 놀란 표정으로 그녀를 맞이했다. 이화는 오늘도 사람의 시선을 꺼려 여전히 남복을 하고 있었다.

이화가 준비를 찾은 사유는 그녀가 유명한 일패 기생이라 조정에서 내로라하는 이들을 잘 알고 있었기 때문이었다. 그래서 그녀를 통해서 소론의 오 대감과 연락을 취할 수 있다면 그러기 위해서였다.

지금은 어떻게 해서든 빨리 오 대감과 만나는 것이 중요했기 때문이었다. 홍리가 만날 방법을 찾아보겠다 했지만, 그것만을 기다리고 있기에는 한시가 급했다.

"나리."

준비의 인사에 이화는 고개를 저었다.

"내가 누구인지는 대충 짐작하고 있을 거라 생각하네."

이화의 말에 준비는 가볍게 고개를 끄덕였다. 역시 일패 기생이라 사람을 보는 눈이 있었고, 준비 역시 제신이 옥에 갇혔다는 소식을 들었던 차였기 때문이었다.

"그럼 인사치례는 생략하고 내 간단히 본론만 말하겠네."

준비는 조용히 이화의 말을 기다렸다.

"오 대감을 만나게 해 줄 수 있겠나?"

준비는 이화의 부탁에 살짝 눈썹을 위로 치켜 올렸다. 제신이 오 대감 쪽과도 선을 어느 정도는 이었을 것이라 예상은 했지만, 이화가 그것까지 알고 있는 줄은 예상 밖이었기 때문이었다.

"그것이 그리 쉬운 일은 아닙니다. 그분은 밖으로 직접 나서는 분이 아니십니다."

준비의 말은 사실이었다. 준비 역시 오 대감을 직접 본 것은 단한 차례뿐이었다.

"그럼 어디를 가면 그분을 만날 수 있겠나?"

준비는 두 눈이 한껏 커졌다. 생각보다 대담한 이화였다. 설마 직접 만날 생각인 것인지 준비는 이화의 표정을 살폈다. 결연한 이화의 눈빛을 마주하며 준비가 천천히 입을 열었다.

"제가 알기로는 며칠 후에 오 대감의 생신 연회가 있습니다. 예년처럼 은밀하게 몇몇만 초대를 할 것입니다. 그 연회는 소론들의 주요한 집회가 되기도 하지요. 마침 저도 연회에 초대를 받아서 겨우 알게 된 사실입니다."

준비의 대답에 이화의 눈빛이 희망적으로 반짝거렸다. 그 장소와 시간을 알고 있다면 그곳에 직접 가면 될 일이 아닌가? 지금 이화에게는 오직 제신을 구명하는 것이 중요할 뿐 다른 것은 하나도 눈에 들어오지 않았다.

"그렇다면 나를 그곳에 데려가 줄 수 있겠나?"

이화의 대담한 부탁에 준비는 다소 놀라고 있었다. 이 절실한 표정은 정인을 위하는 여인의 얼굴이었다. 제신의 집에 머문다는 묘령의 여인이 아마도 바로 남복을 하고 자신을 마주한 이 사람일 것이라 준비는 확신했다.

그 동안 주변의 여인들에게 다정한 눈길 한 번 주지 않았던 제신이 여인에게 푹 빠져 혼인을 준비하고 있다는 소문을 준비는 믿지 않았다. 하지만 준비는 제 앞에 있는 이화를 보니 그 소문이 사실이라고 믿게 되었다. 아름다운 외모보다 이화의 이 생기와 열정이 더욱 그녀를 아름답게 만들고 있었다.

"하지만 그곳은 오직 일패 기생들만 출입할 수 있습니다. 낯선 선비는 갈 수 없지요."

준비의 냉철한 지적에 이화의 눈매가 약간 처졌다. 그리고 이내 무엇인가 좋은 생각을 해낸 사람처럼 눈을 반짝거리며 입을 열었다.

"그렇다면 하루만 나를 기생처럼 꾸며 주게나. 이렇게 부탁함
세."

이화는 준비에게 고개를 숙였다. 준비는 잠시 멍해졌다. 제신의
그저 예전에 모시던 아가씨로만 짐작했었는데 그저 규방의 얌전
한 규수는 아니었던 모양이었다. 게다가 저 결연한 눈빛은 아무도
꺾을 수 없는 의지를 보여 주고 있었다.

준비는 항상 판단이 빨랐다. 설득해서도 안 될 것이고 자신의
도움이 없어도 어떻게든 할 이화로 보였기에 준비는 깔끔하게 허
락했다.

"알겠습니다. 제가 연회일에 맞추어 사람을 보낼 터이니 그 사
람을 따르십시오."

준비의 말에 이화는 그제야 길게 숨을 내뱉었다. 준비가 이화의
부탁을 들어줄 사유는 조금도 없었다. 다만 기대한 것은 준비가
제신을 객주로서 존경하고 있다는 그것뿐이었다. 하지만 준비는
일패 기생으로 기개와 의리가 있다고 믿었기에 모험을 해 본 것이
었다. 다행히 절박함이 통했다.

"내 이 은혜는 평생 잊지 않겠네."

이화의 감사에 준비는 약간 씁쓰레한 미소를 지었다.

"자신의 목숨을 걸 정도로 은애하는 분이 있으신 것은 여인에
게 크나큰 축복이겠지요."

준비는 이후 빠르게 오 대감과 연회 장소와 참석 인원 그리고 기초적인 정보를 주었다. 더불어 이화를 기생으로 변장시키기 위해서 기본적인 몇 가지 주의 사항도 잊지 않았다. 이화는 준비의 말을 하나도 빠짐없이 마음속에 담아 두었다.

"뭣이라?"

홍리의 말에 제신은 심장이 바닥으로 툭 떨어지는 기분이었다. 아직도 날이 매서운 2월 초라 감옥 안은 숨을 쉬면 하얀 입김이 나올 정도로 추웠다. 그러나 제신은 추위보다 이화 때문에 심장이 얼어붙는 기분이었다.

이화가 이렇게 대범하게 움직일 것이라고는 예상치 못했던 탓이다. 본인이 직접 오 대감을 만나서 협상을 하겠다니, 대체 그녀는 어디까지 움직일 예정인 것인지? 그 마음이 갸륵하면서도 너무 위험한 일이라 제신의 눈매가 근심 때문에 아래로 축 처졌다.

"아씨께서 상당히 강단이 있으십니다."

홍리의 말에 제신은 심장이 먹먹해졌다. 자신을 위해서 이화가 이렇게까지 노력해 줄 것이라고는 생각지 못했다. 이화는 항상 자신의 예상을 뛰어넘는 제신만의 아가씨였다.

"하지만 그것은……."

제신의 걱정스러운 말투에 홍리는 고개를 저었다.

"위험하지만 해 볼 만한 일입니다. 사실 저도 아씨께서 그런 생각을 하실 것이라고는 예상치 못했습니다만, 오히려 지금 생각하니 이보다 더 나은 방법도 없지 않나 싶습니다."

냉철한 홍리의 말에 제신은 자못 놀랐다. 그는 이화를 그리 탐탁지 않게 여기는 줄만 알았는데 그것이 아니었던 모양이었다. 게다가 아씨라니, 언제부터 그가 이화를 그렇게 부르고 있었는지 제신 역시 놀라고 말았다.

"하지만 너무 위험해."

제신의 말에 홍리는 고개를 끄덕였다.

"네, 알고 있습니다. 실로 엄청난 도박입니다. 하지만 객주 어르신의 진심을 보이는 데에는 이보다 더 좋은 방법은 없습니다."

제신의 어두워진 눈빛을 보며 홍리가 확고하게 말을 이었다.

"그리고 무엇보다도 아씨를 막을 방법이 없습니다. 제가 최대한 돕겠으니 너무 과한 염려는 하지 말아 주십시오."

제신은 고개를 끄덕였다. 제신 역시 이화가 그렇게까지 결심했다면 막을 수 없다고 여겼기 때문이었다. 동시에 그는 자신이 해야 할 부분을 하기로 했다. 이화 덕분에 한쪽의 움직임이 가벼워졌으니 제신 역시 빠르게 움직여야 했다.

"그렇다면……."

제신은 나직하게 홍리에게 몇 가지 해야 할 일은 전달했다. 홍리는 주의 깊게 제신의 말을 듣고는 빠르게 사라졌다. 지금은 어쩔 수 없이 이화와 홍리의 도움을 받을 수밖에 없지만, 믿을 수 있다는 누군가가 있다는 것은 축복이라고 생각했다. 매서운 추위에 제신의 손발이 꽁꽁 얼어붙었지만 제신의 마음만은 화롯불을 끌어안은 듯 따스했다.

이화가 준비를 만나고 이틀 후, 준비는 약속대로 이화에게 사람을 보냈다. 그 사람을 따라 모처로 가니 준비가 기다리고 있었다. 그녀는 연회에 참석하기 위해서 한껏 치장을 한 모양새였다. 이화는 예전 길에서 아름다운 자태의 그녀를 보고 마음이 심란해졌던 때를 떠올렸다. 겨우 1년도 지나지 않은 일인데 무척 오래전 일인 것만 같았다.

"자, 어서 여기 있는 것으로 갱의를 하십시오. 화장과 머리 손질은 제가 도와 드리겠습니다."

준비의 말에 이화는 빠르게 움직였다. 갱의를 마치자마자 준비가 매우 빠르고 솜씨 있게 화장해 주었다. 이화의 외모가 빼어나서 준비는 그녀의 행동이 다소 어색해 보일지라도 초짜 기생 정도로는 보일 것이라고 여겼다.

"성공할 수 있을지 없을지는 모두 아씨에게 달려 있습니다. 저는 함께 모시고만 갈 뿐, 일이 잘못되었을 시 저에게 아가씨는 모르는 사람입니다."

준비의 말에 이화는 비장하게 고개를 끄덕였다. 준비가 이 정도까지 도와준 것만 해도 대단한 일이라는 것을 충분히 알고 있었기 때문이었다. 그리고 이화는 두근거리는 심장을 안고 길을 나섰다. 이것이 제신에게 도움이 되기를 간절히 바라며, 그리고 제 안에 있는 아이가 힘을 주기를 간절히 바랐다.

준비의 말대로 연회에 모인 사람이 그리 많지는 않았다. 하지만 참석자들은 소론에서 상당히 위세가 있는 이들이라고 했다. 그래서 연회는 화려하다기보다는 정갈했다. 초대된 기생들 역시 모두 일패 기생들로 단순히 음악과 여흥을 위한 것일 뿐이었다.

이화는 어떻게 하면 오 대감과 이야기를 나눌 수 있을지 궁리했다. 무작정 준비에게 부탁해서 연회 장소까지 오기는 했지만, 연회의 주인공인 오 대감은 멀리 있었고 이화는 그저 말석을 차지고 있을 뿐이었다.

하지만 생각보다 그 기회는 빨리 주어졌다. 한창 연회가 무르익을 무렵 오 대감이 잠시 자리를 떴고, 이화는 살며시 그를 따라 나섰다. 이화는 어딘가로 향하는 그의 등을 주시하면서 조용하게 뒤를 따랐다.

"할 말이 있으면 하시오."

오 대감의 말에 이화는 깜짝 놀라 주변을 둘러보았다. 사랑채 정원의 한쪽, 사위는 조용했고, 오 대감은 이화에게 말을 하고 있었다. 그의 의도를 짐작한 이화가 조용히 말을 이었다.

"이야기할 기회를 주셔서 감사합니다."

이화의 인사에도 그는 가타부타 말이 없었다. 멀리서 보면 그저 그는 정원에서 달을 구경하는 것으로만 보일 것이었다.

"그런데 어찌 아셨습니까?"

이화의 질문에 오 대감은 낮은 목소리로 대답을 했다.

"일패 기생이 제 아이를 품고 연회에 참석하지는 않겠지. 게다가 최근에 김 객주가 어여삐 여긴다던 여인의 생김새와 일치하는 사람이 세상에 그리 많지는 않을 것이고."

이화는 속으로 숨을 헉 하고 들이켰다. 역시 그는 매의 눈이었고 동시에 온갖 정보에 밝았다. 하긴 그렇기에 이런 위치에 있을 수 있으리라. 덕분에 이화는 이야기를 꺼내기가 훨씬 수월해졌다. 잡다한 설명은 생략하고 바로 본론에 돌입하였다.

"제게 대감마님께서 탐내실 만한 물건이 하나 있습니다."

이화의 말에도 그는 조금도 미동하지 않았다. 더불어 표정도 알 수가 없었다. 이화는 식은땀이 나는 기분이었다. 오늘 밤은 다소 날이 누그러지기는 했지만 여전히 날이 차가웠다. 하지만 이화는 긴장과 흥분으로 추위를 느끼지도 못할 지경이었다.

"나와 거래를 하고 싶다는 뜻인가?"

이화는 조용하게 고개를 끄덕였다. 이화는 제신에게 배웠던 것들을 떠올리며 기다렸다. 상대가 자신이 가진 것을 원하게 만들어야 했다. 조바심을 내지 말고, 그래야 이쪽의 패를 보이지 않고 유리한 고지를 선점할 수 있었다. 일단 상대방의 의사가 확실해지면 그때 적절한 조건을 제시해야만 했다.

"네."

이화는 짧은 대답 이후 어떤 말도 없이 조용히 기다렸다. 그 시간이 마치 영겁과도 같았다. 이화는 저도 모르게 치맛자락에 식은 땀으로 젖은 손바닥을 북북 문질러 닦고 말았다. 아직까지는 완벽하게 무표정을 유지하며 거래하기에는 이화는 심장이 떨렸다. 하지만 이화는 한 가지 목표를 위해서 애써 마음을 가다듬었다.

"음."

그의 낮은 대답에 이화는 그제야 입을 열었다.

"객주 어르신께서는 이것이 차후에 대감마님께 크나큰 무기가 될 것이라고 하셨습니다."

이화의 말에 오 대감의 얼굴이 미묘하게 변했다. 처음에 생각했던 것보다 이화의 행동이 다소 예상 밖이었다. 제신을 구하기 위해서 무모하게 나선 여인이라고만 생각했었는데 의외로 그녀는 자신의 패를 한 번에 드러내지 않고 기다릴 줄을 알았다. 아름다운 외모 아래에 생각보다 단단한 성정을 숨기고 있었다.

"그래서?"

"그저 객주 어르신이 휘말린 잠상이라는 누명만 벗게 해 주시면 됩니다."

결국 제가 가진 것을 내어 놓을 테니 제신을 살려 달라는 의미였다. 얼마나 대단한 것을 지녔기에 이렇게 당돌하게 요구하는지 신기할 지경이었다.

물론 오 대감이 직접 제신을 잠상과 엮은 것은 아니었다. 하지만 좋은 기회가 되리라 생각은 하던 차였다. 무엇보다도 노론의 돈줄을 막는 일이 시급했기에 오 대감은 이 천재일우와 같은 기회를 놓치지 않을 작정이었던 것이다.

　"나는 그 일은 잘 모른다네."

　오 대감의 말에도 이화는 별로 동요하는 기색도 없이 조용하게 말을 이었다.

　"그럼 이제부터 살펴보시고 작은 도움을 주시면 되지 않겠습니까?"

　이화의 말에 오 대감은 별 다른 대답이 없었다. 하지만 이화는 그것이 긍정이라고 여겼다. 그리고 그의 매서운 눈빛이 자신을 향하자, 이화는 그가 이제 가진 패가 무엇인지 보이라고 말하고 있다고 여겼다.

　"비망기입니다."

　오 대감이 '헉' 하고 아주 짧게 숨을 들이켰다. 비망기란 왕이 은밀하게 신하들에게 내리는 것이었다. 내용은 아주 다양하지만 왕명이 곧 법인 이 나라에서 유일하게 왕을 제어할 수 있는 것이 선왕이 남긴 비망기였다. 그것은 선왕의 어명과 다름이 없었고, 아무리 왕일지라도 충과 효가 지배하는 이 나라에서 부모인 선왕의 명을 어길 수는 없기 때문이었다.

　"내용은……."

이화는 아주 짧게 4언 시구로 이루어진 시조를 하나 외웠다. 내용을 모르는 자들에게는 그저 달을 보며 오 대감과 일패 기생이 시조를 나눈다고 여길 수 있었다. 하지만 그 내용을 들은 오 대감은 그 의미에 깜짝 놀라 얼굴을 굳혔다.

"정말로 대가는 그대가 제시한 그것뿐인가?"

오 대감의 질문에 이화는 그저 고개를 끄덕였다. 이것이 노론 쪽에 넘어간다면 그야말로 피바람이 불 수도 있었다. 어쩌면 소론의 명맥이 완벽하게 절단날 수도 있을 만큼 파괴력이 있었다.

"네, 저는 항상 균형이 중요하다고 생각합니다. 거래도 그렇고, 정치도 그렇다고 봅니다. 지나치게 한쪽에만 힘이 실리면 항상 피바람이 불게 되지요."

이화의 말에 오 대감은 별 다른 말이 없었다. 이화 역시 자신과 제신의 뜻이 충분히 전해졌으리라 여기고 그저 오 대감의 결정을 기다렸다.

"알겠네."

이화는 그제야 겨우 참았던 숨을 내쉬었다. 이제 이화가 할 수 있는 것은 모두 다 했다. 오 대감이 약속을 지켜 주기를 바랄 수밖에……

"생신을 감축 드립니다. 대감마님."

이화는 그리 인사를 하고는 물러났다. 그리고 어떤 정신으로 집으로 돌아왔는지 이화는 제대로 기억할 수가 없었다. 집으로 돌아오자마자 이화는 죽은 듯이 쓰러져 잠이 들었다. 매서운 추위도 이제는 조금 누그러지려는지, 바깥에는 오랜만에 함박눈이 쌓이고 있었다.

이틀 후, 제신은 집으로 돌아왔다. 그의 얼굴은 퀭하고 입술이 까칠했지만 무사히 집으로 돌아온 것이다. 안채 협문을 열고 안으로 들어선 제신을 이화는 주변의 시선도 신경 쓰지 않고 얼싸 안고 말았다.

"제신!"

이화가 울컥하며 그의 휘를 불렀다. 제신 역시 너그럽게 웃으며 이화를 꼭 안아 주었다. 하지만 맘고생이 심했는지 살이 빠져 제신의 몸이 홀쭉해져 있었다.

"괘, 괜찮은 거지? 이제 정말 괜찮은 거지?"

이화는 여기 저기 제 손으로 그의 사지가 멀쩡한 것을 확인하고는 안도의 한숨을 내쉬며 그에게 다급하게 물었다. 다행히 심한 고신은 없었던 모양이었다. 이화의 질문에 제신은 고개를 끄덕였다.

"아가씨, 어찌 이렇게 무모하게 움직이시는 겁니까?"

제신이 이화의 이마에 뜨거운 입술을 대고는 속삭였다. 이화는 그제야 오 대감이 약속을 제대로 지켰다는 것과 제 노력이 헛되지 않았음을 깨달았다.

"뭐라도 해야 했으니까."

이화의 울음 섞인 목소리에 제신은 마음이 먹먹해졌다. 하긴 그역시 이화가 어려움에 처했다면 분명 그랬을 것이다.

"다음부턴 이러지 마십시오. 제 심장이 남아나지를 않습니다."

제신의 부드러운 책망에 이화는 고개를 끄덕였다. 이화는 그의품에 행복하게 안겨 있었다. 짧은 시간 제신은 다소 여윈 듯했지만 여전히 건강한 모습으로 제 곁에 돌아와 주었으니 이화는 그것으로 충분했다.

"객주 어르신!"

갑작스레 들려온 홍리의 다급한 목소리와 함께 주변이 소란스러워졌다. 이화가 어리둥절하여 갑자기 무슨 일인지 알 수가 없어심장이 다급하게 뛰었다. 하지만 자신을 안고 있는 제신은 침착하기만 했다. 그는 놀라서 파르르 떠는 이화를 더욱 강하게 끌어안아 주었다. 일정한 속도로 힘차게 뛰고 있는 그의 심장 소리가 이화에게 안정감을 주었다.

"죄인 김제신은 오라를 받으라."

날카로운 포졸의 목소리와 더불어 안채 안마당으로 들어온 사람은 유상우였다. 그의 뒤에는 포졸들 여러 명이 눈을 부라리고있었다.

"설마?"

이화는 그의 정체가 드러난 것인가 싶어서 정신이 혼미해졌다.

사간원에서 이렇게 빨리 움직일 줄은 몰랐다. 아직은 유상우에게
는 심증만 있는 줄 알았는데, 이화는 일단 제신을 잠상의 혐의에
서 벗어나게 하느라 거기까지 미처 신경을 쓰지 못했다.

"괜찮습니다. 걱정하지 마세요."

하지만 제신은 침착한 목소리로 이화를 위로했다. 그리고 그녀
를 제 품안에서 떼어내 등 뒤에 숨기고 사람들을 향해서 돌아섰
다.

"무슨 일이십니까?"

제신의 침착한 질문에 유상우가 대답을 했다.

"역적 김재찬의 장남 김제신은 마땅히 죽어야 할 목숨임에도
불구하고 정체를 숨기고 살았으니 이는 왕에 대한 불충에 해당한
다. 게다가 반상의 법도가 지엄함에도 신분을 숨기고 객주로서 재
물을 일구어 그것으로 여러 대신들에게 뇌물을 받치는 등, 나라를
어지럽혔으니 이는 위중한 범죄이다."

상우의 표정은 담담했지만 눈빛만은 안타까운 빛이 역력했다.
그 역시 예전 친우인 그를 이렇게 잡아들이는 것이 그리 편치는
않은 듯했다. 하지만 그는 자신의 일을 하고 있었다.

"뭔가 오해가 있으신 듯하군요."

여전한 제신의 음성에 이화는 어찌할 바를 몰랐다. 사간원에서
이리 명확하게 논박을 하는데 어찌 제신은 이리 평온할 수가 있는
것인가? 이화는 늑대를 겨우 피하니 무서운 범을 다시 만난 기분

이었다.

"저는 평민 김제신입니다. 저희 부친의 성함은 의자 현자입니다. 아무래도 동명이인을 착각하신 게 아닌지요?"

유상우의 얼굴이 약간 굳었다. 하지만 그 역시 제신의 이러한 반응쯤은 예상했는지 여전히 침착한 태도였다.

"그럴 리가 없다. 너는 역적으로 몰려 사약을 받은 전 예조판서 김재찬의 장남이지 않느냐? 역적의 자손이 불손하게 신분을 숨기고 살아남은 것은 왕을 능멸하는 행위이다."

유상우의 냉정한 말에도 제신의 표정은 변함이 없었다.

"저는 그런 사람은 알지 못합니다. 제 고향은 경기도 광주이며, 계속 그곳에서 자랐습니다. 그리고 아버님을 따라 장사를 배우기 시작했습니다. 여기 제 호패도 있습니다. 그런데 어찌 나리께서는 저에 대하여 그리 확신하는 것입니까?"

제신의 냉정한 목소리에도 유상우는 표정 변화가 없었다. 이미 충분히 이런 반응을 예상했던 듯, 그는 침착하게 최후의 일격을 준비하는 모양새였다. 오히려 제신 옆에 있던 이화의 얼굴이 공포로 파랗게 질렸고, 저도 모르게 제신의 팔을 부여잡고 말았다.

"그것은 내가 너를 개인적으로 잘 알고 있기 때문이다. 대략 십여 년 전인 1688년, 너와 내가 갓 열여덟이 되었을 때, 우리는 함께 성균관에서 동문수학을 하지 않았더냐? 근 1년이 넘게 함께 지낸 너를 내가 못 알아볼 리가 없다."

유상우의 대답에 안채 안마당의 공기가 얼어붙는 것만 같았다. 사간원의 관리가 저리 명확하게 제신의 정체를 폭로하는데 이를 어찌 피해갈 수 있단 말인가? 겨우 잠상이라는 오해를 벗은 마당이었다. 그것은 실제로는 모함이었기에 해결이 가능했지만, 이것은 대체 어찌 피한단 말인가?

이화는 공포로 온몸을 덜덜 떨었다. 그런 이화를 유상우는 다소 안타까운 표정으로 일견했지만 그는 이화를 아는 체하진 않았다. 이화는 필사적으로 생각했다. 유상우에게 사정이라도 해야 하는 걸까? 제발 살려 달라고 무릎이라도 꿇어야 하는 것인지.

하지만 여전히 냉정하고 뻣뻣한 제신의 모습에 이화는 더욱 애가 끓었다.

"세상에는 놀랄 정도로 얼굴이 닮은 사람도 가끔 있는 법입니다."

다소 뻔뻔하면서도 대담한 제신의 대답에 유상우의 얼굴이 약간 붉으락푸르락하게 변했다.

"그리고 사람의 기억이라는 것은 믿을 만한 것이 못 됩니다. 본인에게 유리한대로 기억을 조작하거나 진실을 빼먹는 경우가 비일비재 하니까요. 저는 상인입니다. 그저 구두로 주장하는 말은 절대 믿지 않습니다."

제신의 어조에는 힘이 있었고, 그래서 그런지 주변 사람들도 점점 제신에게 동화되는 느낌이었다.

"나리의 기억 말고 제가 역적 김재찬의 장남인 김제신이라는 명확한 증좌나 혹은 이를 증언해줄 증인이 있습니까?"

회심의 미소를 지으며 제신이 물었다.

"뭣이라?"

유상우가 예상치 못한 제신의 강력한 반발에 다소 밀리는 형국이었다. 제신의 말은 일견 지당했다. 현재 유상우는 사간원의 자격으로 그를 논박하고 있을 뿐 명확하게 증좌를 제시하지는 않았다. 이런 경우, 주로는 일단 끌고 가서 고신을 통해서 자백으로 받아내는 경우가 대부분이었기 때문이다.

그러나 지금 제신은 유상우에게 어떤 결정적인 증좌나 증인이 있을 수 없다고 확신하고 있는 듯했다. 이화는 이렇게 자신감에 찬 제신이 무엇인가 믿는 구석이 있는 것인지 의심스러워지기 시작했다.

"거부할 수 없는 증좌나 혹은 증인이 없는 한, 저는 나리의 논박을 받아들일 수 없습니다."

당당한 제신의 선언에 유상우가 감탄한 듯 입을 쩍 벌렸다. 그러나 그가 뭐라고 입을 열기도 전에 또 다른 이들이 제신의 집을 찾았다.

"어명이오!"

이화는 정말로 혼이 나가는 기분이었다. 제신을 잡으러 온 이들과 또 어명이라니? 대체, 정말 어떤 상황인 것인지 알 수가 없었다. 하지만 일단 모든 사람들은 어명을 받기 위해서 땅에 무릎을 꿇었다. 그리고 왕명을 전달하는 관리는 크게 어명을 읽기 시작했다.

"오늘 부로 한성객주 김제신을 대표 공인*으로 임명한다. 차후 왕실과 관련된 모든 제화의 납품과 한양에서 인삼 독점 거래권을 모두 그에게 일임한다."

제신은 마치 미리 알고 있었던 듯 담담하게 그 어명을 받았다. 유상우는 마치 뭔가에 홀린 듯한 표정이었다. 어명을 전달한 관리는 동시에 유상우에게 무엇인가를 속삭였고, 순간 상우의 두 눈이 크게 뜨였다. 그리고는 어쩔 수 없다는 듯, 하지만 일견 홀가분한 표정으로 고개를 짧게 끄덕였다.

"자네 말대로 무엇인가 착오가 있었던 듯하네."

그 말을 남기고 유상우와 사간원 사람들과 모두가 썰물처럼 사라졌다. 순식간에 모든 사람이 물러나고 안채 안마당에는 다시 오직 제신과 이화 두 사람뿐이었다.

"이게 어떻게 된 일이야?"

여우에 홀린 기분이 바로 이런 경우를 뜻하는 것이리라. 이화는 순식간에 큰 바람에 휘말려 이리저리 흔들리다가 바닥에 무참히 내동댕이쳐진 그런 기분이었다.

"김재찬 대감의 장남 김제신은 어제 오후 한강변에서 변사체로

---

* 조선 후기 대동법 실시 이후, 중앙관청에서 필요로 하는 물품을 사서 납부하던 어용상인이다.

발견되었습니다. 오랜 시간 동안 숨어 다니다 지칠 대로 지친 그가 결국에는 사소한 싸움에 휘말려 무뢰배의 검에 비명횡사한 것이죠."

제신의 설명에도 이화는 여전히 정신이 없었다. 무엇인가 잘 짜인 그림대로 일이 이루어진 기분이었다. 어찌 되었건 지금 이화에게 한 가지 명확한 것은 이제 제신이 안전하다는 사실뿐이었다.

"그리고 저는 왕명에 따라 앞으로 새로운 임무를 수행해야 하는 객주 김제신이고요."

너무나 간단한 일처럼 제신은 대답은 했지만 이화는 정말로 대경실색했다. 그는 완벽하게 신분을 세탁하는 데 성공한 것이었다. 그는 양반이라는 신분보다 현재의 행복을 손에 잡기로 결정했고 그것을 완벽할 정도로 해치운 것이었다.

"설마 당신 거, 거기까지 손이 닿아 있었어?"

이화의 숨이 넘어갈 듯한 질문에 제신은 상쾌한 표정으로 웃었다.

"네, 그동안 열심히 노력했습니다. 다행히 이제는 제 과거에 더 이상 신경 쓰지 않으셔도 됩니다."

세상에 제신이 노론과 소론을 넘어서 왕실까지 선이 닿아 있었다니, 이화는 정말로 놀랐다. 하긴 최근에 국가 재정이 좋지 않아서 왕실도 어려움을 겪고 있다는 소문을 이화도 듣긴 했었다. 왕실 여인들이 사용하는 내탕금도 그 규모가 많이 줄었다고 했다.

그러니 왕실에도 분명 필요한 것은 재물이었다.

"그럼?"

뭔가 더 묻고 싶어 하는 이화의 입술에 뜨거운 제신의 입술이 닿았다. 격렬하게 이화를 탐하는 그의 입술에 이화는 질문도 잊고 그에게 매달렸다. 지금은 그가 제 옆에 있다는 것이 중요했으니 말이다. 그렇게 한참을 서로에게 집중하던 그들은 이화가 호흡이 딸려하자 겨우 떨어질 수 있었다.

"대체, 아이까지 품고서 어찌 이렇게 무모하신 것인지, 우리 아가씨를 어떻게 해야 할지 정말로 앞날이 걱정입니다."

제신의 말에 이화의 얼굴이 화르르 붉어졌다.

"어, 어떻게 알았어?"

그에게 미처 고백할 사이도 없이 제신이 먼저 말을 꺼내니 이화는 어쩐지 부끄러워졌다.

"정말로 심장이 떨어지는 줄 알았습니다. 제가 그 이야기를 전해 들었을 때 얼마나 놀랐는지 아십니까?"

그의 정색하는 표정에 이화는 민망해졌다.

"그게 정신이 없었고, 일단은 지아비인 당신을 구해야겠다는 생각이 앞서서 말이지."

이화의 말에 제신은 그녀를 더욱 강하게 끌어안았다. 그리고 부드럽게 이화의 등을 쓰다듬어 주었다.

"이제부턴 몸조리에만 신경을 쓰시는 겁니다. 일단 어서 미루었던 혼례부터 올려야겠습니다."

달콤한 제신의 목소리에 이화는 더욱 얼굴을 붉혔다. 하지만 무엇보다 이제 모든 것이 안정을 찾았다는 것이 중요했다. 이화에게도 신분 따위는 이제 그리 중한 일이 아니었다. 제신과 함께, 그리고 배 속에 품은 아이와 함께 행복하게 살 수 있다면 그것으로 족했다.

이화와 제신에게는 이렇게 멋진 새해가 밝아 오고 있었다.

16. 제 심장이 그대를 원합니다

 폭풍 같았던 겨울이 가고 드디어 따뜻한 봄이 되었다. 날이 좋은 3월의 어느 저녁, 청사초롱을 든 홍리와 함을 짊어진 다른 세명의 사내가 제신의 집에 도착했다. 본래는 신랑이 혼례를 치르기위해서 신부의 집으로 찾아가는 것이 도리지만, 이미 이화는 제신의 집에 머물고 있었기에 그저 시늉만 한 것이다.

 혼인 때 청사초롱을 밝히는 사유는 신랑과 신부의 앞날이 밝게빛나기를 바라는 마음 때문이었다. 더불어 초행길에 청사초롱을밝히면 귀신은 물러가고, 도둑도 비켜 간다는 이야기가 있었다.이화는 조상들의 믿음처럼 제신과의 앞날이 밝게 빛나기를 기원했다. 객주 사람들의 축하를 받으며 혼례가 끝나고 이제 두 사람은 신방에 마주하였다.

"으음……."

녹색의 사모관대를 차려 입은 제신과 화려한 활옷을 입은 이화의 모습이 희미한 촛불 아래 드러났다. 간단한 주안상을 앞에 두고 이화를 마주한 제신이 약간 어색한지 낮은 헛기침을 했다. 이화 역시 어색한 것은 마찬가지였다. 이미 부부처럼 살고 있었지만 오늘은 명색이 두 사람의 첫날밤이기 때문이었다.

"목이 마르니 우선 한잔하겠습니다."

제신은 그리 중얼거리며 술을 한 잔 따라서 마셨다. 그리고는 아무 말 없이 다시 한 잔을 따라서 이화에게 건넸다. 깜짝 놀라 이화가 고개를 들어 그를 바라보니 제신의 눈가에 잔잔한 미소가 걸려 있었다.

"아무리 그래도 명색이 첫날밤인데 합환주는 나누어 마셔야 하지 않겠습니까? 아가씨는 그냥 드시는 시늉만 하십시오."

이화는 얼굴을 붉히며 제신에게 술잔을 받아 살짝 입술을 축였다. 하지만 생각보다 알싸한 향에 제대로 마시는 시늉도 못 하고 술잔을 상 위에 내려 두고 말았다.

"어머!"

그것을 제신이 아무런 말도 없이 들어 올려, 남은 것을 모두 훌쩍 입에 털어 넣었다. 어쩐지 부끄러워진 이화의 얼굴이 복숭아처럼 붉었다. 제신의 얼굴 역시 조금 달아올라 있었다.

"저희는 이제 부부니까요."

그의 말에 이화는 수줍게 고개를 끄덕였으나 족두리를 얹은 데다 커다란 비녀를 꼽고 앞 댕기(드림 댕기, 혼례 시 비녀에 걸쳐 길게 내리는 댕기), 도투락댕기까지 올린 머리가 무거워서 머리가 휘청거렸다.

"많이 무거우시죠?"

제신은 얼른 주안상을 옆으로 치우고 그녀에게 다가왔다. 조심스레 족두리를 벗기고 무거운 댕기를 치워 주었다. 그제야 이화는 목이 가벼워져 작게 한숨을 내쉬었다. 더불어 치마, 저고리 위에 입고 있는 거추장스러운 활옷을 제신이 조심스레 벗겨 주었다.

"후우."

이화가 낮은 숨을 내쉬었다. 시작이 어려웠지 일단 활옷까지 벗기고 나니 제신도 이제 조금 과감하게 움직이기 시작했다. 그의 손이 막 이화의 녹색 저고리 고름에 닿았을 때였다.

"잠깐만."

이화의 다급한 목소리에 제신의 손이 멈칫했다. 이화의 작은 손이 제신의 손을 제 옷자락에서 떼어 내었다. 그리고 이화는 자신의 매무새를 단정히 하고는 그를 바라보았다. 제신 역시 심상치 않은 분위기에 자세를 바로 했다.

그러자 이화는 자리에서 일어나 그에게 큰절로 삼배를 올렸다. 몸이 무거운 이화가 삼배를 올리니 당황한 제신이 '어찌 된 일인가.' 하는 표정으로 그녀를 바라보았다. 진지한 눈빛으로 이화가 조용히 말을 이었다.

"산 자에게는 한 번, 죽은 자에게는 두 번, 세 번의 절은 첫 정절을 바치는 사내에게 드리는 여인의 법도라 들었어."

이화의 말에 제신이 '아.' 하는 표정으로 고개를 끄덕였다.

"우리는 순서가 모두 엉망이었지만 그래도 오늘은 지아비인 당신에게 꼭 내 마음을 전하고 싶었어."

제신은 약간 먹먹한 표정으로 그녀를 바라보았다. 그리고 제신역시 그 동안 전하지 못했던 제 마음을 제대로 전해야겠다고 생각했다.

"저도 아가씨에게 제대로 제 마음을 고백해야겠지요?"

잠시 긴장한 듯 크게 침을 크게 삼킨 그가 나직하게 속삭였다.

"항상 제 심장이 아가씨를 원하고 있습니다."

낮지만 진심을 가득 담은 진중한 제신의 목소리였다. 제신의 고백에 잠시 숨을 죽였던 이화가 감동하여 두 눈에 촉촉한 물기가어렸다.

"이제야 제대로 말을 해 주는구나."

이화의 조용하지만 감동하여 울컥한 목소리에 제신은 많이 미안해졌다. 이화는 제신에게 은애한다고, 계속 옆에서 손을 잡아주겠다고 솔직하게 고백했었다. 그런 귀한 마음을 제신은 받기만하고 이제껏 제대로 돌려주지 못한 것이다.

"죄송합니다."

제신의 사과에 이화는 고개를 저었다.

"미안해 할 필요는 없어. 다만……."

이화의 맑은 두 눈이 제신을 향했고 그 눈동자 속에는 제신의 모습이 한가득 들어 있었다.

"말하지 않는 진심은 제대로 전해지지 않을 때도 있어. 가끔은 솔직하게 당신의 마음을 내게 말해 주었으면 했어."

이화의 조용한 음성에 제신은 점점 더 미안해졌다. 이화가 제신에게 무엇인가를 요청하거나 바란 것은 거의 없었다. 제신은 항상 제 마음을 몸으로 전했다고 느꼈지만 가끔은 이렇게 소리 내어 말을 해야만 했다.

"미치도록 아가씨를 원합니다. 항상 아가씨를 안을 때마다 제 마음이 전해졌을 거라고 생각했습니다."

열이 가득 섞인 제신의 말이었다.

"역시 말보다는 항상 행동이 앞서는 당신이야."

약간 어처구니없어 하는 이화의 대답에 제신은 얼굴이 다소 붉어졌다. 그랬다. 이화를 은애하는 격렬한 마음을 그는 매번 그녀를 안을 때마다 그렇게 표현했던 것이다.

"하지만 여인은 사내보다는 다소 섬세하거든. 물론 나도 당신이 나를 아끼는 것을 느낄 수 있었지만 그래도 가끔은 직접 말로 하는 것을 듣고 싶었어."

담담하면서도 진실만을 전하는 그녀의 음성이었다.

"나의 짐작이 아니라 당신 입으로 직접 듣고 싶었어."

이화의 대답에 제신은 그런 그녀를 제 품에 확 가두었다. 그리고 그 동안 마음속에만 담아 두었던 진심을 그대로 토해 냈다.

"아가씨를 은애합니다."

제신의 고백에 이화는 별 말없이 그를 바라보았다. 하지만 곧 그녀의 맑고 큰 두 눈에 이슬이 맺히기 시작했다. 투명한 눈물이 아름다운 진주처럼 이화의 뺨으로 흘러내렸다. 조용하게 눈물을 흘리는 이화 때문에 제신은 몸이 달았다. 어찌 그녀는 이렇게 가련하고 아름다운 것일까? 제신은 온 마음을 담아서 고백했다.

"아가씨를 제 목숨보다 더 은애합니다."

제신이 자신의 품속에 있던 이화의 얼굴을 살며시 들어 올리고 그녀의 눈동자를 바라보며 진심을 다해 속삭였다. 그 말이 떨어지자 이화의 눈물이 더욱 굵어졌다. 눈물을 감추려는 것처럼 이화는 그의 가슴에 다시 얼굴을 묻었다. 이화의 눈물 때문에 제신은 가슴께가 축축이 젖어 드는 것을 깨달았다.

기쁨의 눈물로 범벅이 된 이화의 얼굴이 처음 그녀를 제 품에 안았던 그날처럼 어여뻤다. 이화는 아마 모르리라. 그녀를 안은 그 밤에 제신이 얼마나 행복했는지, 처음으로 그는 혼자라도 살아 있기를 잘했다고 생각했던 것이다.

"제발, 뭐라고 대답을 해 주세요."

제신의 절박한 음성에 이화는 억지로 웃었다. 그녀의 눈물이 아름다운 보화처럼 제신의 가슴에 박혔다. 할 수만 있다면 그녀의 눈에서 절대로 눈물은 흐르지 않게 하고 싶었다. 제 품에 보듬어 안고 좋은 것만, 아름다운 것만 보고 애정을 듬뿍 주고 싶었다. 제신만의 꽃으로 함박 피어 내고 싶었다.

"내 마음은 항상 같았어."

수줍게 중얼거린 이화의 대답에 제신의 심장은 터질 듯이 부풀어 올랐다. 그리고 이화가 수줍게 그의 입술에 부드럽게 입맞춤해 주었다. 봄바람이 얼굴을 부드럽게 스치듯, 다정하면서도 애정이 담뿍 담긴 입맞춤이었다.

"하아."

낮은 신음과 더불어 제신은 정신없이 다시 그녀의 입술에 격렬하게 입맞춤했다. 향기로운 그녀의 향기에 정신이 혼몽해지는 기분이었다. 그녀의 체온을 느끼고, 그녀를 제 품 안에 가득 안자, 제신은 온몸에 새로운 힘이 가득 차오르는 기분이었다. 그리고 제게 온몸을 맡기고 있는 이화 때문에 제신은 뜨거워졌다.

"아가씨!"

제신의 손길이 곧 분주해졌다. 신속하게 이화의 옷이 한 꺼풀, 한 꺼풀 벗겨졌다. 이화 역시 얌전히 반항하지 않고 그의 성급한 손길을 받아들였다. 이제 이화의 몸에 남은 것은 얇은 속적삼과 얇은 속치마뿐이었다.

그러나 곧 격렬하게 이화를 안을 것 같았던 제신이 멈칫하며 이화의 배를 조심스럽게 쓰다듬으며 걱정스런 말투로 물었다.

"그런데 괜찮을까요?"

제신의 조심스런 질문에 이화의 얼굴이 화르륵 붉어졌다. 이제 점점 몸이 무거워지는 상태라 이화의 배가 동그랗게 부풀어 올라 있었던 것이다.

"그, 그게 이제 위험한 시기는 지나서 아주 조심하면, 꿀꺽, 그, 그것이 가능하다고 했어."

이화가 수줍게 중얼거린 말에 제신은 살짝 웃었다. 여전히 자신 앞에서 수줍어하는 이화가 사랑스럽기 그지없었던 것이다. 이제 배 속에 자신의 아이를 품은 이화는 또 다른 아름다움을 보여 주고 있었다. 제신이 다시 사랑스럽게 이화의 배를 쓰다듬었다. 그리고 조용하게 고개를 내려 귀한 것을 대하듯이 조심스럽게 입맞춤을 했다.

"고맙습니다."

제신의 한 마디에는 여러 가지 의미가 들어 있었다. 어려울 때에도 제신의 손을 놓지 않아 준 이화에 대한 고마움, 그가 어떤 사람이든지 상관하지 않고 은애하는 이화의 갸륵한 마음에 대한 감동, 그리고 홀로 남은 그에게 이렇게 소중한 가족을 만들어 준 것까지. 그 모든 제신의 마음을 이화는 그 한 마디로 전부 이해할 수 있었다.

"그런데 이제부턴 우리 말을 바꾸도록 해요. 당신은 제 지아비니까요."

수줍게 중얼거린 이화의 볼이 발갛게 달아올랐다. 제신은 고개를 끄덕이며 그녀를 제 품에 끌어안았다. 제신은 이제 이 세상 모두를 가진 것처럼 행복해졌다. 무엇이 더 이상 필요하겠는가? 환국에 풍파에 휘말려 근 십여 년을 봄을 제대로 느끼지도 못하고 살았던 제신에게 봄은 이렇게 찬란하게 다시 찾아왔다.

17. 종: 다시 매화가 피어날 때

"어머님, 아버님은 언제 오실까요?"

초롱초롱한 눈망울로 이화를 바라보며 묻는 아이의 얼굴에는 기대가 한가득이었다. 이제 막 다섯 살이 된 시후는 항상 제 아비를 그리워했다. 그래서 요즘에도 제신이 거래 때문에 다른 지역으로 가서 며칠간 집을 비우면, 항상 손꼽아 아비가 돌아오기만을 기다리는 것이었다.

"그리 아버님이 보고 싶은 게야?"

이화의 질문에 시후는 고개를 끄덕였다. 제신의 또렷하고 반듯한 이목구비를 그대로 빼어 닮은 시후였지만 아직은 어린 아이라 그런지 귀여운 느낌이 더 강했다. 이화는 사랑스러운 감정이 무럭 솟아올라 저도 모르게 아이의 통통하면서도 발간 뺨을 부드럽게 쓰다듬었다.

"제가 그 동안 익힌 것을 아버님께 보여드리고 싶어요. 제가 막히는 부분도 아버님은 금방 알려 주시거든요."

아이는 한참 익히고 있는 천자문을 들어보였다. 4자 성어로 된 것을 외우고 뜻을 익히는데 그러다 막히는 부분이 있으면 시후는 꼭 아버지에게 설명을 듣고 싶어 했다. 아무리 옆에 있는 인호에게 물어보라고 해도, 외삼촌과 아버지는 다르다는 것이 시후의 주장이었다.

"그래? 이제 곧 돌아오실 시간이다."

이화는 동그란 아이의 머리를 쓰다듬었다. 시간은 이미 술정시(오후 8시)를 넘었다. 제신은 분명 오늘 한양으로 돌아온다고 했다. 그러니 그는 인경이 울리기 이전, 사대문이 닫히기 전에 도성 안으로 들어왔을 것이다.

성문에서 집까지는 한 식경이면 다다를 수 있는 거리였다. 아직은 코끝에 스치는 봄바람이 다소 차갑지만 이내 곧 날이 따뜻해져서 꽃이 필 것이었다.

"마님, 객주 어른께서 도착하셨습니다."

집 안 살림을 맡아 보는 오 집사의 음성에 시후는 버섯발로 바로 뛰쳐나갈 기세로 일어나 안방 문을 열었다. 안채 협문을 열고 그가 막 안마당으로 들어서고 있었다.

"아버님!"

시후의 목소리가 반가움으로 한껏 높아졌다. 시후는 제 아비가 안방까지 오는 것을 채 기다리지 못하고 급하게 흑혜에 발을 반쯤만 걸치고 뛰어 나가서 아버지를 맞이했다.

"오냐, 잘 있었느냐?"

제신 역시 반갑게 자신을 맞이하러 뛰어오는 시후를 훌쩍 안아 올렸다. 그 역시 자신을 이렇게 반기는 아들이 사랑스럽기는 마찬가지였기 때문이었다. 아비의 품에 안긴 시후는 조잘조잘 이야기를 꺼내었다.

"네, 아버님. 그 동안 천자문을 스무 자나 더 익혔습니다."

시후는 아비에게 자랑을 하고 싶어 입이 근질근질한 모양이었다. 조잘조잘 그동안 익혔던 자구를 외우는 시후를 제신이 그윽한 눈빛으로 바라보았다. 자신과 이화를 닮아 누구보다 사랑스럽기 그지없는 아들의 모습이었다. 부자의 다정한 모습을 보며 이화 역시 남편을 맞이하기 위해서 막 몸을 일으켰다.

"헉!"

그러나 그녀는 자리에서 일어나다 말고 작은 비명을 지르며 다시 자리에 주저앉고 말았다.

"여보."

시후를 안고 있으면서도 온 정신은 이화에게 가 있던 제신이 걱정스러운 표정으로 성큼성큼 안방으로 들어왔다. 아비의 품에 안긴 시후도 어미가 걱정되는지 얼굴이 울상이다. 이내 아비 품에서 내린 시후가 이화에게 다가오며 물었다.

"어머님, 어디가 편찮으신가요?"

걱정스런 표정으로 자신을 바라보는 두 부자의 표정이 그림으로 그린 듯 똑 닮았기에 이화는 속으로 후후 웃고 말았다. 이제 막 산달이 된 이화였기에 아이가 배 속에서 움직인 것이었다. 이번 아이는 어찌나 활기찬지, 가끔 안에서 발로 이화를 차면 이화의 가느다란 몸이 휘청거렸다. 아마 아이도 제 아비가 온 것이 반가워 인사를 한 것임에 틀림없었다.

"우리 둥이도 아버님이 오신 것이 반가운 모양이구나."

이화의 말에 제신과 시후의 얼굴이 확 펴졌다. 두 사람 모두 아기는 여자아이일 것이라고 굳게 믿고 싶어 했다. 그러면서 시후는 아기가 어머니를 닮았으면 좋겠다고 항상 입버릇처럼 말했던 것이다. 물론 제신도 말은 하지 않았지만 은근히 여자아이를 기대하고 있는 눈치였다.

"몸이 많이 불편하지는 않소?"

제신의 다정한 물음에 이화는 고개를 저었다. 당연히 산달이 다 되어 몸은 무거웠지만, 새로 태어날 아이를 기다리며 이화는 설레었기 때문이었다. 이 아이도 역시 시후처럼 오롯이 어미와 아비의 애정을 듬뿍 받으며 자랄 것이다.

"아니에요. 거래는 잘되셨어요?"

제신은 최근에 청나라와 인삼 거래가 많아서 국경 근처까지 다녀오는 경우가 많았다. 청나라를 상대하는 상인들은 주로 국경 근처 의주(義州)에 자리를 잡았지만 제신은 여전히 한양에 머물고 있었다.

"다행히 좋은 조건에 성사되어 이번에도 상당한 이문을 얻을 것 같소."

제신의 말에 이화가 화사한 미소를 지었다. 이렇게 그와 평온한 대화를 나누는 일상이 너무 소중했기 때문이었다. 예전에 두 사람 모두 반가의 사람이었다는 것은 모두 잊은 듯, 그들은 상인으로서의 평범한 자신들의 삶을 귀히 여기고 있었다.

"아버님, 그러면 이번에 고운 당혜를 어머님께 선물해 주세요."

시후의 말에 제신은 고개를 끄덕였다. 시후의 머리를 쓰다듬으며 제신은 속으로 이화가 원한다면 당혜는 몇 켤레라도 사 줄 수가 있다고 생각했다. 당혜뿐이랴? 이화가 원한다면 그는 온 조선의 재물을 다 모아서 그녀의 발밑에 받칠 준비가 되어 있었다.

"그 동안 공부를 열심히 한 시후에게도 아비가 선물을 하나 주마. 뭐를 가지고 싶으냐?"

아비의 질문에 시후는 똘망똘망한 눈빛으로 아비와 어미를 바라보며 고개를 저었다.

"저는 아무 것도 필요 없습니다. 그냥 아버님께서 자주 집을 비우시지만 않았으면 좋겠습니다."

시후의 말에 두 사람의 눈이 모두 촉촉하게 젖었다. 아이는 그저 온 가족이 함께 머물기를 바라고 있었고, 그 소박한 꿈이 얼마나 소중한가를 제신과 이화는 잘 알고 있었기 때문이었다. 약간 먹먹한 목소리로 제신이 입을 열었다.

"그럼 이제부터 일은 채씨 아저씨에게 조금 더 맡기고……. 앞으로는 좀 더 시후와 시간을 보내도록 하마. 천자문도 어려운 부분은 이제 아비에게 바로 질문하거라."

제신의 말에 시후의 얼굴이 확 밝아졌다. 아비와 함께 공부를 익힐 생각에 벌써 기분이 하늘을 날을 것만 같은 시후였다.

"네, 그리하겠습니다."

시후의 씩씩한 대답에 제신이 흐뭇한 표정으로 아들을 바라보았다. 그리고 이화를 돌아보며 살갑게 말을 이었다. 이화에게만은 항상 봄바람처럼 다정하고 보드라운 제신의 말투였다.

"둥이가 태어나면 내 아이들에게 조금 더 신경을 쓰리다."

다정한 제신의 말에 이화가 배꽃처럼 하얀 이를 드러내며 웃었다. 두 사람의 눈빛이 하나로 합쳐져 말은 없어도 서로의 마음을 충분히 알 수 있었기 때문이었다.

"네, 둥이가 태어나면 저도 잘 돌보겠습니다."

시후가 제법 그럴싸한 소리를 하자, 부부는 즐겁게 소리 내어 웃었다. 그리고 제신이 배 속의 아이에게도 인사를 하듯 이화의 배에 귀를 대었다. 그 옆에 있던 시후도 제 아비를 흉내 내며 이화의 배에 얼굴을 가져대 대고 귀를 기울였다. 이화는 행복한 감정에 곱게 미소를 지었다.

태어날 아이를 기다리는 가족을 하늘에 뜬 둥근 달이 기쁜 듯이 바라보고 있었다.

『가슴에 스미는 붉은빛』 완결

작가 후기

"잠깐, 다리속곳, 속속곳, 그 다음이 뭐였지? 고쟁이인가?"

글을 쓰다가 수없이 이 순서를 확인합니다. 이게 뭐냐고요? 조선 시대 여인들이 입는 속옷의 착용 순서입니다. 그리고 '남자는 속적삼, 저고리, 그리고 뭐였더라 소창의였나?' 이런 중얼거림을 계속하게 됩니다. 물론 밖으로 내뱉는 것은 아니고 머릿속으로 생각하는 거죠.

시대물을 쓰려면 많은 자료 조사를 해야 합니다. 일단 시대 배경에 대한 역사적인 맥락과 당시의 사회 분위기, 사람들의 관계 등에 대한 조사가 한 축이고요. 다른 하나는 이건 제 개인적인 특성일 수도 있으나 건축물, 당시 사용되던 물건들, 그리고 의복에

관한 것입니다. 의복은 입고 있는 옷뿐만 아니라 장신구, 기타 등등을 모두 망라합니다.

그런데 특히 저는 19금 로맨스 작가니까, 복장에 대한 연구를 많이 하는데, 순전히 다 제대로 벗기기 위해서 입니다. 현대에 입고 있는 복장과는 다르기 때문에 19금 장면도 지금과는 약간 흐름이 다르기 때문입니다. 무슨 말인고 하니, 조선 시대 여인들이 겹겹이 입고 있는 그 수많은 종류의 속옷을 고려하면 아무래도 19금 장면 진행에 약간 많은 시간이 소요됩니다. 저고리 벗기고, 속적삼 벗기고, 치마 벗기고, 무지기 치마, 단속곳……. 참을성이 없는 사내라면 벗기다 지칠 것 같기도 합니다.(음흉)

그런데 이것은 제게는 참으로 중요한 부분입니다. 이 수많은 속옷과 어려운 복장 덕분에 19금이 현대물을 쓸 때와는 약간 다르게 되거든요. 예를 들자면 아주 예전 TV 드라마를 생각해 보시면 됩니다. 가령 첫날밤 장면이라고 하면 항상 거기에는 남자 주인공이 여자 주인공의 옷고름을 당기는 장면이 있었습니다. 그리고는 장면은 반전, 다음 날로 점프하죠.

그런데 말입니다! 바로 그 옷고름이 살금살금 풀어지는 그 장면이 상당한 긴장감을 선사하죠. 그 이후에 있을 19금을 상상하며 침을 꿀꺽 삼키게 된다고나 할까요? 저는 그랬습니다. 항상 화면에 나타나지 않은 그 이후가 너무 궁금했습니다.

네, 바로 이런 것입니다. 제가 집요하게 당시의 복장과 특히 속옷 부분에 집중하는 이유가 이겁니다. 그래서 가장 좋은 방법은 당시의 옷을 그대로 입어 보는 것인데, 그게 쉬운 일이 아닙니다. 얼마 전에 중세물을 쓸 때, 중세 시대 드레스를 구할 방법이 없어서 할로윈 코스튬 판매하는 사이트에서 구매한 것은 완전 실패였습니다만 그래도 상당히 무겁고 치렁치렁한 옷이 주는 느낌만은 알 수 있었습니다.

왜냐하면 복장이 달라지면 우리의 행동거지도 달라지기 때문입니다. 즉, 청바지와 티셔츠, 운동화를 신었을 때와 중요한 자리를 위해서 갖춰 입었을 때를 비교해 보면 알 수 있지요. 그래서 되도록이면 당시의 복장이나 장신구 등을 조사해서, 현대물과는 조금 다른 19금 장면을 쓰려고 작가는 나름 노력하는 것입니다.

그리고 당시의 가구나 음식 등, 각종 자료를 얻기 위해서 다큐멘터리도 시청하고, 사실은 이렇게 목적성을 지닌 공부가 재미있긴 합니다. 그러다가 최근에는 나중에 복장사와 관련한 공부를 해봐야 하나, 이런 생각도 하고요.

저는 여러 가지 고대 복장이나, 다른 나라의 민속 의상을 보는 것을 좋아합니다. 좀 불편해 보이는 것도 있지만 대체적으로는 그 시대나 장소의 특수성이 반영된 아름다운 옷들을 보는 것은 참으로 즐겁습니다. 그래서 작품도 쓸 겸, 겸사겸사 이런 저런 리서치를 하는 것이죠.

생각해 보니 지금까지 시대물은 상당히 여러 개를 썼는데 우리

나라를 배경으로 한 것은 없었습니다. 그래서 이번에는 우리나라 조선 시대가 작품 배경이 되었습니다. 공고하던 반상의 신분 제도가 조금씩 붕괴되기 시작하여, 요즘으로 말하면 전문가 신분인 중인들이 역사의 조명을 받기 시작했습니다. 그리하여 양반보다 더욱 부유한 평민이 등장하던 17세기 말에서 18세기 초의 한양이 배경이 되었습니다.

숙종 시대가 배경이긴 하지만 그건 남녀 주인공의 신분변화를 이끌어 내는 배경이지 주는 아닙니다. 또 항상 다루던 장희빈 시대라고 지루해 말아 주세요. 다만 잘 아시다시피 장희빈은 부유한 역관 집안의 딸로서 중인이었습니다. 즉, 숙종 시대는 이미 양반이 아닌 중인이 왕비에 오를 정도로 시대가 변화하고 있었던 것만은 틀림없었던 것이죠.

이후 영·정조 시대를 거치며 조선은 제 2의 중흥기를 맞이하게 되는데, 당연히 그 시대 흐름에 따라 수많은 양반이 평민보다 못한 처지가 되기도 하고, 혹은 부유해진 평민은 공명첩을 사서 양반이 되기도 하죠. 따라서 이러한 신분제의 틀에 갇혀 살기보다는 변화된 상황에서 조금 새로운 선택을 하는 주인공들의 모습을 그려 보고 싶었습니다.

아무래도 저는 현대인이고, 신분제와는 상관없는 시대에 살고 있으니, 다시 구시대로 돌아가는 것보다는 다른 선택을 하는 주인공을 선호하게 됩니다. 그런 의미에서 이화는 상당히 진취적이고

용감한 여성이라고 생각합니다. 자신의 욕망에 솔직하게 제신에게 자신을 안아 달라고도 하고, 또 그 이후에도 본인이 직접 장사에 뛰어들기도 하니까요.

그리고 사실 마지막 부분에 이화가 제신을 구하려고 직접 움직이는 부분은 본래 시놉시스에는 없던 내용이었습니다. 어쩔 수 없이 잠깐 헤어졌다가 다시 재회하는 그런 흐름이었는데, 갑자기 이화가 스스로 움직이더군요. 인물들이 이야기 안에서 생명력을 가지고 스스로 움직이는 경우라 할 수 있지요. 다시 한 번 쭉 읽어 보니 이화는 씩씩하고 스스로 제 삶을 결정하는 성격으로 그려져 있었기에, 그런가 보다 하고 작가는 수긍하지요.

남자 주인공인 제신 역시, 과거 자신의 신분으로 돌아가서 양반으로서의 삶을 살기보다는 스스로 개척한 길을 선택하게 되죠. 제가 그렇게 의도한 것이지만 그래도 잘 따라와 준 주인공들이 기특하다고 생각합니다.

시대와 장소에 상관없이 제 스스로 무엇인가를 추구하지 않으면 나의 삶은 변하지 않는다고 생각합니다. 오늘보다는 조금 더 나은 내일을 기대하며 노력해 나가는 것이 중요하죠. 그리고 우리의 삶은 참으로 연약하고 깨지기 쉬운 것이라, 불어온 거친 풍파에 쉽게 흩어지기도 합니다. 하지만 또 그 때문에 전혀 예기치 못했던 운명과 기회를 만나기도 하죠. 그것이 또 삶의 재미있는 부분이기도 합니다.

이야기가 또 길어졌습니다만, 하나의 작품이 이렇게 또 마무리가 되었습니다. 문장도 근육과 같아서 꾸준히 연습하지 않으면 무뎌지게 됩니다. 말끔한 우리말 문장이 나오지 않아서 상당이 끙끙거리며 쓴 작품이기도 합니다. 스토리도 물론 중요하지만 그것을 풀어내는 문장력이야말로, 저는 개인적으로 작가의 역량 혹은 근육이라고 생각하거든요.

말끔하면서도 힘 있는, 그러면서도 애틋한 문장을 쓰고 싶어서 수많은 퇴고를 하게 되었습니다. 대략 한 50번쯤 읽고 다시 고치면 이야기 하나가 완성이 되지요. 그러나 역시 중요한 것은 빠르게 나오는 초고입니다. 그래야 살도 붙이고, 문장도 다듬고 할 수 있으니까요. 그런데 이번에는 조금 초고가 완성되는 데 시간이 좀 많이 걸렸네요. 분기에 한 작품은 쓰려고 하는데 그리 쉽지는 않네요.

작가적 근육을 조금 더 키워야겠다고 생각하게 된 작품이었습니다. 항상 말씀드리지만 부족한 작품을 읽어 주신 독자분들에게 감사드리며, 항상 행복하시기를 바랍니다.

2020년 가을, 이수현 드림